新潮文庫

シェイクスピアを楽しむために

阿刀田 高 著

目次

シェイクスピアを楽しむために

第1話　人殺しから五十二年

人殺しいろいろ……。

ギネス・ブック'98年版によると世界で一番人を殺したのはインドの強盗団の一員で、紐《ひも》を使って生涯にざっと九三一人を殺害したとか。数は多いが、動機や殺人方法がいろいろであったとは思えない。

そこへいくとシェイクスピアは謀略、発狂、嫉妬《しっと》、情死……あのドラマでもこのドラマでもたくさん人を殺している。動機も方法もさまざまだ。

かくてヒトゴロシ・イロイロ。シェイクスピアは一五六四年に生まれ一六一六年に死んでいる。ただの語呂《ごろ》合わせだが、いつ頃の人であったか、何歳まで生きたか、一応の目安がつくのは便利である。五十二歳の死は当時としてはそこそこの年齢であった。ちなみに言えばシェイクスピア劇三十七篇のうちには、いくつかは人の死なない芝居も含まれている。

が、それはともかく日本歴史では一五六〇年代と言えば織田信長《おだのぶなが》の台頭が著しい時期、そして一六一〇年代は豊臣秀頼《とよとみひでより》が夏の陣で敗れて自害、徳川家康《いえやす》はシェイクスピアと同じ年に死んでいる。徳川の治政が根をおろし始めていた。私たちには相当に古い時代である。

シェイクスピアの本国たるイギリスはどうかと言えば……これはもう少し詳しく述べておかねばなるまい。

十五世紀の後半に薔薇《ばら》戦争（一四五五～八五）があった。ランカスター家側は赤い薔薇を、ヨーク家側は白い薔薇をつけ国家を二分して戦った内乱は貴族階級を著しく衰退させ王家の立場を強化することとなった。ヘンリー七世（在位一四八五～一五〇九）が即位してテューダー王朝を開き、ヘンリー八世（在位一五〇九～四七）はローマ教皇と訣別《けつべつ》してイギリス国教の首長者となり絶対王制への道を歩み始める。

そしてエリザベス一世女王（在位一五五八～一六〇三）の登場となり、これはおおむねシェイクスピアの生涯と重なっている。

すでにヨーロッパは大航海時代へ突入していた。女王はスペインの無敵艦隊を撃破して制海権を握り、一気に重商主義的な政策を押し進めてイギリスの富を増やし、大きな繁栄を国家にもたらした。

「イギリスは女王のときに繁栄する」と、私自身も若い頃に聞いた覚えがあるけれど、二十世紀の大英帝国を見ていてはさすがにこのアフォリズムは言われなくなってしまった。だが、前の二回は正真正銘その通り。いま述べたエリザベス一世時代とビクトリア女王（在位一八三七～一九〇一）の二つ。後者はイギリスをして七つの海を支配する世界第一の国家にのし上げたが、これとても淵源《えんげん》は前者にあったと言ってよい。シェイクスピアの時代はイギリスを世界の大国家たらしめた初めての輝やかしい時代であった。商業も栄え市民階級も力をつけ、中世の気配を残しながらも、いっさいが近代の歩みを進め始めていた。新しい演劇にとってもよい時代であったろう。ウィリアム・シェイクスピアはこんな時期にロンドンから二百キロ足らず北西に位置するストラットフォード・アポン・エイボンに生まれた。ストラットフォードは街道の交差するところを意味しており、同じ地名がいくつかあって紛らわしい。そこでエイボン川沿いのストラットフォードと呼ばれていたわけである。

父はジョン、母はメアリー。ウィリアムと名づけられた新生児は第三子の長男であった。

誕生日は四月二十三日と推定されているが、定かではない。一般にウィリアム・シェイクスピアはイギリス第一の有名人と言ってよい人物なのに、その生涯については謎《なぞ》の部分が多過ぎる。シェイクスピアは実在しなかった、という説まであるくらい……。同時代の哲学者フランシス・ベーコンの別名だという説はよく言われるし、複数の書き手の共同の名前だとする説もないではない。

しかし、まあ、いきなり異説を持ち出しても混乱するばかりだ。ここでは定説に従って若い時代を略述しておこう。

父は皮革加工業者。小作農の長男であったらしいが、時代の気運を鋭敏に感じ取り製造業者の徒弟となって技術を身につけた。手袋の製造から始めて、いくつかの商売を成功させ、町会議員から町の収入役、ついには町長にまで上りつめている。晩年は事業に失敗して不遇な日々を送ったが、まずはこの時代に誕生した市民階級の典型のような人生であった。母のメアリーは裕福な農家の末娘、八人の子を生んだが、ウィリアムの姉二人は夭折《ようせつ》、第三子の長男には五人の弟妹がいた計算になるが、すべての消息がつまびらかになっているわけではない。若くして死んだ者もあり、この先、劇作家との関わりで言えば、少し年下の妹ジョウンだけを記憶に留めればそれでよいだろう。

当時のストラットフォードは人口二千人くらい、美しい自然に囲まれた田園の町であったが、交通の要路を占めていたからおのずと新しい時代の気運が染《し》み込んで来る。人々は鋭敏にそれを感じ取り、町には自由な雰囲気が漂っていた。そこそこに豊かな新興階級の長男として育ったウィリアムは町の文法学校《グラマー・スクール》へ通う。この学校では英語はもちろんのことラテン語など古典の学習を含めて相当に厳しい授業を課していた。朝から晩までほとんど丸一日詰め込まれる。生徒は立ったまま高い机を前にして勉強した。

　ウィリアムが何歳から何年間ここに通って学んだか、それもつまびらかになっていないのだが、彼が受けた正式な学校教育はこの時期のものだけである。

　シェイクスピアの作品から判断して、この劇作家の知識がとてつもなく広く教養の深いことは確かだが、その一方で、

「シェイクスピアの学問なんかたかが知れている。ラテン語少々、ギリシャ語はなにもわかっていない」

　という評もあり、これはこれであながち間違った指摘とも言えないようだ。

　言ってみれば、ある時期の日本の大衆小説家のようなものだろう。たとえば吉川英治を思い浮かべてみよう。知識は舌を巻くほどに広い。しかし、専門の学者に言わせれば、

「結構つまらない間違いはありますよ」

　であり、学者の知識と創作家の知識はおのずと異っている。シェイクスピアはストラットフォードで若干の基礎的な学習を体験し、あとは実社会で学び、必要なものをその場その場で独習して身につけた、という事情だったろう。

　二十一歳までは確実にストラットフォードに暮らしていた。学業を終えたのち、し

ばらくは父の仕事を手伝っていたのではあるまいか。

おっと、いけない。大切なことを忘れていた。

十八歳でアン・ハサウェイと結婚している。八歳年上の新妻……。アンの実家は隣村で農業を営む中流家庭で、ウィリアムの家からは徒歩で三十分ほどの距離であった。どういういきさつで二人が知りあったのか、これもわからないけれど、この三十分の道のりを若いシェイクスピアが熱い思いを胸に畳んで何度か通ったことはまちがいない。恋情にかられて……いや、肉欲にかられて、かもしれない。

「ショットガン・マリッジだったでしょうね」

という推測もある。

ショットガンつきの結婚。聞き慣れない言葉だが、

「うちの娘をどうしてくれる！　腹を大きくさせて」

と、父親が娘の恋人にショットガンを突きつけ、

「すみません。結婚します」

このケースをこう呼ぶらしい。

わかります。われらが日本国でも鉄砲の携帯こそむつかしいけれど、同じような情況は古来たくさん見聞されている。

ウィリアムの場合、十一月に結婚し、翌年の五月に長女が生まれている。ショットガン・マリッジの可能性なきにしもあらず。

大衆に愛された物語の創《つく》り手は洋の東西、歴史の古今を問わず若いうちから異性に深い関心を持つものだ。青年シェイクスピアも、八歳年上の成熟した女体を脳裏に宿し、せっせと暗い夜道を走って通ったときがあったにちがいない。

長女の誕生から二年後、男女の双子が誕生する。二十一歳で三人の子の父親だ。シェイクスピアは晩年の戯曲〈終わりよければすべてよし〉の中で登場人物に「若くて結婚、この身の災難」と名台詞《めいぜりふ》を言わせているけれど、これは二十歳前後の実感ではなかったろうか。双生児誕生直後に敢行した一大決心と重ね合わせてみると、そう思うほうが適当である。

その一大決心が、いつごろ、どういう形で、どんなふうにウィリアムの中に芽ばえたか、これがまたわからない。

二十一歳のある日、ウィリアムは単身ロンドンへ旅立つ。結果のほうからながめれば、これが演劇人としてのスタート、第一歩だった。

なんによらず人間の才能は、いつ、どんなふうにして気づかれるものなのか。本人が自覚するのはいつなのか。

a characteristic pose

運動能力に優れていることは早くから判明する。造型芸術や音楽の才能も比較的早く顕《あらわ》れる。しかし政治家の才能、実業家の才能、科学者の才能、文筆家の才能などどは、天才的なケースをたどってみても、その萌芽《ほうが》には判然としない部分がある。

余人はいざ知らずシェイクスピアの場合はどうだったのか。彼が演劇を創る才能においで並外れたレベルのものを持っていたことは疑いない。勉強も努力もしただろうが、やはり天賦《てんぷ》のものがあったろう。そのことに、いつ、どんな形で、どんなふうに彼自身が気づいたのか。ロンドンに向かったときから、はっきりとした希望が胸中にあったのだろうか？

もちろん、だれにもわからない。

しかし、このテーマは独りシェイクスピアの研究のためだけではなく、人間の才能の芽生えを発見するという意味において普遍的な意味を持っている。広く関心を持たれてよいテーマだろう。

往時シェイクスピアの故郷ストラットフォードでも芝居は上演されていた。ほとんどが中世の気配を残す宗教劇や教訓劇、たわいない笑劇のたぐいであったろうけれど、ときにはロンドンからの旅芸人一座がやって来て、少しはましな、新しい息吹《いぶ》きを感じさせる芝居を上演してくれただろう。

ウィリアムはそれを見て、

――おもしろい。これを仕事にすることができたらいいけど――

と思ったかどうか。そういう芝居にめぐりあったかどうか。なにかしら天分を感じうるチャンスがあったかどうか。私としてはこのあたりを少し空想してみたい。

なべて成功というものは才能と努力と運と、この三つの微妙な組合せから成り立っている。

それは確かにそうなのだが……どの成功もおおむねこの三つが似たような割合で混ざりあっているものなのか。それとも割合はそれぞれの成功により、一つ一つみんなてんでんばらばらになっているものなのか。シェイクスピアの場合はどうだったのか。

三百人の観客がそれなりの芝居を見れば、十人や二十人は、

――芝居っていいもんだな。おれもやりたいな――

と思うだろうけれど、長く願望を持ち続ける者は四、五人、さらにその中から成功する者は一人にも満たない。天才だけは早くからなにかを感ずるものなのだろうか。

ロンドンへ出発したとき、二十一歳のウィリアムは、

――田舎じゃつまらない。都会に出て一勝負やってみよう――

と、新しい世界に身を投ずる野心を持っていたことは疑いないが、その目算の中に、

——芝居に関わりを持とう——

普通の立身出世の夢とは異なる野望がどれほど含まれていたのか。

もっともこの出奔については、ある庭園の鹿《しか》を盗んで訴えられ、ストラットフォードにいづらくなったから、という伝説もある。そんな出来事も確かにあったらしいが、それがロンドン行きの第一の理由ではなかったろう。この件については私は深くは追究するまい。

ロンドンまでは徒歩で行ったらしい。所持金など極端に少なかったはずだ。四、五日はかかる。野宿同然の旅だったろう。両親と別れ、自分の妻子を残し、ロンドンにはつてらしいつてもなく、……それでもなお果敢な選択を断行したのは心の内奥《ないおう》によほど激しく燃えるものがあったからではないのか。世俗的な立身出世を夢見たのではなく、ロンドンでしかできないこと、つまり芝居に関わる夢が、思いのほかはっきりと心の内奥に醸成されていたのかもしれない。

シェイクスピアの生涯を結果のほうからながめてみると、この天才はなかなかの常識人でもあった。生きることについてしたたかな知恵とほどよいバランス感覚を持ち合わせていた。ロンドン行きについては、持ち前の良識で、

——なんでもいいから新しいものに挑戦してみよう。駄目だったら、ストラットフ

ォードに帰ればよい――

けっして背水の陣ではなかった。だから七、八割は普通の可能性を求めて……たとえば当時都を目ざして故郷を捨てた若者たちがチャンスを求めるのと同じような平凡な思考が心の七、八割を満たしていただろうけれど、残りの二、三割は、

――できれば芝居の世界で――

この部分には相当に固い野心があったのではなかろうか。大切な瞬間にそう思えることが、まさに天賦の才能なのではないのか、と私は思うことが多い。つまり天賦の才能とはレールに乗ったときに、その上でみごとに疾駆することだけではなく、レールに乗るべきタイミングをおおむねまちがえずに感知することにも伏在しているように考えるからである。ウィリアムのロンドン行きの心情については推理するべきなんの資料もないけれど、何割かは芝居の世界を意識していた、と私は考えたい。商売で成功するためなら、なにもロンドンまで行く必要はなかったのだから。

余計な推測を書き過ぎたようだ。

しかし、なにぶんにも推測で書かねばならない部分の多い人なのだ。ロンドンに出たシェイクスピアがしばらくの間なにをしていたか、生活の方便も含めてなにひとつわかっていない。居どころも職業も……。空白の時代と呼ばれる所以《ゆえん》である。

一五九二年、彼は二十八歳になっていたはずだが、ようやく姿を明らかにする。ある人の文章の中でウィリアム・シェイクスピアが〝俳優で劇作家〟であることが書かれているのだ。そして、これ以降は活躍の足跡が次第にはっきりとわかるようになる。空白の時代は七年間、本当にどこで、なにをしていたのだろうか。

劇場の下働きとして入り込み、端役《はやく》をこなし、台本の不足を持ち前の器用さで補い、次第に頭角を現わして、七年後には〝俳優で劇作家〟と呼ばれる身分にのし上ったのではあるまいか。これがおおかたの推測である。当たらずとも遠からず。折しも新しい演劇の台頭期で、大衆はおもしろい芝居を求めてうずうずしていた。教会の反対があったにもかかわらず芝居はおおかたの人気を集め、役者も劇作家も職業として注目される存在になり始めていた。このあたりはシェイクスピアの強運であったろう。実は〝俳優で劇作家〟と記されたのは悪口の中の一節で、同業者が成りあがり者の成功を誹《そし》っているのだ。逆に言えば誹られるだけの立場にあったということだろう。

この頃を端緒に劇場も次々に建設され、劇団も増えた。この若い劇作家はさらに活躍の場を広くする。シェイクスピアの、ほんの少し先を行くマーロウとキッド、才能ある二人の人気の劇作家が次々に斃《たお》れたのも、まあ、やはり強運であったろう。いよいよ開幕のどらが鳴ってシェイクスピア時代の到来であった。

ついでに言えば、シェイクスピアの戯曲は場面をヨーロッパの各地に採り、北のスコットランドは言うに及ばずフランス、スペイン、イタリア、デンマーク、ギリシャ……すこぶる多彩だが、シェイクスピア自身は海外はもちろんのことスコットランドにも足を運んでいなかったのではないのか。運んだとすれば、この空白の時代に旅芸人として諸国をめぐり歩いた、というケースしか考えられないが、当時の情況から考えて、それはありえなかったろう。可能性は極度に低い。圧倒的にイタリアが多いけれど、それは当時イギリス庶民の憧《あこが》れの地がそこであり、ドラマを華やかにするために意図的に用いた舞台であったろう。

おそらくシェイクスピアは、二十一歳で出奔したまま成功してからもそう足繁《あししげ》くは故郷に帰っていないだろう。立ち寄って何日かを過ごすくらい。ずっとロンドン住まいを続けて戯曲を書き続けていたのだった。

家族はそれでよかったのだろうか。とりわけ妻のアンは、どうだったのか？

例によって記録めいたものがなにひとつ残っているわけではないけれど、どう考えてみてもアンが楽しかろうはずがない。あるいは彼女だけがウィリアム出奔の本当の理由を知っていたのかもしれない。夫婦の不和なども含めて見当くらいついていたはずだ。いずれにせよ、ずっと年上の妻はあきらめに近い境地で子育てに専念していたようだ。

こんな解説もある。

「当時の農村社会では、娘や寡婦《かふ》の地位は低かったんです。金銭のことにも口出しできない。でも妻であれば夫に替って相応の権限がある。立場が保証される。アンも夫に置き去りにされ、うれしくはなかったろうけど、ぎりぎり我慢はできたんじゃないですか」

そうかもしれない。

それに……ウィリアム・シェイクスピアは、よくもわるくも世智《せち》に長《た》けている人物であった。人の心をよく知っていた。妻に対する仕打ちはけっして褒められたものではなかったけれど、どこまでがぎりぎりの限界か、逆に言えば、この線を越えてないがしろにしたら、妻がなにをやりだすかわからない、という限界をよく心得ていて、その範囲でほどよくあしらっていた、そんな様子が見えてくる。ウィリアムはロンドンへ出て、そこを生活の基盤としたけれど、故郷をけっして捨てたわけではない。親たちには孝養を示しているし、子どものことも忘れていない。故郷のことはほどほどに、ほどほどに、そんな対応ではなかったのだろうか。

北海道より緯度の高いイングランドだが、暖流の影響もあって九月はまだ暑さを残している。ここちよい季節を狙《ねら》って私はシェイクスピアゆかりの地を訪ね歩いた。

ウィンザーを経てストラットフォード・アポン・エイボンに向かった。

ウィンザーは確かに〈ウィンザーの陽気な女房たち〉の舞台となった土地柄だが、戯曲との関わりは乏しい。ここは徹頭徹尾王城の町である。王城の中には見どころがたくさんあるけれどシェイクスピアの演劇とはべつなものだ。町は垢《あか》ぬけている。とはいえ通りすがりの観光客にこの町に暮らす女房たちの陽気さを実感することはできまい。わずかにテムズ河のほとりに立って〈ウィンザーの陽気な女房たち〉の登場人物、好色で強欲なでぶっちょフォールスタッフの姿を想像し、

――ここに放り込まれたのか――

と思い出すくらい。

石を投げて水紋の広がりをながめた。

ストラットフォードのほうは、まず道順として郊外にあるアンの実家ハサウェイの家跡へ。

茅《かや》ぶきの小さな農家で、周囲の庭園では林檎《りんご》の木が朽ちかけた果実を芝生の上にたくさん撒《ま》き落としていた。家そのものは当時のものを補強したらしいが、調度品のほ

うは後で同時代のものを収集して、それらしく飾ったもの。画家の描いた想像図が壁に並べてあって往時の雰囲気を偲《しの》ばせてくれる。

周囲の道は今でこそ観光バスも入る舗装道路になっているけれど、四百年前は寂しい田舎道だったろう。

――この道を通ったわけだな――

まだ若いシェイクスピアが肩をすぼめて……。なんだかほほえましい。さしずめ民謡の〈稗搗《ひえつき》節〉の歌詞のようなものだ。

庭の山椒《さんしゅ》の木に鳴る鈴かけてヨーオー　ホイ
鈴の鳴るときゃ　出ておじゃれヨ
鈴の鳴るときゃ何というて出ましょヨーオー　ホイ
駒《こま》に水くりょというて出ましょヨ

と、あれは源氏の武士・那須《なす》大八郎と平家の落人《おちうど》・鶴富姫《つるとみひめ》の恋だったが、シェイクスピアは若いときから演技派だったろうから「ホロホロホー、ピッピー」なんて鳥の鳴き声をまねたりして、するとアンがこっそりと家から抜け出して来たのではあるまいか。とりとめのない空想を描いた。

それほどの情熱もやがては凋《しぼ》んで消えていく。そのこともシェイクスピアは内省し、リアリズムの精神で冷静に心に留め置いたにちがいない。後年の戯曲の中に生かしたにちがいない。

が、私は旅を急がねばならない。それから車で五分ほど走って母メアリーの実家アーデンの家跡へ。

同じ茅ぶきの農家だが、アンの家より一ランクくらい、あるいは二ランクくらい裕福な感じをたたえている。木造の柱や梁《はり》をあらわにしたまま白い壁を塗っている。これも往年の姿を残して補修を施したものだ。大きな鳩《はと》小屋があってこれは食用に供するものだったとか。この周辺が〈夏の夜の夢〉の舞台となったアーデンの森のありからしいが、今は鬱蒼《うっそう》たる森は見当たらず、ほとんどが農地に変っていた。地名のアーデンが苗字《みょうじ》になっているのは由緒《ゆいしょ》ある家柄のせいだろう。幼いウィリアムはしばしばここを訪ねていたらしい。高貴なものを描く素地はこのあたりで培《つちか》ったものかもしれない。

ストラットフォードの町は小ぢんまりと整備されていて美しい。観光地にはちがいないのだが、イギリス人の美意識がさりげなく漂っている。生家は敷石を張りつめた広い道路にそって細長く建っている。三角の屋根を三つ尖《とが》らせ、左半分が住居で、右半分が店として使われていたらしい。これも木造に白壁。玄関もそのまま残されていて出入口のドアの上に白いハート型の紋章が飾られていた。

すぐ隣がシェイクスピア・センター。博物館を兼ねたサービス機関で、生家の中ともども関係資料が展示されている。資料的に興味深いのはA３判くらいの大きさのファースト・フォリオ。すなわち最初のシェイクスピア戯曲集である。劇作家の死後七年たった一六二三年に親しい友人のジョン・ヘミングズ等が編んだもの。

「これが最初の全集ですね？」

「そうですね」

と、ガイド氏が頷《うなず》く。

「十八篇が未刊行だった、とか」

「でも画期的ですよね」

「七百五十部作られたうちの一冊。現在でも二百冊が残っている……」

英語の説明を聞いてテープレコーダに収めた。

「値段が一パウンド」

「今とはちがうんでしょうね、パウンドの値うちが」

「全然」

「どのくらいの価値です？」

「さあ」

この施設の係員に尋ねてみると、普通の人の一ヵ月分の収入くらい。現在なら七百五十〜一千パウンドという返事だった。十五万円から二十万円といった見当だろう。

ほかにもいろいろ珍しいものが並んでいたけれど、博物館という施設は稚気を帯びてなければいけない、これが私の持論だ。ここにも稚気がある。その代表は、

「これはわかりやすいなあ」

とおおいに感心した。

シェイクスピアは自分の遺産をだれに、どう与えるか丹念な遺書を残しているのだが、その内容は相当ややこしい。展示室の工夫は、妻アンとか娘スザンナとかボタンを押すと豆電球がつき、贈られた金品がボードに絵入りで示される。次々に押してみた。貧民のため十パウンド、自分が名づけた知人の子どもに金貨で二十シリングとか、細かい。

が、それはともかくシェイクスピアの遺産の分配が人口に繋くのぼるのは、妻アンへの贈与が極端に少ないからだ。少なく記されているからだ。娘たちにはたっぷりと

残しているのに〝妻には二番目に上等の寝台を、付属品つきで与える〟と、遺書の最後におまけのように告げられているだけなのだ。もちろん展示室のボードにもそれだけが浮かびあがる。

――そんなあ、ひどい――

やっぱり夫婦仲は冷えきっていたのかな。若い日にロンドンに出奔した事情まで勘ぐりたくなってしまう。

学者たちの間でも甲論乙駁《おつばく》。〝二番目に〟というのは……一番は客用であり、これは夫婦兼用のベッドのこと、けっして奥さんを侮《あなど》っているわけではない、と、この理屈は、まあ納得できる。

ベッドだけというのは、ひどい、ひど過ぎる、という本質的な問題については、現在の法律用語で言えば妻の遺留分のような考え方があって、いちいち遺言書に書かなくても妻は亡夫の遺産の一定比率を相続できるのであり、シェイクスピアの遺言書は〝ここに書いてあるもの以外は全部妻へ〟と解釈してよい、という説もある。

いや、ロンドンでは遺留分的な考え方はあったけれど、ストラットフォードあたりでは考えにくい、という反論もあって、どちらとも言えない。ただその後もアン未亡人が、娘夫婦を初めとする周囲の援助があったにせよ今まで通り平穏に暮らしたところを見ると……つまりベッド一つの生活ではなかったところを見ると、慣習的に生きる権利は充分に保証されていたことは確かである。ベッド一つで路頭に放り出されたわけではないようだ。

とはいえ法的な解釈はともかく、この文言がなごやかな仲を感じさせるものでないことは確かだろう。

エイボン川のほとりにも出てみた。今も美しいが、昔はもっと素朴な清らかな流れだったろう。

橋が懸っている。

クロプトン橋。新しい橋と古い橋とがあって、古い橋こそウィリアム青年が渡ってロンドンへと向かったスタート地点であったはず。

橋の手前側は公園になっていて、ハムレット、マクベス夫人、フォールスタッフなど代表的な登場人物の銅像が花と芝生の中に立っていた。シェイクスピア自身の銅像も高々と建って町を睥睨《へいげい》している。この町はどこへ行ってもシェイクスピア一色だ。ホテルの部屋までルーム名が戯曲の名や登場人物の名で満たされている。

シェイクスピアが通った文法学校もエドワード六世校の一部として残っている。そのすぐ近くにニュー・プレイスがあって、ここはシェイクスピアが晩年を過ごした屋敷跡だ。柵越《さく》しに覗《のぞ》くと美しい芝生の庭が広がっていた。

二十一歳で故郷を離れた青年はロンドンに暮らして三十七の戯曲を書き上演して大成功を収める。その間、故郷に関しては土地を買ったり、さまざまな権利を確保したりして接点を持ち続け、おそらく四十六歳の頃に生活の拠点をストラットフォードへ戻したらしい。それがニュー・プレイスの住居で、死後は長女のスザンナ（医師のジョン・ホール夫人）さらに孫娘のエリザベスに譲られたが、今は基礎の部分と井戸しか残っていないとか。隣家がその頃の様式をそのまま伝えているので晩年のシェイクスピアの住居を偲ぶなら「そっちを見てください」ということになるらしい。

一八四六年、このニュー・プレイスは一族の手を離れ、離れるや否《いな》や翌一八四七年競売に付されてしまう。そのときのポスターが今に残っている。アメリカにまで広告が出され、

「いくらなんでもアメリカの成金にシェイクスピアの家が買われてなるものか」

「まったくだ」

有志が立ち上って基金を集めた。アルバート卿《きょう》（ビクトリア女王の夫。一八一九〜六二）やチャールズ・ディケンズ（一八一二〜七〇）の名が基金の名簿に残されている。これが今日のシェイクスピア財団の基で、ストラットフォードを初め各地でシェイク

スピアの業績を伝え残す事業を営んでいる。先に述べたシェイクスピア・センターもその一つだ。

聖トリニティ教会はかつては町はずれに建っていたのだろうが、町全体が整備された今、中心部からそう遠い距離ではない。エイボン川のほとりに敷石の並木道が続き、その奥に礼拝堂がある。

中へ入って見ると、

――これはシェイクスピア教会ですね――

そう思いたくなるほどシェイクスピアとその一族が優遇されていた。正面の祭壇の下に黒いネームプレートが並び、その下に棺《ひつぎ》が埋められているのだろうが、シェイクスピア、妻アン、娘スザンナ、その夫ジョン・ホール……余人の介入を許さない。シェイクスピアの墓碑銘は、

よき友よ、イエスの御名にかけ、
ここに埋められたる塵埃《じんあい》を掘り起こすことなかれ
この墓石を留め置く者に幸いあれ
わが亡骸《なきがら》を動かす者に呪《のろ》いあれ

であり、遺体を掘ってどこかへ移すなんてとんでもない、土塊《つちくれ》一つ、ごみ一つ、掘り動かしてはならないという厳令である。

なにゆえにこうまでこだわったのか？

イギリスの歴史の中に亡骸を掘り起こしてまでも辱《はずかし》めを加えた例がないわけではない。歴史に学び実生活を熟知していた劇作家は〝生前の名声なんかなにほどのものか。死んでしまえば足蹴《あしげ》にされることだってある〟と考えて自らの安寧を強く訴えたのかもしれない。

加えて当時のイギリスは信仰上の争いで揺れていた。カソリックとイギリス国教の確執である。死後の世界だって安らかとは言えない。せめて骨だけは信仰に関わりなく故郷の土に永遠に埋めておいてほしいと願ったのかもしれない。

聖堂の左脇《わき》にシェイクスピアの肖像画があって、一説によると、これが本人に一番よく似ているんだとか。

――いつ頃描かれた絵なんだ――

それがわからないと、いくら似ていると言われても信じきれないのだが、生まれ故郷でそう言われているのなら一応は敬意を捧《ささ》げておこう。女性たちの紅涙を何リットトルも絞ったシェイクスピアではあるけれど、この肖像画を見る限り美男ではない。すてきなお爺《じい》さんとも言えない。むしろ田舎の村長さん、小肥《こぶと》りの徴税人。優しい顔をしているが甘くはなさそうだ。

シェイクスピアの肖像彫像と言えば、ストラットフォードでは町役場の玄関の上にあるし、銀行のドアの上にもある。銀行のほうは金ピカで聖人の画像みたいだ。

ロンドンでもたくさん見た。二階の窓から悲しそうに街を見おろしている姿や酒場の看板になっているのや寝転がっているのもあった。

聖トリニティ教会とはべつにシャンドスの肖像画というのがあって〝これが一番よく似ている〟という説も有力だ。これはいろいろな本で見ることができる。一七〇九年に出版された本の挿絵をもとにしているとか。

――うーん、一六一六年に死んで、一七〇九年の作か――

死後九十三年。じかに知っている人はみな生きていない。

どの肖像を見ても額が広い。限りなく上へ上へと禿《は》げ上って、後頭部をちぢれた髪が厚く覆《おお》っている。うしろに垂れた髪を内側にふっくらと大きくカールさせてるような肖像も多い。鼻筋が通り、口髭《くちひげ》、顎鬚《あごひげ》をチョッピリ山羊《やぎ》みたいにつけている。目は一番重要なポイントだが、これはまちまちだ。シャンドスの肖像画は知的で油断のない感じである。聖トリニティ教会の画像を考えると最晩年は肥ったのかもしれない。若いうちはむしろ細面に描かれている。

家族について触れれば、これはすでに断片的に述べたことだが、シェイクスピアは三人の子どもしか持たなかった。

――アン夫人以外には……子どもはいなかったのかなあ――

と、余計な心配が浮かんでしまうのだが、痕跡《こんせき》はない。当時の文学者としてはむしろ珍しい。なにしろ妻の膝《ひざ》もとを離れて何年も他所で暮らしていたのだから女性関係がまったく潔白とは考えにくい。

――若いときの体験で懲《こ》りたのかな――

なにしろショットガン・マリッジだったという推測もあるのだから……。知恵ある人は二度と同じあやまちを犯さない、と、そう考えるべきケースなのだろうか。

三人の子は長女スザンナ、双子の男女……つまり長男ハムネットと次女ジュディス。ハムネットは十一歳で死んでいるから、残ったのは女二人である。二人とも結婚したが、どちらの系統も生命力旺盛《おうせい》とはいえず、直系の子孫をほとんど残していない。だからウィリアム・シェイクスピアの血は現代に残っていたとしてもそれはきわめて薄いものでしかない。あのすさまじい文才を思うと、少し惜しい。

シェイクスピア家族関係略年譜

西暦	年齢	事項
1564	0	4月23日（推定）ウィリアム・シェイクスピア誕生
		洗礼は4月26日（姉が2人あったがすでに死亡）
1566	2	弟ギルバート誕生（1612死去）
1569	5	妹ジョウン誕生
1571	7	妹アン誕生（1579死去）
1574	10	弟リチャード誕生（1613死去）
1580	16	弟エドマンド誕生（1607死去）
1582	18	アン・ハサウェイと結婚
1583	19	長女スザンナ誕生
1585	21	長男ハムネットと次女ジュディスの双子誕生
		このころロンドンへ
1592	28	俳優・劇作家としての活躍が初めて確認される
1596	32	長男ハムネット死去
1597	33	ストラットフォードのニュー・プレイス購入
1599	35	グローブ座が創建され、株主の一人となる
1601	37	父ジョン死去
1607	43	長女スザンナ結婚
1608	44	母メアリー死去
1610	46	このころストラットフォードへ生活を移す
1616	52	次女ジュディス結婚
		4月23日死去
1623	—	妻アン死去

次女のジュディスについて言えば、シェイクスピアの死の二ヵ月前、三十一歳でようやく結婚した。もちろん晩婚である。父親としてはホッと胸を撫《な》でおろしてよいところだが、夫となる男性は素行定まらず、女性関係が乱れていた。安心はできない。遺言状を書き直して細かくジュディスに指示を与えている。

命日は四月二十三日。

誕生日と同じ日なのだ。老いたるシェイクスピアが、

「そうか。誕生日か。じゃあ、死ぬか」

と呟《つぶや》いたとしたら相当にドラマチックであるけれど、残念ながらそんな伝承は残されていない。それに……死んだ日は確かだが、誕生日のほうは推定である。四月二十三日頃である。

今回のタイトルを〈人殺しから五十二年〉としたのは、きっかり五十二年を意図したことなのだが、その実、一日二日狂っているかもしれない。

第2話　暗愁のハムレット

The Hamlet

from an engraving of 1709

二十代のなかばに親しい友人のSを事故で喪《うしな》った。

Sは新聞記者で、支局の風呂場《ふろば》で一酸化炭素中毒を起こして死んだ。私は比較的早く現場に到着したため、亡骸《なきがら》はすでに他所に運ばれていたけれど、事故直後のなまなましい証言をいくつか聞くことができた。

事故は深夜近くにゆっくりと起きたらしい。支局には支局長とSしかいなかった。

「風呂が沸いてる。先に入れよ」

支局長は支局に泊っている。Sの下宿では入浴がままならない。支局で一日の汗を流して帰ることが多かった。

「お先に失礼します」

Sは風呂場へ消えた。くたくたに疲れていた。そのことは支局長もよく知っていた。

でも一時間近く……。

――ずいぶん長い風呂だな――

と支局長は思った。

だが、支局長は、つい数日前、赴任してきたばかりで局員たちとまだ充分に懇意とは言えない。風呂場を覗《のぞ》いて「早く出ろ」とばかりに声をかけるのは、ためらわれた。

Sは、その間にゆっくりと一酸化炭素を吸って死んだ。

発見されたとき、Sは洗い場で倒れていた。湯舟の湯は手が入れられないほど熱かった。湯気抜きの窓が細く五センチほど開いていた。

つまり完全な密閉状態ではなかった。湯舟の湯が充分に熱かったところをみると、ガス・バーナーは燃えていたはずだ。火がすっかり消えてガスだけがヒューヒューと吹いていたわけではあるまい。一酸化炭素は引火性が強いから、たくさん漏れていたのなら火を誘う。バーナーはいくつかの炎を立てながら、ほんの少しずつ有毒なガスを漏らしていたにちがいない。窓も細く開いていたのだし……有毒ガスの濃度はそれほど濃かったとは思えない。少しずつ気分が悪くなったのなら、なぜSは気づかなかったのか。

――居眠りをしていたからだ。多分、湯舟の中で――

私は確信している。

そして湯の熱さか、気分の悪さかに気づいて洗い場に出たが、そのときはすでに遅く、そこで倒れたのだ、と。

Sには居眠りの癖があった。眠たいとなると短い時間でもよく眠った。一緒に温泉につかり、話しているうちに眠ったこともあった。

——私なら死ななかった——

これも私の確信だ。私は湯舟では眠れない。一度も体験したことがない。Sの事故を考えるとき、風呂場のバーナーに欠陥があったのはもちろんのこと、支局長が新任であった事情も不運であったが、Sの性癖も大きく関わっている。Sでなかったら、死ななかったかもしれない。その確率は高い。性癖も性格のうちだろう。Sとは、学生時代にしばしば演劇論などを交わしていたから、

——これは性格の悲劇だな——

と私は思わないでもなかった。

ギリシャ古典劇が運命の悲劇だと言われるのに対し、シェイクスピア劇は性格の悲劇だと評される。ギリシャ劇では登場人物がどうしようもない不運に見舞われ、運命の非情を嘆くよりほかにない。だが、シェイクスピアの場合は、非運も関わっているけれど、この主人公でなかったならば、こうはならない、と主人公の性格がドラマの結末に大きく影響しているケースが多い。性格の悲劇と言われる所以《ゆえん》である。〈ハムレット〉はその代表的な一例と言ってよいだろう。

ひるがえって私たちの日常でも、悲劇は、運命と、そこに在る人間の性格との微妙な組合せから惹起《じやつき》することが多い。この二つの要素が、ギリシャ劇とシェイクスピア

劇という形で演劇の歴史の中に強く影を落としていることは偶然ではあるまい。

閑話休題、シェイクスピアの三十七篇の戯曲の中で〈ハムレット〉はもっともよく知られた作品である。五幕からなる悲劇。しかし、その内容をだれしもが熟知しているわけではあるまい。まず、あらすじをたどっておこう。

舞台はデンマーク、エルシノアの王城。

第一幕は王城の人気《ひとけ》ない城壁に深夜、先王の亡霊が現われた、という噂《うわさ》から始まる。先王が没してまだ二ヵ月足らず、なのに王妃ガートルードは先王の弟クローディアスと再婚、クローディアスが新しい国王となっている。王子ハムレットには、この情況が楽しめない。父なる先王に比べれば新王はあらゆる点で見劣りする。ああ、それなのに母なるガートルードが先王への貞節を忘れ、たちまちクローディアスと寝床をともにするとは……その無節操ぶりには全く納得がいかない。加えて、先王は暗殺されたのではないのか、その疑念も拭《ぬぐ》えない。

内大臣のポローニアスは絵に描いたような俗物で、先王の治下、この男がどういう立場にあってどう務めていたのかわからないけれど、今は新しい王と王妃にべったりとくっついて重宝がられている。ハムレットとは反りが合わない。ポローニアスには二人の子どもがあって、息子のレアティーズと娘のオフィーリア。レアティーズはフランスに留学中だが、新王の戴冠式《たいかんしき》のため一旦《いったん》帰国、ふたたびフランスへ戻って行く。美貌《びぼう》の娘オフィーリアは、ハムレットの愛を感じ始めているが、兄は「王子の気まぐれだ。固く操《みさお》を守れ」と出発を前に忠告、父のポローニアスも同意見で、ハムレットをそばに近づけないよう娘に命じている。

一方、怪しい噂を聞いたハムレットが、城壁に出てみると、果せるかな、亡霊が現われる。甲冑《かっちゅう》をつけ夜霧の中にぼんやりと浮いているが、まさしく先王の姿ではないか。亡霊はハムレットを招き寄せ「自分は昼寝の最中に毒蛇に嚙《か》まれて死んだ、と言われているが、その実、弟クローディアスに殺されたのだ。耳の穴に猛毒を流し込まれて。その弟が今、私の妃《きさき》を邪淫《じゃいん》の床に誘い、国王となっている。復讐《ふくしゅう》をしてくれ。しかし、ガートルードにはけっして危害を及ぼすな」と告げて消える。ハムレットの悩みが深まる。

第二幕は……王子ハムレットの陰鬱《いんうつ》な様子を見て、周囲は不安でならない。王子からオフィーリアに渡された恋文を父のポローニアスが検閲してみれば、狂気を感じさせる文面。この俗物の内大臣は、

——王子はオフィーリアにふられて狂ったらしい——

The ghost walks ...

と判断するが、新王クローディアスは疑い深い。王子の学友に頼んでハムレットの憂鬱の真相を探らせるが、王子のほうは事情を推察して学友たちに心を開かない。折しも旅の役者たちが現われ、これはハムレットも大歓迎だ。みずから劇の一節を朗詠して演ずる。

第三幕ではハムレットの苦悩と企《たくら》みが一層あらわになる。有名な台詞《せりふ》 "To be, or not to be, that is the question." が呟《つぶや》かれるのも、この第一場においてである。ハムレットの憂鬱はなんだったのか？ 私なりに推測してみれば、

①先王の死は本当にクローディアスの手によるものだろうか。どうしたら確証が得られるのか。

②父の亡霊をこの目で見たのは事実だが、亡霊の言葉をどこまで信じてよいものか。悪霊《あくりよう》ならば巧みに自分をまちがった道へ誘い込むこともできるだろう。

③クローディアスの陰謀が実際にあったとして母ガートルードがどこまでそれに加わっているのか。

④それにしても、先王に愛され充分に貞淑であったはずの母が、いとも簡単に叔父に籠絡《ろうらく》されてしまうとは……女心はそんなに脆《もろ》いものなのか。それが自分の母なのか。

⑤母の堕落をまのあたりにした今、事情を昔に戻すことはできない。不貞はすでに

実現されてしまったのだ。怒り狂おうにも亡霊は母には危害を及ぼすな、と願っていた。

⑥亡霊の懇願を受け入れ、復讐をするとしても、けっして簡単なことではない。クローディアスは充分に警戒している。

⑦加えて、自分自身の優柔不断な性格。われながらいまいましい。自己嫌悪《けんお》に陥ってしまう。

⑧死を恐れるつもりはないけれど、やはり死後の世界には不安を覚える。そこになにがあるのか。

⑨しばらくは狂気を装《よそお》うにしても、そのこと自体がうっとうしい。心はけっして晴れない。

⑩オフィーリアには気の毒だな。

などなどであろうか。さまざまな疑念が重なりあい、決心のつかないことが、また憂鬱なのである。

ハムレットは真相を探るために一計を案じ、旅の役者たちに芝居を演じさせる。いわゆる劇中劇だ。芝居の外題は〈ねずみ取り〉と、意味深長だ。中身もまた、国王の甥《おい》が王位と王妃を手に入れるため国王を暗殺する、という筋立てで、すこぶる刺激的。

しかも午睡の国王の耳に毒液を注ぎ込んで……。もし亡霊の言葉が正しければ、これこそがクローディアスの実行した方法である。ハムレットは腹心の友ホレーシオにも頼んで、ともども四つの目でクローディアスの反応を観察する。

クローディアスはまっ青になって退場。

――まちがいなし。あの様子から察してクローディアスこそ犯人だ――

と、ハムレットはホレーシオと顔を見合わせて頷《うなず》きあう。

この直後、私にはすこぶる興味深いシーンがあるのだが、それをそっくり紹介しておこう。すなわちクローディアスのモノローグである。（本書中のシェイクスピア戯曲の訳文引用は、別途の付記がない限り小田島雄志訳〈シェイクスピア全集〉白水社刊・uブックスによる）

「おお、この罪の悪臭、天にも達しよう。
人類最初の罪、兄弟殺しを犯したこの身、
どうしていまさら祈ることができよう。
祈りたいと思う心はいくら強くとも、
それを上まわる罪の重さに押しつぶされる。

同時に二つの仕事をはたさねばならぬもののように、
思うばかりでなにごともはたさず、二つとも
手をつけぬまま、呆然《ぼうぜん》と立ちつくすのみだ。
この呪《のろ》われた手が、兄の血にまみれて
硬くこわばっていようと、それを洗い清めて
雪の白さにする恵みの雨が天にはないのか？
罪びとの面に目を向けるのが慈悲のつとめではないか？
人が祈るのはなんのためか、一つは罪に落ちぬよう、
もう一つは罪に落ちたものが許されるよう祈る、
そうではないか？　とすれば天を仰ごう、
犯した罪は過去のものだ。だがどう祈ればいい？
『忌《い》まわしい人殺しの罪を許したまえ』？
だめだ、それは。人殺しの罪を犯した結果
手に入れたものをいまなお身につけていて、
王冠も、野心も、そして王妃も、いまだ
手ばなさずにいて、その罪が許されようか？」(以下略)

話はすっかり横道にそれてしまうが、私はこれまでに戯曲〈ハムレット〉を少なくとも二回は精読しているし、舞台も映画も何度か見ているはずだが、第三幕にこのシーンがあることには気づかず、すっかり忘れていた。今回はじめて注目し、

――うーん――

と考え込んでしまった。私自身の錯綜《さくそう》する思案をどう説明したらよいのだろう。このくだりは明白な罪の告白である。クローディアスがみずから観客に向かって「私が犯人です」と宣言しているのだ。

〈ハムレット〉というドラマの展開を常識的に考えれば、このモノローグは当然すぎるほど当然な内容で、それゆえに私はうっかりして注意を怠っていたのだろうが、この告白は重要だ。

つまり……〈ハムレット〉を一つのミステリーとして読むとき、亡霊の訴えなんか信を置くに足りない。ハムレットは母の再婚を忌まわしく思っているのだから、どうしても叔父を悪者扱いにしたくなる。その心情を考えれば、先王の暗殺自体がハムレットの妄想だ、とする解釈があったって、よいではないか。

もちろん、これはとんでもないハムレット論だが、古来優れた文学作品は、そうし

た別の解釈を最後まで内包しながら進展し、終わってもなお余韻を残す、という手法を採らないでもない。

しかし、クローディアスの、このモノローグが公開されてしまっては、その道はない。予断の選択肢は相当に少なくなる。シェイクスピアは韜晦《とうかい》を避け、ドラマがなかばを少し過ぎたところで、

「はい、正解を教えておきましょうね」

と、種あかしをやったわけである。

明解にはなったが、そのぶん少し単純になった。もしかしたら、このモノローグをはぶいた演出も……つまりまったく別な解釈も〈ハムレット〉劇には実在しているかもしれない。

が、話を第三幕に戻して……ハムレットと母ガートルードの対話が始まり、それをカーテンの陰で盗み聞きしているポローニアス。ハムレットが剣で突き刺して殺す。そのうえでハムレットは興奮のまま、相当に手厳しい発言で母を詰《なじ》る。ほとんど売女《ばいた》呼ばわりの台詞が続く。亡霊が命じた「母には危害を及ぼすな」が充分に守られているとは思えない。ハムレットの怒りはそれなりに理解できるし、充分にドラマチックな対話を構成しているのだが、

——おい、おい、お袋さんにはもう少し優しくしてやれよ——

と、私なんかは思わないでもない。

この場面にも先王の亡霊が現われ、ハムレットにあれこれと示唆《しさ》を与える。しかし、それはハムレットにだけ見えて、ガートルードには見えない。

いずれにせよ、ここまでハムレットに反逆されては、たとえ狂気のせいであるにせよ、クローディアスもガートルードも看過はできない。しかも内大臣が殺されているのだ。

第四幕に移って、ハムレットは王の命令を受け、友国イギリスへ出帆する。名目は、ポローニアス殺害のほとぼりがさめるまで……ということだが、その実、クローディアスはイギリス王にハムレットの暗殺を託している。デンマークでは王子の人気が高いので、手荒いことができないからだ。

オフィーリアはハムレットに暴言を浴せられて発狂、やがて美しい歌をくちずさみながら水に落ち、水に流れて死ぬ。オフィーリアの兄レアティーズが父ポローニアスの不慮の死を知り武装した民衆とともに王城へ押し寄せて来る。

「父はハムレットに殺されたのか」

「いかにも」

と国王に聞かされているときに、ハムレットが無事に帰国する旨《むね》の書状が届き、さらにオフィーリアの狂死が伝えられる。レアティーズの恨みは深い。その耳にハムレットとの剣の勝負を唆《そその》かされる。レアティーズの剣先に猛毒を塗り、ハムレットにかすり傷でも負わせれば致命傷となる手はず。加えて、国王クローディアスは、勝負の途中で喉《のど》が渇くであろうハムレットのために毒入りの杯まで用意しておく、という念の入れよう。王妃ガートルードにははっきりとわからせぬまま、事故として巧みにハムレットを葬《ほうむ》ろうという企みであった。

第五幕は、まず墓場から始まり、道化が二人、墓を掘っている。ハムレットが腹心の友ホレーシオと一緒に登場。ハムレットはイギリスへ向かう途中、海賊に襲われ、一人海賊船に捕らえられたが、海賊は王子と知ってデンマークへ送り返してくれた、という事情。墓掘りの道化を相手にしばらく人間の死についての談義が続くが、そこへ葬列が現われ、オフィーリアの死がわかる。

ハムレットはクローディアスがイギリス国王に宛《あ》てた手紙を……イギリスに到着次第ハムレットを亡《な》き者にしてほしいと頼んだ手紙を盗み見ていた。クローディアスの罪科と企みは余すところなくわかっている。〝父なる先王を殺し、母を汚し、横から手を出して王位を奪い、おれの望みを絶ったのみか、このいのちまで奸計《かんけい》をもっておとしいれようとした男〟と知っている。

国王クローディアスの勧めもあり、ハムレットとレアティーズの剣の勝負が始まる。

ゲームは十二本勝負。レアティーズは名うての剣士だ。国王はハムレットに三本のハンディキャップをつけて賭《か》けをしたらしい。つまり、レアティーズは七対五では負け、八対四以上の成績をあげ、差を三つ以上つけなければいけない。ゲームに興をそえ、企みを隠蔽《いんぺい》する工作……。当時の宮廷ではこんな賭け事がおこなわれていたのだろう。ハムレットの肌に切り傷を負わせるためにも、途中で喉を潤《うるお》す杯を酌《く》むためにも、この十二本勝負は都合がよい。さらに言えば、ドラマを大団円に向けてほどよく進行させるためにも……。

勝負が始まる。好敵手同士。一本、二本……審判の手が上がる。

王妃がハムレットのために乾杯をするが、それとは知らずに毒杯をあおいでしまう。レアティーズの切っ先がハムレットの肌を傷つけ、毒がまわり始める。二人は格闘し、剣を取り替え、ハムレットは毒のついた剣でレアティーズに傷を負わせる。レアティーズにも毒がまわり始める。

王妃が斃《たお》れる。

レアティーズは、自分の死の近いことを知り、いっさいの責めが国王にあることを覚《さと》って、そのことを公言する。ハムレットも自分の死が近づいていることを知り、国王クローディアスを刺し、毒杯をあおがせる。クローディアスの死。あとを追ってレアティーズの死、ハムレットの死。最期《さいご》の言葉はホレーシオに……。ハムレットを追って死のうとする腹心の友に、ハムレットは「死んではならぬ」と命じ、さらに、「少しでもその胸にハムレットを思う心があるなら、しばらくは安らかな眠りにつくしあわせをはなれ、つらいこの世にあっておれの物語を伝えてくれ」と言い残す。

ドラマの随所にノルウェーとの戦や和平を伝えるエピソードが散っているが、それは本筋とあまり関係がないので省略しよう。たまたま表敬のためエルシノアの王城を訪ねて来たノルウェー軍の礼砲の響く中で、幕が静かに降りる。

エルシノアはデンマーク語で言えば、ヘルセンゲア。首都コペンハーゲンから北へ四十五キロ。車で行くならば、海峡ぞいの舗装道路を一時間ほど走って着く。対岸はスウェーデン。薄曇りの日でもぼんやりと向こうの町の高い屋根が見える距離だ。

いったいに異国の地形は、きちんと地図を見るまでわからないものだ。デンマークはおおまかに言えば三つの部分から成っていて、東から西へシェラン島、フュン島、そしてドイツに続くユトランド半島である。ほかにもけっして小さくない島がいくつか散っている。昨今は島から島へ、さらに半島へと、海を渡る橋がかけられたらしいが、一国としては便利な地形とは言えまい。

東のシェラン島の東岸に首都コペンハーゲンがあり、海峡のもっとも狭いところにエルシノアの港町が広がっている。この町の海浜に建つクロンボー城こそが〈ハムレット〉の王城であり、多くの観光客を集めている名勝だ。クロンボーは英語にすればクラウン・ブルグ、王冠の城邑《じょうゆう》の謂《いい》で、上から見ると王冠を思わせる形を呈しているとか。さながら函館の五稜郭《ごりょうかく》のように星形の濠《ほり》を周囲にめぐらしている。痕跡《こんせき》は今も残って鋭角的なコーナーを持つ堀割が二重の溝を落として水をたたえている。対岸の町ヘルシンボリまで五キロ足らず、目を凝らすと、まっすぐの位置に城塔がうかがえ、かつてはそれもデンマークのもの。二つの城で海峡を扼《やく》し、船舶から通行税を徴収して莫大《ばくだい》な利益をあげていた。なにしろこの海峡は広大なバルト海から北海へ、さらに大西洋へと通ずる、ほとんど唯一《ゆいいつ》の要路である。港町は繁栄し、その繁栄はそのままクロンボー城の栄光へと繋《つな》っていた。

城門を抜けると、すぐ左手にシェイクスピアのレリーフが掲げてあり、なぜこの城が〈ハムレット〉と関わりがあるのか、略述されてあった。

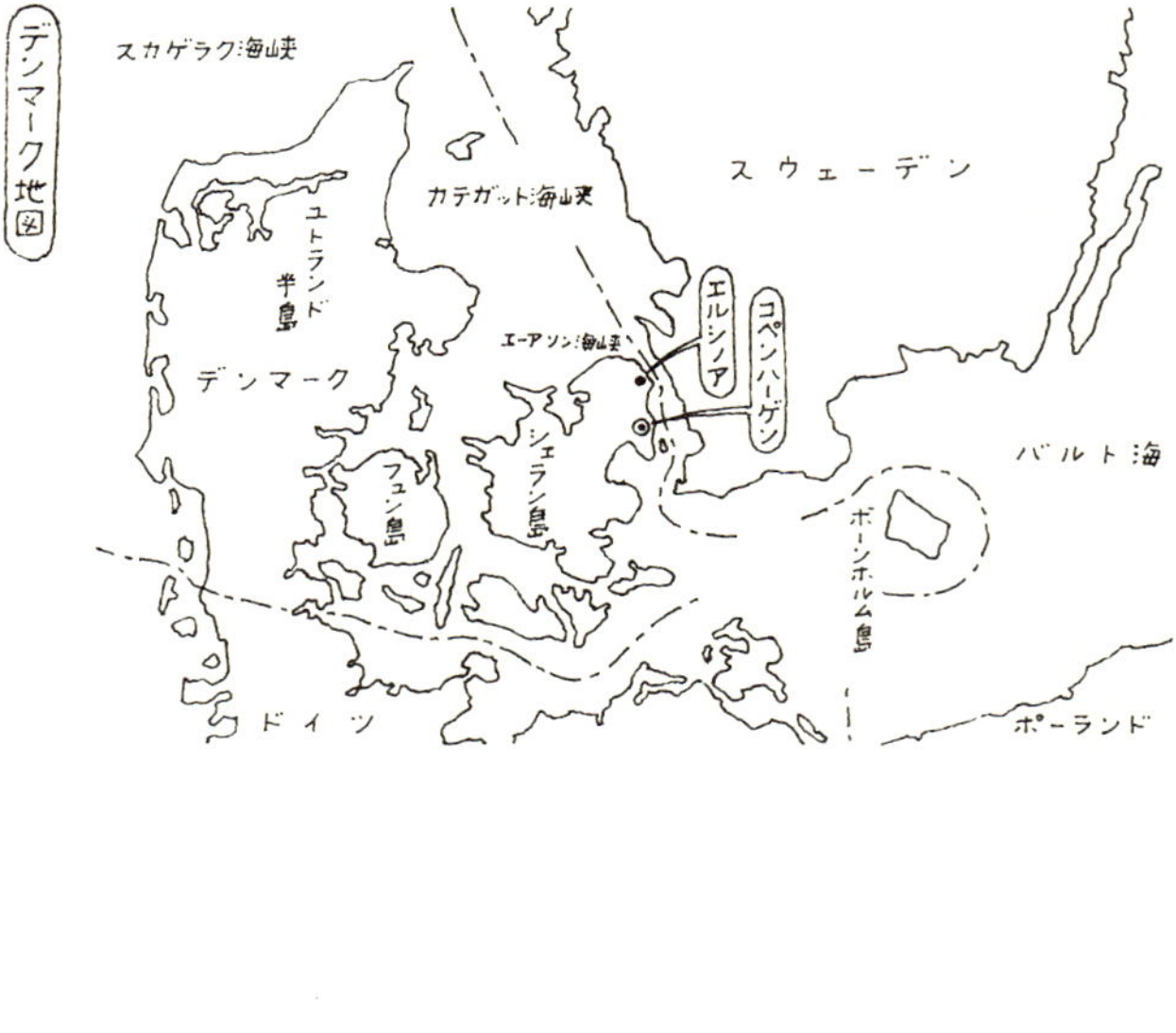
デンマーク地図
スカゲラク海峡
カテガット海峡
スウェーデン
ユトランド半島
エルシノア
コペンハーゲン
エーアソン海峡
デンマーク
シェラン島
フュン島
バルト海
ボーンホルム島
ドイツ
ポーランド

他の資料を交えて、そのあたりの事情をつまびらかに説明すると……伝説の淵源《えんげん》は充分に古い。十二世紀の末にデンマークの文人サクソが年代記を著し、その中に、さらに古い時代の説話として、王子アムレト（Amleth）の物語が記されている。国王の弟が兄を殺して王位と妃《きさき》とを奪う。その甥《おい》に当たる王子アムレトが愚か者を装《よそお》って復讐《ふくしゅう》の機会を狙《ねら》うが、叔父たちが美しい娘を使って罠《わな》を仕かけ、王子は侍従を殺して海外へのがれる。骨子はまさに〈ハムレット〉そのものだが、勇猛果敢なバイキングの時代を反映して、話の調子は型通りの復讐談になっているらしい。

この物語はいくつかのルートを通じてイギリスに伝えられ、それなりによく知られていたらしい。シェイクスピアが、どうやってこの原話を入手したかは不明だが、当時デンマークとイギリスの王室は縁戚《えんせき》関係にあり、イギリス人にとっては関心の赴く異国であったろう。シェイクスピアが、

――これはいい――

膝《ひざ》を叩《たた》いて利用したことは疑いない。

今日に残るいくつかの〈ハムレット〉の古いテキストを分析して、サクソの物語とシェイクスピアの〈ハムレット〉の間に、英訳された物語、原ハムレットとも言うべき戯曲、さらに同時代の作家の類似作品などがあったとする研究もあるが、このエッ

セイでは深くは関わるまい。現在ならばアイデア盗用を訴えられかねない利用であったが、それとはべつにシェイクスピアがシェイクスピアらしい趣向をみずからの〈ハムレット〉に盛り込んだこともまた確かである。ハムレットの名は確かにアムレトによっているだろう。が、原話と比べてもっとも大きな変化は、ただの復讐談から王子ハムレットの複雑な性格造型への転換であったろう。〈ハムレット〉の特徴は、まず第一に主人公たる王子の性格の複雑さにある、と言ってよい。

意外に思われる人もあろうかと考えるが〈ハムレット〉は失敗作だ、という評価もけっして珍しくない。復讐劇なら復讐劇らしく、主人公がひたすら怨念《おんねん》を燃やし、苦労のすえめでたく敵を討って本懐成就《じょうじゅ》、まっすぐに大団円に向かうほうがカタルシスも生じ、ドラマとして姿がよい、という考え方もあるだろう。

〈ハムレット〉は先人の書いたものを素材としているせいかどうか、シェイクスピアが創《つく》ったとは考えにくい残滓《ざんし》が感じられる数行が台詞の中にあったり、さらに言えばもともとシェイクスピアは戯曲の中に本筋とは関係のない、余計な（とも見える）エピソードが混り込む傾向があって、その点で評価が時おり揺れてしまうのだ。〈ハムレット〉について言えば、本筋とは関わりが薄いのであらすじでは紹介しなかったけれど、パリに出発するレアティーズに父親のポローニアスが忠告をする第一幕第三場

の長台詞、

「まず思ったことを口に出すな。
またとっぴな考えを軽々しく行動に移してはならぬ。
人に親しむはよし、だがなれなれしくはするな。
語るにたる友と見きわめをつけたら、たとえ
鉄のたがで縛りつけても離すでない、
だが羽根もそろわぬヒヨコのような仲間と
だれかれかまわず握手して手の皮を厚くするな。
喧嘩《けんか》には巻きこまれぬよう用心せねばならぬが、
いったん巻きこまれたら相手が用心するまでやれ。
人の話には耳を傾け、自分からはめったに話すな、
他人の意見は聞き入れ、自分の判断はひかえるのだ。
財布の許すかぎり着るものには金をかけるがいい、
風変わりなのはいかんぞ、上等であって派手ではないのだ、
服装はしばしばその人柄をあらわすという、

この点については、フランスの貴族たち、
あるいはえりぬきの人たちは第一人者だ。
金は借りてもいかんが貸してもいかん、
貸せば金はもとより友人まで失うことになり、
借りれば倹約する心がにぶるというものだ。
なにより肝心なのは、自己に忠実であれということだ、
そうすれば、夜が昼につづくように間違いなく
他人にたいしても忠実にならざるをえまい」

などは、さほど重要とは思えない部分だ。ましてこのあと、同じポローニアスが、レナルドーという使用人をフランスに送り、息子の素行を探らせるために、くどくどと示唆を与える第二幕第一場については、

——レアティーズは、こんな配慮を劇中でめぐらしてやるほど重要な人物かなあ

と疑問を抱くむきもあるだろう。

あらすじで触れた第五幕第一場の墓場の場面も……道化たちとの長い問答を言うの

だが、けっして本質的ではあるまい。

シェイクスピアより三、四十年遅れてフランス古典劇の全盛期が到来する。文化的にはイギリスよりこちらのほうが先進国であり、洗練されていただろう。フランス古典劇には三・一致の法則という作劇上の厳然たるルールが君臨しており、これを遵《じゅん》守《しゅ》することが強く求められていた。三・一致とは、あまり熟さない日本語だが、原語ではトロワ・ジュニテ（Trois unités）、英語にするならばスリー・ユニティーズ（Three unities）である。芝居は時の一致、場所の一致、筋の一致を守らねばならない、というルールで、時の一致はドラマが始まってから終わるまでが一日二十四時間のうちであること、場所の一致は一ヵ所でドラマが展開すること、筋の一致は余計なエピソードを介入させず、まっすぐに筋を展開させ、大団円に向かわせること、である。

この法則をもっともよく守って名作を創ったのがジャン・ラシーヌ（一六三九～九九）で、ルールの中で間然するところなき名作を創り上げて残しているが、筋の一致はともかく、時の一致、場所の一致は、芝居作りを窮屈にする。時空を越えてお話が展開してこそ芝居のおもしろさが生まれるのではないか。フランス本国でもビクトル・ユーゴー（一八〇二～八五）の頃に到《いた》ってこの法則は厳しく批判され、往年の力を失ってしまうが、舞台の統一性を凛々《りり》しく守るため、こういう制約が実在したことにはそれなりの理由があったからである。

シェイクスピアは時の一致、場所の一致はもちろんのこと、筋の一致さえ守らないときがある。おかげで構造の美しさを欠いた、雑然たるドラマになってしまうこともままあるのだが、それがシェイクスピアの特徴であり、長所でもあった。大衆は整然たる美意識を満足させてもらおうとして劇場に足を運ぶわけではない。そういう観客もいるだろうけれど、数は少ない。求められるのはおもしろさだ。形に外れていても、楽しめるほうがよい。

早い話、いま挙げたポローニアスの忠告だって、観客は、

――本当だよなあ。都会に出たら気をつけなきゃいかん。うちの息子にも教えてやろう――

デンマークの王子の悲劇とはべつに、この部分はこの部分として、

――得したな――

そう思って家路につく。芝居は、それでよろしい。シェイクスピアの戯曲は、こういう意味で、多角的なサービスに富んでおり、それを抜きにしてはシェイクスピアの長所は語れない。断じて高踏的な学者先生のためだけの世界ではなかったのである。

高みを望む人には高みを、おもしろさを求める人にはおもしろさを、いろいろな味わいを揃《そろ》えていた。それは〈ハムレット〉においてことさらに顕著であった。

エルシノアのクロンボー城は充分に古い城塞《じょうさい》だが、シェイクスピアはここを訪ねていない。デンマークにさえも彼は行っていないだろう。履歴には不明なところが多い劇作家だが、九九・九パーセント以上の自信をもって、これは断言してよい。シェイクスピアは資料をもとに想像力で描いたのだ。

しかしシェイクスピアの名が高まり〈ハムレット〉が世界中に知られるにつれ、クロンボー城のほうが無視できなくなった。

もとはと言えば、アムレトはこの城塞の近くから誕生した伝説である。それに……城なんてものは、どこだって大差はない。似たところが多い。

「この向こう側で先王の亡霊が出たんです」

と、ガイドがクロンボー城の城壁を指さす。

――よく言うよ――

なんて、しらけてはいけない。

観光客用の入口を抜けて左手の赤い木板のドアの向こう側……。鍵《かぎ》がかけてあるから入ることはできない。入っても見どころはなにもあるまい。

城塞は改修に改修を重ね、とりわけ通路が適当に高く造られてしまった。私自身、改修の歴史を調べたわけではないけれど、きっとそうだろう。亡霊の出るところは衛兵もめったに近づくことのできない、高い壁の、奥まった位置にきまっている。当初はきっとそうだった。ところが赤いドアの向こうは一般通路と同じ高さで、ドアを抜ければ似たような道があるだけ……。私は腹這《はらば》いになり、ドア下の隙間《すきま》から覗《のぞ》いてみたが、同じ通路が延びているだけだった。昔は、私が腹這いになっている通路のほうが、ずっと低く、あるいは全く存在しなくて、ドアの向こうがいかにも亡霊の現われそうな一郭になっていたのだろう。

〈ハムレット〉が書かれたのは一六〇〇年前後。四百年も昔のことなのだから、クロンボー城だっておおいに変貌《へんぼう》するだろう。

「あそこです」

と、古い時代には遠くを指さしていた地点も、今ではすぐそこになってしまう。同じ高さになってしまう。その意味ではちょっと味けない。

城内に回廊ふうの広間があり、

「ここですね。ハムレットが“To be, or not to be”と言いながら登場してオフィーリアに会い〝尼寺へ行け〟と叫んだのは」

と、まことしやかである。

嘘《うそ》と知りながらも、そんな雰囲気がないでもなかった。

「シェイクスピアの戯曲は、諺《ことわざ》で書いたみたいなところがありますね」

と聞いたことがある。

随所に名言が潜んでいる。シェイクスピア手製の諺が散っている。どの戯曲にもこの傾向が繁《しげ》く見られるのだが〈ハムレット〉は、みんなによく読まれるだけにとりわけこの特徴が顕著に感じられる。

たとえば……そう、さまざまな日本語訳が当てられ、それ自体が哲学的命題になってしまった“To be, or not to be, that is the question.”は言うに及ばず〝心弱きもの、おまえの名は女〟もよく知られている。ハムレットが母の貞操心の脆《もろ》さを嘆いたものだ。どの名言も覚えておいて、ちょっと使ってみたくなる。

とはいえ、私見を言えば〝諺で書いたみたい〟という指摘はかならずしも正確ではない。現実問題として諺だけで台詞を満たされたら、うるさすぎて鼻につくだろう。シェイクスピアの場合は、名文句がほどよく散っているのだ。内容も多彩で、修辞法としてみごとなもの、諺として人生の一端を鋭く切り取っているもの、会話としてしゃれているもの、哲学を感じさせるもの……いくつものタイプがけっして厭味《いやみ》にならないよう、舞台の台詞として適度に、的確に観客の耳を捕らえうるようちりばめられているのだ。効果として〝諺で書いたみたい〟に印象づけられるが、けっして素人《しろうと》の美文調みたいにやたらめったらそれが並べ立てられているわけではない。なにげない表現も結構多いのである。その中で少し光るもの、中ぐらいに輝くもの、花火のようにドカンと大がかりに照るもの、混りぐあいの妙味のほうを指摘して評価すべきだろう。しかもそれがドラマツルギーともよく溶け合っている。

〈ハムレット〉の冒頭は、「だれだ?」で始まる。ありきたりの言葉だが、ミステリアスなドラマの始まりとして、これほど適切な言葉はあまりないような気がする。

あるいはまた、

「やさしいおことばで赤ん坊のように喜んでおると、
やましい思いで赤ん坊を生まされることになるぞ」

と、俗物のポローニアスにだって、このくらいの台詞を吐かせる。デンマークの王

子のほうは、すこぶる饒舌《じょうぜつ》で、到るところに名調子が発見できるのだが、

「習慣というものは、悪いおこないにたいする感覚を麻痺《まひ》させてしまう化け物ではあるけれど、一方、よいおこないにたいしてもお仕着せを与え、次第に身につけるようにしてくれる天使でもあるのです」

「美しさは貞淑をたちまち売女《ばいた》に変える、貞淑のほうで美しさを貞女に変えようとしても力がおよばないのだ」

などなど、これは諺ふうの名台詞だ。

会話の中で切り返す台詞にもキラリと光るものがあって、これがまた楽しい。

序詞役「われら一座の演じます
つたなき悲劇を最後まで
ご静聴をば願います」

ハムレット「あれが前口上か、指輪に刻むことばか？」

オフィーリア「ほんと、短うございますこと」
ハムレット「女の恋のようにな」

　さながらパッチワークのようにいろいろな趣向が凝らしてある。〈ハムレット〉を復讐談《ふくしゅうだん》として眺め、一篇のミステリーとして楽しむことは、もちろん充分に可能であるけれど、同時に現代人の暗愁を実感し、台詞の楽しさに酔い、役者の大みえに拍手し、本筋から外れた座興で遊び、人生の教訓まで得て、

　――今日はよかったな――

　全体として観客が満足を覚える、それが〈ハムレット〉の味わいであり、シェイクスピアの真骨頂なのである。セルバンテスが描いた猪突《ちょとつ》猛進のドン・キホーテ型人間に対して、沈思黙考、優柔不断のハムレット型人間を提示するなど、文学性の高いこの戯曲においてさえ、シェイクスピアは芸術性より大衆の喜びを念頭に置いて書いているように私には感じられてならない。

第3話　恋はロミオとジュリエット

シルク・スクリーンのような淡い単色の画面だ。その色調がイエローからオレンジ、オレンジからブルーへと変わる。

音楽がかすかに聞こえ、ゆっくりと盛り上がる。突然、ドラムが響き、リズミカルなメロディに変って一切がにぎやかに踊りだす。

タイトルが現われて消え、海の中にビルを満載した島の半分が映る。

ニューヨーク。マンハッタン島。

この島の鳥瞰図《ちょうかんず》は新鮮だ。

高層ビルの屋上。港に停泊する巨大な船。教会、密集する住宅街。

バスケット・ボールのコート。

細い口笛が鳴り、指を鳴らす少年たち。

Gパンに汚れたシャツ。群がって歩き、歩く姿が踊りに変わる。

もう一つの少年グループが現われ、たがいに睨《にら》みあい、もつれあい、喧嘩《けんか》が始まり、それがまた踊りになる。

もうおわかりだろう。

ミュージカル映画の傑作〈ウエスト・サイド物語〉の冒頭である。

私はと言えば、三十年以上も昔に友人から、

「わりといい映画だよ」

と勧められ、

「ふーん」

なんの予備知識もなく映画館へ足を運んだ。

度胆《どぎも》を抜かれた。

以来、テレビやビデオの鑑賞も含めて数えれば七、八回この映画を見ているけれど、そして、そのたびごとに感銘を深めているけれど、ショックの強さにおいては初回がずば抜けていた。

恵まれない人々が数多く住むウエスト・サイド。そこに屯《たむろ》する二つの少年グループ、ジェット団とシャーク団。人種問題も絡《から》んで二つは対立し、強く憎みあっている。だが、ジェット団に関わりを持つトニーとシャーク団の番長の妹マリアが、ひとめで愛し合い、宿命的な恋が始まる。

貧しい家並が続く路地。トニーがマリアの窓を求めて声をかける。マリアがバルコニーに現われ、二人が交わす束《つか》の間《ま》の恋の語らい。親兄弟の目が光っているから、マリアはそう長くはそこに佇《たたず》んでいられない。

背後からの呼び声に答えて、

「ええ。すぐ行くわ」

初めて〈ウエスト・サイド物語〉を見たとき、このシーンまで見て、

――あっ、これは〈ロミオとジュリエット〉なんだ――

と悟った。

そういう目で見れば随所に似たところがある。偶然でないことはすぐにわかった。見終って、

――みごとなパスティーシュだな――

と、制作者の手腕に拍手を送った。

パスティーシュとは、フランス語で〝芸術作品の模作〟を言う。つまり、優れた原作が実在するのに対して、それをなぞってもう一つの作品を作ることだ。パロディと言ってもよいのだが、日本語の場合、パロディは滑稽《こっけい》化されているケースが多いので、あえて特別な用語を使ってみた。〈ロミオとジュリエット〉はまちがいなくシェイクスピアの名作だが、ミュージカル〈ウエスト・サイド物語〉は、そのパスティーシュとして最上級、きわめて優れたものであるばかりでなく、あらゆるパスティーシュの中で、

――ここまで作れば、模倣を越えて一つのクリエーションだな――
そう思わせてくれるレベルをクリアーしている。パスティーシュの王者である。

さて……。〈ロミオとジュリエット〉は五幕からなる悲劇である。成立の時期は判然としないが多分一五九五年頃。シェイクスピアとしては初期の作品であり、この成功により劇作家としての地歩を固めた、と言ってよいだろう。

ドラマは序詞役のプロローグで始まる。

花の都のベローナに、激しく敵対する二つの名門があって、そこから宿命的に不幸なカップルが誕生することを告げて序詞役は消え去る。

その二つの名門はキャピュレット家とモンタギュー家。第一幕は、まずは召使いどもが現われて、両家がどれほど憎みあっているかを訴える。

召使いだから話す言葉も上品とは言えない。キャピュレット家の召使いサムソンが、モンタギュー家の糞野郎《くそ》なんか見つけ次第ひどいめにあわせてやると息まいて、
「野郎どもをやっつけたら、女どもにも泣くようなめにあわせてやる、首根っこにズブリだ」

と剣を振り振り言えば、相棒のグレゴリが、

「ああ、首の根っこか胴体の根っこか、好きなようにおとりあそばせだ」

「あそぶのが好きなのは女のほうだろうぜ」

「おれが寝ころばせて喜ばせてやらあな、おれの道具がおっ立てば馬にも負けん」

と、充分に猥雑《わいざつ》だ。

右の台詞《せりふ》は小田島雄志さんの訳からの引用だが、シェイクスピアの会話には、かけ言葉や駄じゃれがたっぷりと含まれていて、翻訳は極度にむつかしい。翻訳者の苦労が偲《しの》ばれる。だが、お立ちあい、このあたりにこそ言葉の魔術師としてのシェイクスピアの本領が……その一端が潜んでいる、と見るべきだろう。

〝首の根っこか胴体の根っこか〟の部分は、
the heads of the maids, or their maiden heads
である。一見してわかる通り、言葉遊びになっている。maiden heads とは、あまり耳慣れない英語だが、これ、すなわち処女膜のこと……。となると小田島さんの訳なんか、ずいぶんと上品なほうである。

かの坪内逍遥《しょうよう》は、

「男共を叩《たた》きみじいたら、女共をもやっつけてくれう」

「首根っこだと？」

「やっつける？」

「それ、彼奴等《きやつら》の〝額《はち》〟を打破《ぶちわ》ってくれろうわい。意味は如何様《どのよう》にも取らっせいよ」

と、言葉遊びは全然わからない。

〝鉢《はち》を割る〟という表現に〝処女を奪う〟という意味があるによって、それをほのめかしているのだろうけれど、

——そりゃ、あんまりな——

凡夫の推理は到底そこまで及ばない。

福田恒存《つねあり》の訳はと覗《のぞ》いてみれば、

「野郎同士の喧嘩が済めば、女共も容赦はしない、どて腹を刺貫《さしぬ》いてくれる」

「どて腹？」

「さうよ、どて腹だらうと、下腹だらうと、そいつは先様に任せるさ」

となっていて、ウーン、やっぱり少しちがうなあ。

一番新しい松岡和子さんの訳では、

「急所をねらって男なら痛い目、女ならいい目に合わせてやる」

「女の急所だと？」

「そうとも、女の急所、例の膜だよ。どういう意味に取ろうが先さまの勝手だがな」

と、苦心のほどが見えてくる。

私はけっして枝葉末節《しようまっせつ》にこだわっているわけではない。たった一行の台詞を例に引いたが、この種の趣向はシェイクスピアの戯曲の到《いた》るところに散っている。そのおもしろさを賞味しなくてはシェイクスピアの全貌《ぜんぼう》は理解できない。

わざわざ指摘するまでもなく、演劇は、音声をともなった言葉の芸術である。発声する言葉の技芸なのだ。演ずる技には品格の上下があって、高みには詩歌の美しさ、低く下っては駄じゃれや猥雑なほのめかしがある。シェイクスピアはそのどちらにおいても卓越していた。美しいときは限りなく美しく、下卑るときにはほどよく下卑て観客の心を溶かし、喜ばせてくれる。

――翻訳では味わいきれないなあ――

と、残念ながら、これは本当だ。優れた翻訳家の努力にもかかわらず、五パーセントか十パーセント、あるいは二十パーセントくらい、日本語では賞味できない部分があることを、あらかじめ知っておくべきである。

寄り道が長すぎた。先を急ごう。

モンタギュー家の召使いも登場して舞台のあちこちで小ぜりあいが起きるが、召使いの啖呵《たんか》ばかりでは重みが足りない。

そこで登場するのが、かたやベンヴォーリリオ、こなたティボルト、前者はモンタギュー家当主の甥《おい》、後者はキャピュレット夫人の甥、両家を代表する若手が現われ、剣を抜いての戦い。さらにキャピュレットとキャピュレット夫人、モンタギューとモンタギュー夫人、文字通り両家の中心となる人物が出場して、やっぱり睨みあい、憎みあい、確執をあらわにする。そこへベローナの大公がお出ましになり、その取りなしでひとまず騒動は収まるが、両家の並々ならない対立がはっきりと観客に印象づけられる。

あらかたが退場する中で、モンタギュー、モンタギュー夫人、甥のベンヴォーリオが残って、

「ロミオはどうしている？」

「このごろ、ひどく塞《ふさ》ぎ込んでいるけど」

「ベンヴォーリオ、ロミオの悩みを聞いてやってくれ」

となり、モンタギュー家の跡取り息子ロミオが思い悩みながら登場する。

悩みの理由を尋ねれば……まあ、恋わずらいのようなもの。

が、早とちりをしてはいけない。この段階ではロミオの恋い慕う相手はジュリエットではない。ロザラインという美女に憧《あこが》れ、思いのたけが通じないので苦しんでいる。

一方、キャピュレット家の一人娘ジュリエットも舞台に現われ、こちらはパリスという伯爵《はくしゃく》との結婚話が進んでいる模様。

折しもキャピュレット家で仮面舞踏会が催されることとなり、ロミオの親友ベンヴォーリオが、

「ロザラインもきっと来るぞ。こっそり行ってみよう。いつまでも悩んでいたってつまらん」

と、しぶるロミオを誘い出す。そして、その道中でマーキューシオが加わる。

さあ、お膳《ぜん》立《だ》てはすべて揃《そろ》った。両家の召使いから始まって、両家の若衆、両家の夫婦、そして両家の一人息子と一人娘。さらに加えてキャピュレット家側のパリス伯爵、モンタギュー家側のマーキューシオは、ともにこの先、大切な役割を担《にな》う人物だ。両陣営ともシンメトリックと言ってよいほど整然と対立する人物を並べてドラマは着々と進行していく。

舞踏会でロミオはジュリエットを見初《みそ》め、ジュリエットはロミオを凝視し、一瞬にして二人の中に激しい恋情が燃え上がる。

理屈はなにもいらない。好きだから好きなのだ。まなざしがいいとか、声がすてきとか、ご清潔でご誠実だとか、心根が優しいとか、価値観が一致しているとか、そう

いう説明はつねに不充分だし、あれこれ条件を言うのはそれ自体二流のカップルなのかもしれない。絶対的に愛しあうカップルであればこそ、会ったとたんに一目惚《ぼ》れ、相性を直感しあい、一切が精緻《せいち》な細工物のようにピタリとなじんで適合してしまう。男女の間には、一つの理想論かもしれないが、稀《まれ》にはそんなカップルもありうるだろう。論より証拠、まさにロミオとジュリエットがそれであった。余人はいざ知らず彼等二人は自らの恋情に対して少しも疑問を抱かない。両家の不和なんかなんのその。絶対の敵対と、その中に芽生えた絶対の慕情、これがドラマチックでなくて、なんとしよう。

第二幕には有名なバルコニーの情景がある。

ジュリエットを恋するあまり、ロミオはキャピュレット家の庭に忍び込みジュリエットの窓の下に身を寄せる。彼の願い通りジュリエットはバルコニーに姿を現わし夜の闇《やみ》に向かって次々に名台詞を吐く。

「おお、ロミオ、ロミオ！　どうしてあなたはロミオ？
お父様と縁を切り、ロミオという名をおすてになって。
それがだめなら、私を愛すると誓言して、

そうすれば私もキャピュレットの名をすてます」

と呟《つぶや》き、さらにまた、

「名前ってなに？　バラと呼んでいる花を
別の名前にしてみても美しい香りはそのまま。
だからロミオというお名前をやめたところで
あの非のうちどころないお姿は、呼び名はなくても
そのままのはず。ロミオ、その名をおすてになって、
あなたとかかわりのないその名をすてたかわりに、
この私を受けとって」

と訴える。

もちろんロミオは物陰から身を乗り出して、

「受けとります、おことばどおり。

恋人と呼んでください、それがぼくの新たな洗礼、
これからはもうけっしてロミオではありません」
と答えて、それからは連綿と続く愛の問答、恋の語らい。ジュリエットは、背後から呼ぶ乳母の声に、
「すぐ行くわ、ばあや」
と返しながらロミオを見つめ続けている。愛の確かさを確認したところで、ジュリエットは、
「結婚ということを考えてくださるなら、明日
あなたのもとへ人を送りますからご返事を、
どこで、いつ、式をあげるか知らせてください。
私は私のいっさいをあなたにさしあげます、
私はどこへなりともあなたのあとについて行きます」

と、決断が早い。

——おい、おい、おい。大丈夫かなあ——

私としては、浮世の常識に首までドップリと漬っているものだから少なからず気を揉《も》んでしまうけれど、ジュリエットにしてみれば、両親は別な縁談を進めているらしい、うかうかしているとパリス伯爵と結婚させられてしまう、既成事実を作っておいたほうがよい、それに、ロミオとの仲が絶対無二の関係であるならば、ぐずぐずしている理由はどこにもない。

もとよりこの決断にはロミオのほうも異存がない。ジュリエットの心を知って旧知の神父ロレンスのもとへと急ぐ。結婚式を取り仕切ってもらうためだ。

「どうぞ大急ぎで結婚を」

ロミオに告白され、神父はてっきり相手がロザラインだと考えるが、なんぞ知らん、キャピュレット家の娘ジュリエットと聞いておおいに驚く。しかし、ロミオは本気だし、

——これがきっかけとなってモンタギュー家とキャピュレット家との敵対関係が弱まるかもしれない——

神父はそう思ってロミオの無鉄砲に耳を傾ける。

この先、ドラマはロミオとジュリエットが神父の導きで結婚を誓う方向へと急速に進んでいくのだが、その前にマーキューシオという若者について触れておかなければなるまい。ベローナの大公の親族で、ロミオの友人。私の見たところこの男には三つの役割が委《ゆだ》ねられている。

一は聞き役だ。二はドラマの筋に関わって殺されることだ。三は舞台上の詩人としてだ。

話は少し大袈裟《おおげさ》になるけれど、そもそもドラマというものは、本源的に登場人物の心理描写がむつかしい。小説ならば、主人公の心理として何ページにもわたって描写ができることでも、舞台の上ではやりにくい。モノローグは過度に用いるとわざとらしくなる。そこで考案されたのが、主人公たちの周辺に置く聞き役だ。親友、腹心の部下、乳母、腰元……立場はいろいろだが、とにかく主人公たちが自らの心をありのままに訴えてよい相手である。これを側《そば》近く配することにより、いとも簡単に主人公たちの心理を観客に披露することができる。古典劇ではとりわけこの役割が明確である。マーキューシオがロミオの聞き役を担っていることは疑いない。

が、それとは別に、ドラマの筋運びとの関わりで言えば、マーキューシオはキャピュレット家側のティボルトと争って殺される役割を担っている。筋の進展にとっては大切な仕事だが、これだけならば、この立場は少々なさけない。殺されるためにだけ出て来る役者……どちらかと言えば端役《はやく》の仕事である。

ところがマーキューシオは雄弁な詩人なのだ。このあたりにシェイクスピア劇の特徴があると言ってもよいだろう。ストーリィの進行とはちょっと外れたところで、台詞《せりふ》の楽しさを……詩的な表現、気のきいた言いまわし、駄じゃれ、かけ言葉、猥雑《わいざつ》なほのめかし、饒舌《じょうぜつ》とも思える文言を次々に飛ばして観客を堪能《たんのう》させるのはシェイクスピアの得意とするところ。マーキューシオは明白にこの役割を委ねられている。言ってみれば、主人公たちとは別な形で、ドラマのおいしい部分を受け持っているわけで、それゆえに彼はけっして端役ではない。玄人《くろうと》筋にはおおいに好まれる大切な配役なのだ。

恋に思い悩むロミオを見れば、マーキューシオは陽気にからかって、

「はらわた抜かれた干物の鰊《にしん》だなあ、あの腑《ふ》抜《ぬ》けたざまは。おお、肉よ肉、魚と化するぞニクらしき。いまややつめもペトラルカに負けずに恋の詩など口ずさむぞ。ペトラルカの愛したまいしラウラ姫も、わが恋人にくらぶればおさんどんにとなりはべる、とくるか。これじゃあラウラのほうが上等な詩人を恋人にもったことになる

な。ダイドーは大道乞食、クレオパトラは黒くてパッとせぬジプシー、ヘレンとヒーローは淫売《いんばい》といったあんばい、青い目がとりえのシスビーごときは話もしそびれる、とくるか。ロミオ殿、ボン・ジュール。おまえのフランスズボンにフランス語であいさつだ。ゆうべはどうもごちそうさま」

例によって翻訳で味わうのはむつかしい部分が残るのだが、饒舌家はあれこれ古い物語のヒーローやヒロインを引きあいに出して、はしゃいでいる。

訳者の小田島雄志さんは、ご自身も〝ローマは一日にして成らず〟をもじって〝老《ろう》婆《ば》は一日にして成らず〟などなど酒場あたりで駄じゃれを語る名人だが、右の訳文でも、涙ぐましいほどの工夫を凝らしている。ダイドーは古代カルタゴの女王。原文は“Dido a dowdy”だが、これが大道乞食とは苦心の作。苦心の訳を頼りにシェイクスピアの名調子を察していただきたい。

マーキューシオを離れて、本筋のほうはと言えば……ロミオはジュリエットの乳母に託してジュリエットが懺悔《ざんげ》を装《よそお》って教会へ来るよう伝える。ロレンス神父のもとで二人密《ひそ》かに結婚を誓約しようという算段だ。その後、夜になれば縄梯子《なわばしご》を登ってジュリエットの部屋へ忍び込み、新婚の初夜を送ろうという計画。ジュリエットの乳母は、あれこれ仲介を頼まれて汗だくだく。

「私はお嬢様のお喜びのために汗かき役、でも夜になれば汗をかくのはお嬢様の役」と、ほんの少しエッチ。このおばさんもシェイクスピア劇の愛すべき登場人物である。

首尾よく二人の結婚は成立するが、その一方で、またしてもモンタギュー家とキャピュレット家の争い。第三幕に入り、街角でマーキューシオとティボルトが顔を合わせてののしりあう。そこへロミオがやって来て、ティボルトは憎しみの鉾先《ほこさき》をロミオのほうへ移して喧嘩《けんか》を売る。しかしロミオにしてみれば、ジュリエットと結婚を誓ったばかりだからもうキャピュレット家の連中と争いたくはない。

弱腰のロミオ。かさにかかって挑発するティボルト。見るに見かねてマーキューシオが剣を抜く。ティボルトも抜かずにおくものか。たちまち勝負が始まり、ロミオが止めに入っても収まらない。

マーキューシオが刺されて、死ぬ。

親友を殺され、ロミオは我を忘れてティボルトを刺して逃げる。

ティボルトの死を知って市民が騒ぎ出し、大公も現われ、ロミオの探索が始まり、ベローナからの追放が宣告される。

が、ロミオはなかなか見つからない。神父ロレンスのもとに身を隠していたから……。

ジュリエットは初めロミオが殺されたと勘ちがいして悲しむが、殺されたのは彼女自身も親しい従兄《いとこ》のティボルトのほう。殺したのがロミオで、町からの追放が宣告されたと知って悲嘆にくれるが、気を取り直して考えれば、一縷《いちる》の望みが残されているではないか。

一方ロミオは自分が追放の身となったことを知って、

――もうジュリエットに会えない――

と、おおいに嘆くが、神父に励まされ、さらにジュリエットの乳母がこっそりと訪ねて来て、

「予定通り、今夜、縄梯子でお嬢様のお部屋へどうぞ」

と、うれしい伝言とともにジュリエットの熱い心を示す指輪を渡す。ロミオが心を弾ませて縄梯子を登ったのは言うまでもあるまい。

劇的な一夜は短く明けて、

ジュリエット「もういらっしゃるの？　朝はまだまだこなくてよ。

あれはナイチンゲール、ヒバリではなくてよ、
あなたのおびえていらっしゃる耳に聞こえたのは。
毎晩鳴くの、むこうのあのザクロの樹《き》にきては。
ほんとうよ、ほんとうにナイチンゲールだったのよ」
ロミオ「あれはヒバリ、朝の到来を告げるさきぶれだった、
ナイチンゲールではない。ごらん、あの東の空、
意地悪な光の縞《しま》が雲の裂け目を縁どっている。
夜空のまたたく燈火《ともしび》は燃えつき、楽しげな朝が
霧に浮かぶ山々のいただきに爪先《つまさき》立ちしている。
もう行かねば、生きるべく。とどまれば死ぬのだ」

これもよく知られた劇中の問答だ。

ロミオはいつまでもジュリエットの部屋に留まっているわけにはいかない。神父の示唆《しさ》で、いったんはマンチュアに赴いて身を隠す手はずになっていた。ジュリエットの居間からロミオが逃げ去ったあとに、キャピュレット夫人、ついでキャピュレット、つまりジュリエットの両親が現われ、パリス伯爵《はくしゃく》との結婚が三日後の木曜日に決定し

Romeo and Juliet at the Odéon, 1827.

たことを伝える。ジュリエットは頑《かたく》なに拒否を示すが、両親は許さない。乳母の懐柔にも耳を貸さず、思いあまって神父ロレンスのもとへと急ぐ。ロミオとそいとげられなければ死をも厭《いと》わない覚悟を漲《みなぎ》らせて……。

第四幕に移り、神父ロレンスの教会には先にパリス伯爵が訪ねて来ている。三日後の結婚を訴えるが、神父は曖昧《あいまい》な返事しかできない。

そこへ当のジュリエットが現われ、伯爵は大喜びで三日後の手はずをジュリエットへ伝えて退く。

ジュリエットは神父の膝《ひざ》にすがりついて、

「伯爵との結婚をのがれる手段を教えてください。私の心はロミオひと筋です。それが叶《かな》わないならば、死を選びます。でもロミオは追放されてしまったとか」

と、悲しい胸中を告白する。

神父は秘策を持っていた。

取り出したのは世にも稀《まれ》なる妙薬。昭和・平成、今日この頃、巷《ちまた》に出まわっている睡眠薬ハルシオンは七時間後にパッチリ目ざめるという触れこみだが（私はそう聞かされて服用したが、その実）さほど時間に正確とは言いがたい。ああ、それなのに、なぜか古き十六世紀の妙薬は飲んだとたんに仮死状態、鼓動は消え呼吸も止まり死相を呈し……周囲が死んだものと判断するのは必定、しこうして四十二時間後にはパッチリキッカリ目をさます。

——便利な薬だなあ——

推理小説でこんな薬を用いたら、編集者は鼻白み、読者からは抗議の手紙が殺到するだろう。

だが名作は多少の瑕瑾《かきん》などものともしない。それが名作の、名作たる力なのだ。

ジュリエットはキャピュレット家の墓所に運ばれ、死者の世界に入れば浮世の監視や束縛から解放されるだろう。神父はひそかにマンチュアにいるロミオに連絡の手紙を送り墓所へ呼び寄せる、そこで目ざめたジュリエットの手を取り、ふたたびマンチュアにのがれて時期を待つ、という手順である。

ジュリエットは教えられたまま就寝の直前に妙薬を飲む。そしてパタン。死んだも同然の様子。

「あれーッ、大変」

翌朝、乳母の叫びに続いてキャピュレット家の愁嘆場……。大勢の涙に送られてジュリエットは暗く、恐ろしい墓所へと運ばれる。

第五幕が開くと、ロミオがマンチュアで毒薬を売る薬屋を捜している。

――なんのために？――

このあたりの事情はドラマの観客に、はっきりとは提示されない。召使いからの報告でロミオはジュリエットが急死して墓所に運ばれたことは知っているが、それ以上の計画はまだ聞いていないらしい。

だから……毒薬を求めてベローナへ戻ろうとしているのは、おそらくジュリエットのかたわらで死ぬためではあるまいか、観客の想像はおおかたそんなところへ赴く。マンチュアでは毒薬を売れば死刑となっているが、貧しい薬屋はロミオにそれを売り渡す。四十ダカットを受け取った薬屋は、

「お受けするのは私の貧乏、私の心ではありません」

「金をやるのはおまえの貧乏にだ、おまえの心にではない」

なんて、こういうレトリックで観客の耳を楽しませるのもシェイクスピアの手口である。

が、それはともかく、情景が変って神父ロレンスが、もう一人の聖職者をともなって登場する。二人の会話を聞けば、ロレンスが大切な手紙をこの聖職者に渡してマンチュアにいるロミオに届けてもらおうとしたのだが、伝染病の流行のため聖職者は足

止めをくい、手紙はまだロミオのもとに届いていない。このうえなく重要な秘密文書は、

「ここに持っております」

と聖職者が取り出す始末。

神父ロレンスはおおいに狼狽《ろうばい》し、

「大変だ。マンチュアにはもう一度手紙を送ろう。あと三時間もたたぬうちにジュリエットが目をさます。恐ろしい墓の中で……連れ出してとりあえず私の庵《いおり》にでも匿《かく》まってておこう」

と、墓所へ急ぐ。

その墓所では……パリス伯爵がいとしいジュリエットのために夜の闇《やみ》も恐れずに手向けの花を捧《ささ》げに来ていた。

そこへ死の覚悟を秘めたロミオが現われ……パリスとロミオはもともと諍《いさか》いあう家柄に属していたし、ジュリエットを挟んで微妙な感情を抱いている。ジュリエットが死んだ今、いや、死んだと思っていればこそ、二人とも自暴自棄に陥っている。戦いが始まり、パリスが刺されて死ぬ。

ロミオはパリスの屍《しかばね》を丁寧に葬《ほうむ》ったあとでジュリエットの今なお美しい姿を見つめ、

口づけをし、毒薬をあおる。

ロミオの死……。

それを追ってジュリエットの目ざめ……。

神父ロレンスが駈《か》けつけ、周囲の様子の異常さにおののくが、ほんの少し遅かった。ジュリエットはロレンスの声を聞きながらもロミオの死を確認して、自らの胸に剣を刺して死ぬ。

ベローナの大公も駈けつけるが、なにもかも、あとの祭。キャピュレットもモンタギューも若い二人の悲しい死が両家の愚かな争いに由来することをあらためて認識し、歩み寄って和合を約束する。かくて波瀾《はらん》の夜は終わり、朝が近い。最後は大公の台詞《せりふ》で、

「太陽も、悲しさゆえに、その顔を見せぬ。
行くとしよう、この悲しいできごとをさらに語り、
許すべきは許し、罰すべきは罰するとしよう。
世に数ある物語のなかで、ひときわあわれを呼ぶもの、
それこそこのロミオとジュリエットの恋物語だ」

となって一同が静かに退場する。

シェイクスピアの戯曲のほとんどがそうであるように〈ロミオとジュリエット〉にも元本がある。シェイクスピアは、なにかしら先人の残した作品や伝説を元にして自分の戯曲を創《つく》っている。それが通例だ。〈ロミオとジュリエット〉の場合は、まずイタリアの作家の小説があり、それをブルックという文人が英語の詩に訳し、シェイクスピアが元本とした。改善であったことは言うまでもない。〃ブルックの詩は鉛であったが、シェイクスピアはそれを金に変えた〃のだとか。

翻案に当たってシェイクスピアは、まずジュリエットの年齢を若くした。十六歳から十四歳へ。そして出来事の経過時間を九ヵ月から五日間へと縮めた。

この変更の持つ意味は大きい。ジュリエットが若くなれば必然的にロミオも若い印象を与えることになる。つまり、これは思春期を迎えて間もない男女の、純粋で、一途《いちず》で、向こう見ずの恋なのだ。しかも出会いから終局まで一気に、本当に風のように吹いて駈け抜け、周囲が気づいたときには、もうどうしようもない、そういうプロセスを経て進んだ恋であった。時間の短さは悲劇の緊迫性を作り、ドラマの現実性を保つためにおおいに役立っている。

逆に言えば、主人公たちが充分に若くなければ、こんな恋は成立しないし、長い日時がかかっていれば、もう少しちがった分別も浮かんだだろう。二人が若くて、恋の時間が短いほうが現実性が深い。

翻案のときにマーキューシオを創造したのもシェイクスピアの才覚であった。先にも述べたように、このキャラクターは筋の進行にも役立っているが、それ以上に機智《きち》と弁舌が際立《きわだ》っており、筋を離れて観客を楽しませてくれる。いかにもシェイクスピア劇らしい登場人物なのだ。私としては、この人物の設定はシェイクスピアの手柄にはちがいないけれど、

――シェイクスピアなら、こういう人物をきっと考えるでしょうね――

当然の帰着と言いたくなってしまう。

聞くところでは、パリス伯爵の死も元本にないものだったとか。私の率直な感想を述べれば、

――伯爵の死は本当に必要なことだったろうか――

疑問が浮かばないでもない。

人が死ねば悲劇は深くなる。しかし死にすぎると、あざとくなる。説得力も失う。

〈ロミオとジュリエット〉の中で、キャピュレット夫人は娘の悲しみをもてあまして「多少の悲しみは深い愛情のあらわれ、でも深すぎる悲しみは多少分別のたりぬしるし」と告げ、これは劇中のしゃれた台詞としてよく引用されるものの一つだが、私なんかはこれをもじって〝多少の人死《ひとじに》は悲劇のならわし、でも死にすぎるのは多少分別のたりぬしるし〟とシェイクスピア劇に向かって呟《つぶや》きたくなることがないでもない。文芸を取り囲む情況が、現代とはまるで異っているのだから、この感想を十六、七世紀のイギリスに向けることは不当であろうけれど、昨今のミステリー小説やミステリー映画を見ていると、まちがいなくこの感想を抱いてしまう。

話を〈ロミオとジュリエット〉に戻して、

――ロザラインは本当に必要な人物設定だったろうか――

この疑問も大きい。もっとも大きな疑問と言ってもよい。

配役表を見ればすぐにわかるようにロザラインは舞台に登場する役柄ではない。会話の中にだけ現われる。ロミオがジュリエットに会う直前まで恋い焦《こ》がれていた美女、片思いの相手である。ロミオはこの女性にぞっこんのぼせあがっていたはずなのに、ジュリエットを見たとたん、ロザラインはペケ、頭から消えてしまうのだ。

――わからんなあ――

首を傾《かし》げるのは私だけではあるまい。

それだけジュリエットがロミオにとってすばらしい娘だった、という理屈なのだろうが、それよりもむしろロミオの人柄を、知性を疑いたくなってしまう。

まったくの話、あなたの友人が、昨日まで惚《ほ》れた相手をベタベタに賞讃《しょうさん》していたのに、今日は別な相手に首ったけ、昨日の言葉を忘れてのろけだしたら、

――さらにいい人を見つけたんだ――

と思うより、

――こいつ、大丈夫か――

と疑うのが普通ではあるまいか。

シェイクスピアの本意はどこにあったのか。私には消し残しのような気がしてならない。つまり元本にロザラインがいたものだから翻案のとき充分に考慮を払わずに、つい残してしまった、という想像である。物語の作り手としてありえないことではない。

冒頭に引いた〈ウエスト・サイド物語〉ではロザラインなど影も形もない。主役のトニーは一つの恋を忘れて、次の恋に移るわけではない。ただ彼はソワソワしている。なにかしらとてつもなくよいことが近づいて来ているのを実感している。そのことに

胸を膨ませて期待している。

――トゥナイト、トゥナイト――

今夜あたり、なにかすばらしいことが起きると確かな予感を覚え、それがその通り実現する、という設定になっている。少なくとも二十世紀では、このほうが理に適《かな》っている。

この映画ではパリス伯爵の死に当たるものもない。ヒロインに片思いを抱いていることならチノという少年がパリスに該当するのだろうが、チノは主人公を殺す役まわりだ。主人公のトニー（さしずめロミオ）は自殺ではなくチノに撃たれて死ぬ。

さらに言えばヒロインのマリア（さしずめジュリエット）も死なない。ジェット団とシャーク団（さしずめモンタギュー家とキャピュレット家）がこれまでの怨念《おんねん》を捨てて仲なおりを約するところはシェイクスピアのドラマと同一だが、ヒロインが生きて立ち去っていく点は、ドラマとして相当に異なる印象を与えるだろう。

因《ちな》みに言えば、もう一つゼフィレッリ監督の英伊合作映画〈ロミオとジュリエット〉（一九六八年制作）はレナード・ホワイティングとオリビア・ハッセーを主役に配し、ほとんど原作通りの筋運び、ほどよいフィルムになっていたけれど、いま述べたロザラインへのロミオの恋情は軽くほのめかす程度、パリスの殺害はまったくない。

このあたりが二十世紀的なストーリィ作りではあるまいか。〈ウエスト・サイド物語〉も、ゼフィレッリ監督の〈ロミオとジュリエット〉もビデオで見ることができる。とりわけ前者は今なおたいていのビデオ・ショップに備えてあるし、見て絶対に損のない名作だ。何度見てもわるくない。

とはいえ私はいささかもシェイクスピアの〈ロミオとジュリエット〉にけちをつけるつもりはない。だれがなんと言おうと〈ロミオとジュリエット〉は恋愛劇の大傑作なのだ。ベローナの大公が最後に宣言した通り「世に数ある物語のなかで、ひときわあわれを呼ぶもの、それこそこのロミオとジュリエットの恋物語だ」と言ってよい。苦しい恋の典型を描いて間然するものがない。だからこそ、そのパロディやパスティーシュが作られるのだ。パスティーシュが名作となりうるのだ。

そして、もう一言。過日、私はアメリカ映画〈恋におちたシェイクスピア〉を見た。アカデミー賞の最優秀作品賞をはじめ合計七部門の受賞に輝く名作らしい。これもまた〈ロミオとジュリエット〉のパスティーシュである。

「小説新潮」(’99年5月号)で山口正介さんが好意的な批評を載せていらしたが、私としては、

――うーん、まあまあだな――

わるくはないが、非常によいとは思わない。

――アカデミー賞の最優秀賞かなあ――

と、少し首を傾げた。

シェイクスピア自身が苦しい恋を体験して、それを元にして〈ロミオとジュリエット〉を創った、という設定の映画である。史実ではない。史実とする根拠はなにもない。

映画制作のプロセスは〈ロミオとジュリエット〉を元にして逆にシェイクスピアの恋を、

――こうでもあったろう――

と想像して創った、ということだろう。

こういう制作方法だから、映画の中には〈ロミオとジュリエット〉の名台詞がポンポンと出て来る。風俗も当時の演劇情況をうまく再現していて、楽しめる。シェイクスピア劇をよく知る人には、

――ああ、あれのことね、ここは――

と、眴《めくばせ》を交わしながら楽しむことができるが、全体としては、

ハーレクイン・ロマンスのような印象はいなめなかった。
——ちょっと子ども騙《だま》し——

第4話　黒いからオセロー

Edmund Kean (1787/90~1833) as Othello,
from a painting by E.F. Lambert.

オセロという商品名の室内ゲームがある。白黒二面の丸い駒《こま》を使うのが特徴だ。将棋や囲碁ほど深くはないが、ルールがやさしいので、なにかの折に覚えて楽しむぶんにはわるくない。そこそこに普及しているらしく、国語辞典の中にも項目を立てて説明しているものがある。オセロと言われてシェイクスピアの作品よりも先に、この室内ゲームを思い浮かべる人もいるらしい。

ゲームの販売元はツクダオリジナル。問い合わせてみると、発売は昭和四十八年、黒人将軍オセローと白人女性デズデモーナの波瀾《はらん》万丈の物語に因《ちな》んで、この名をつけたとか。

命名者の発案のプロセスはともかく、シェイクスピアの戯曲〈オセロー〉は、明白に黒と白の問題を孕《はら》んでいる。

主人公のオセローがムーア人、黒い肌の持ち主だから……。ヨーロッパ文学の主人公に黒い肌の持ち主が据えられること自体がめずらしいことだが、そのパーソナリティがひときわ高潔である点は、さらにユニークである。

――シェイクスピアはなにを意図したのだろうか――

これは〈オセロー〉につきまとう論点の一つである。

黒い、と言っても、どんな黒さか？　まっ黒なのか、茶褐色なのか。ネグロイド系なのか、モンゴロイド系なのか。ムーア人というのは〝ヨーロッパ人が北西アフリカに住むイスラム教徒を広く指していう呼称。古くは原住民のベルベルを指したが、十五世紀以降はイスラム教徒全般をも言うようになった〟とあって、明確な定義はむつかしい。白人、つまりコーカソイド中心のヨーロッパ社会において差別を受けた人種であったことはまちがいないけれど、長い歴史の中でさまざまな混血を重ねていただろうから、肌の色は、いわく言いがたし、白くはなかったが、それ以上は明言ができない。事実〈オセロー〉の上演史を調べても、まっ黒いオセローと茶褐色のオセローと、二種類があったらしい。

世界の人類をコーカソイド（白色人種）モンゴロイド（黄色人種）ネグロイド（黒色人種）の三つに分けたとき、白が一番美しく賢く上等で、黄色がそれにつぎ、黒がその下だ、なんて発言したら、

「人種差別はやめろ！」

激しい非難を受けるのは必定だが、さはさりながら、この種の俗説が歴史的に広く、深く、あるときはあからさまに、あるときはひそかに伝えられてきたことは否《いな》めない。例外は山ほどあるだろうけれど、そう見えてしまう現実もまた皆無ではなかった。

たったいま〝美しく賢く上等で〟と、ずいぶんと大ざっぱな言い方をしたけれど、この三つはみんなちがう。白色人種について〝上等で〟が言えるとすれば、それは主として歴史的な理由からだろう。白色人種は歴史の早い時期にめざましい発展を遂げ、文明のおいしい部分をあらかた占有してしまった。よい家に育てば、上品になりやすいのと同様である。〝賢く〟も似ている。よい教育を受けうる伝統があれば、人は賢くなる。一般論としてはそうだろう。

問題は〝美しく〟ですね。

ブラック・イズ・ビューティフル……。黒それ自体は美しいけれど、暗いものと明るいものとに分けたとき、人間は本源的に白く、明るいものを好むのではないだろうか。

色調はともかく、人の容貌《ようぼう》の美醜について言うとき、私は鼻の形を考えずにはいられない。細く高くすっきりと伸びた鼻梁《びりょう》と、小鼻が広く横に膨らんだ扁平《へんぺい》な鼻と、これは文明の歴史を越えて、本源的に前者が美しいように思えてならないのである。

いったい人はなにを、いかなる理由によって美しいと感ずるのか。鮮明な赤はなぜ美しく、黄金分割はなぜここちよいのか。

おそらく猿から人へと進化する頃に培《つちか》われた本能的な尺度にちがいない。ホモサピエンスの脳味噌《のうみそ》の好み、と言ってしまえばそれまでだが、あえて拠《よ》りどころを求めるとすれば、人間が美しいと感ずる根源には健康であること、生き長らえること、生命の存続に役立つこと、本能的な生命感覚が伏在していたのではなかろうか。美しい色彩は生命力の発露であることが多い。小さいより大きく成長しているほうがたくましい。背が高いのも周囲を睥睨《へいげい》して力強い。バランスのよさは円満な成長のあかしであることが多いし、安定感は、

――これは簡単に崩れない、頑丈だ――

と、長く存在する意識から発生している。それがここちよく見えてくるのも当然だろう。

そして、先にも触れたように、暗いよりは明るいほうが生きやすく、快いだろう。

なにが言いたいのか。

それは……色彩的に美しいものは美しい、造形的に美しいものは美しい。自明のことなのだ。おそらく一般論としては黒い肌より白い肌のほうがこころよいだろう。だが、人間の眼は色や形ばかりを見ているわけではない。「顔じゃないよ、心だよ」という台詞《せりふ》にも強い真理が含まれている。生きやすいということなら心ばえのよさのほうが実効があるだろう。心がりっぱであることは、真実すばらしいのだ。「顔じゃな

いよ、心だよ」は、ホンモノの真理である。生きるための金科玉条だ。と信じながらも、私たちは、やっぱり「美しいものは美しい」という真理にも、うしろ髪を引かれてしまう。「顔じゃないよ、心だよ」だけでは生きていけない。この相克の中にこそ、日常のドラマが実在しているらしい。オセローの心はこのうえなく貴いが、白人が支配する社会にあって彼の肌は黒かった。それが、戯曲〈オセロー〉のモチーフである。

〈オセロー〉は五幕からなる悲劇である。

第一幕の舞台はベニス。ベニスが一介の都市ではなく国家として地中海に君臨していた頃の物語である。台頭するトルコとの抗争が著しい。

まず、このドラマのもう一人の主人公イアーゴーが、ベニスの男ロダリーゴーをともなって登場する。ロダリーゴーはお人好《ひとよ》しで、愚か者で、この先イアーゴーのとんでもない企《たくら》みの片棒を、それと知らずに担《かつ》がされる役まわり。

イアーゴーはと言えば、眉根《まゆね》を寄せて、ただ、ひたすらおもしろくない。なにがおもしろくないのか、この男の憤懣《ふんまん》は入り組んでいて、けっして単純ではないのだが、とりあえずは昇進問題。

ベニスの地中海方面軍の総司令官は、その人格においても実力においても、はたまた人望においてもムーア人の将軍オセロー以外にない、と、これはだれしもが認めるところだが、その副官にはだれがよろしいか、イアーゴーはてっきり自分が任命されるものと信じていたのだが、そのポストにはオセロー将軍のたっての願いによりキャシオーが任命された。軍人としては、ほとんどなんの実績もない男。算盤《そろばん》ばかりを弾いている文官だ。イアーゴー自身はもっと評価されてよいはずなのに将軍の旗持ちのまま。キャシオーも憎いが、そんな人事を決定したオセロー将軍が憎い。

加えて、そのオセロー将軍は、元老院議員ブラバンショーの娘デズデモーナとわりない仲になっている。これがまたイアーゴーにはおもしろくない。おそらくこの感情の背後には、

――ムーア人のくせに町一番の美女を射止めやがって――

という嫉妬《しっと》がある。

お人好しのロダリーゴーは、デズデモーナに岡惚《おかぼ》れで、そこをイアーゴーにつけこまれ「お嬢さんに取り持ってやるからサ」とかなんとか、うまいことを言われて金品を相当に詐取《さしゅ》されているらしい。オセローとデズデモーナとの仲が気がかりだ。折しも今夜はオセローとデズデモーナがデートの最中と知り、

「邪魔をしてやれ」

「そうだ、そうだ」

イアーゴーとロダリーゴーは、デズデモーナの父なる元老院議員ブラバンショーの館《やかた》の前に立って、

「泥棒だ、泥棒だ」

「ブラバンショー閣下、大変だ」

と騒ぎ立てる。

ブラバンショーが窓から顔を出し、

「夜中に大騒ぎをするな！」

「戸締まりは大丈夫ですか。ご家族はみなさんいらっしゃいますか」

「なんでそんなことを聞く？」

「たったいま、年をくった黒羊が、あんたのかわいい白羊にのっかってますぜ」

ムーア人がデズデモーナと乳くりあっていることをほのめかす。オセローは肌の色が黒いばかりか、デズデモーナよりずっと年上のおっさんなのだ。

ブラバンショーがあわてて娘の部屋を覗《のぞ》いてみると、確かに夜の夜中だというのに、もぬけのから、娘の姿はない。ムーア人と一緒にいる場所を教えられ、手勢を連れ

松明《たいまつ》を掲げて飛び出す。

一方、オセロー将軍のところ（デートの現場）へは、一足先に副官のキャシオーが駈《か》けつけ、

「すみやかに公爵《こうしゃく》のもとへ出頭してください」

「公爵のところへ？　なにごとだ」

そう言えば、昔、昔、公・侯・伯・子・男と教えられたことがあったっけ。貴族の中では公爵が一番偉く、次は侯爵、次は伯爵、そして子爵、男爵の順。モンテ・クリストは伯爵だったし、サドは侯爵だったし、偉かったんだなア、と……それはともかく、ここに登場する公爵も充分に偉くて、ベニスの国王に準ずる立場と考えてよさそうだ。

「はい。キプロスから伝令が入りました。議員諸卿《しょきょう》も集っておられます。火急のお呼び出しです。宿舎におられませんでしたので……」

「よし、行こう」

トルコ軍の艦隊がキプロス島を目ざして動き出した、という情報だ。キプロス島はベニスの支配下にあって、地中海の勢力維持には欠かせない要所である。公爵は、

「勇敢なるオセロー、すぐにキプロスに向けて出陣してくれ」

百戦錬磨の将軍を送れば、なんの心配もあるまい。

「承知しました」

そこへ元老院議員のブラバンショーが現われて、

「ちょっと待ってください。その男は私の娘をかどわかした重罪人です」

と訴える。

公爵の詰問《きつもん》を受け、オセローは、

「確かに娘御の居所は知っております。だが、かどわかしたわけではありません。心と心とを通い合わせた結びつきでございます」

デズデモーナを呼び寄せて尋ねてみれば、まさしくその通り。

「私が心から望んで、このかたの妻になったのです」

二人の仲は自由な意志による結婚であり、その誓約のもとで今夜密《ひそ》かにオセローと逢《あ》っていたことを宣言する。

父親ブラバンショーとしても、それならば文句はない。オセローが一廉《ひとかど》の人物であることはよく知られている。むしろめでたし、めでたしの雰囲気となり、キプロス島のほうは、まずオセローが大急ぎで出発、新妻は一歩遅れてイアーゴーと一緒にオセローのあとを追う。将軍の妻ならば戦場を厭《いと》うわけにはいかない。イアーゴーの妻のエミリアが同行してデズデモーナの身のまわりの世話を受け持つこととなる。デズデモーナに惚れ込んでいたロダリーゴーは落胆し、身投げをしかねない様子。イアーゴーが、

「身投げなんか、とんでもない。おれと一緒について来い。財布に金を入れとけよ」

イアーゴーの言いぶんは、どうせ女は浮気者、デズデモーナはすぐにムーア人が厭《いや》になる、キプロスまで追いかけ、デズデモーナに高価な贈り物でもしてやれば、ロダリーゴーにもチャンスがあるぞ、ということだ。

「わかった」

ロダリーゴーは、この奸計《かんけい》に乗ってイアーゴーの供をする。

第二幕以降はずっとキプロス島。まず副官のキャシオーが港に到着。海上で嵐《あらし》に遭い、トルコの艦隊は全滅、戦争は避けられたが、オセロー将軍の乗った船とは別れ別れになり、キャシオーは将軍の身を案じている。

そこへイアーゴーの乗る船がデズデモーナ、エミリア、ロダリーゴー等とともに着港。ついで、トランペットの音が高く鳴り、ようやくオセローが上陸した。

一同が無事を喜びあい、将軍の結婚をことほぐ中で、イアーゴーはデズデモーナをうかがいながら独白する。

「キャシオーはあの女に惚れている、こいつはたしかだ。
女もあいつに惚れている、これもおおいにありうることだ。
ムーアは、おれにはどうにもがまんのならぬやつだが、
間違いなく誠実で、愛情の深い、高潔な人物だ、
とすればデズデモーナには大事な亭主となるだろう。
ところでこのおれもあの女には惚れている、それも
助平根性からだけじゃない――その気《け》が
まるっきりないとは言わん、だが少なくとも
半分はやつに恨みをはらしたいためなんだ。
というのも、あの助平なムーアめが、おれの馬の鞍《くら》に
またがったことがあるらしい、それを思うと
毒を飲まされたように腸《はらわた》がキリキリ痛む。
こうなったら目には目を、女房には女房を、だ、
あいつと貸し借りなしにしなければ腹の虫がおさまらん。
かりにそいつがうまくいかなくても、せめてムーアを

はげしい嫉妬に追いこみ、思慮分別では
どうにもならなくしてやる。そのためには、
あのヴェニスのばか犬が駆け出したがるのを
引き止めておいたが、ここでうまくけしかけて、
わがマイクル・キャシオーの尻尾《しっぽ》をつかみ、
いやらしいことばでムーアの耳に中傷を注ぐことだ――
キャシオーもおれの枕《まくら》に寝たことがあるらしいからな――
ムーアめ、おれに感謝し、好意を抱き、褒美《ほうび》まで
やると言うだろう、あいつをさんざんばかあつかいし、
心の平和を狂わせて半狂乱に追いこんだお礼にな。
万事はここにある、まだ混沌《こんとん》としたままだが、
悪事は実現されるまでその素顔を見せないままなのだ」

ということで、イアーゴーの憎しみはほとんど全方位だ。副官のキャシオーもデズデモーナに惚れているにちがいない。キャシオーはめっぽういい男だから、デズデモーナだって憎からず思っているはずだ。イアーゴー自身もデズデモーナを口説き落と

したい心境だ。嫉妬のついでに疑えば、オセローはエミリア（イアーゴーの妻）とベッドをともにしたことがあるのではないか。たとえ邪推でも、そう考えて恨んでやれ。キャシオーもエミリアと寝たかもしれん。

——どいつもこいつも気に障《さわ》る——

みんなをひどいめにあわしてやろうという魂胆である。

オセローは副官のキャシオーに夜の警備を委《ゆだ》ねて新婚の宿へ入ったが、町は勝利の祝い酒で賑《にぎわ》っている。キャシオーは、飲めない酒をイアーゴーに勧められ、すっかり酔っぱらい、ロダリーゴーに狼藉《ろうぜき》を働き、さらにオセローの前任者であるモンターノーに喧嘩《けんか》を売る。どちらもイアーゴーの唆《そそのか》しがあってのことだ。モンターノーは刺されて死ぬほどの出血。警鐘が鳴り、オセローが現われて見れば、警備を委ねた当の責任者が酔っぱらって、大変な不始末をやらかしていた、という情況。イアーゴーの報告を聞いて、

——軍人にあるまじきこと。副官は免職だ——

と、怒るのは当然。

正気に返ったキャシオーは、自分の犯した失敗を悔んで、青菜に塩。将軍に謝ってみても簡単には許されまい。きっと失職するだろう。イアーゴーが慰めて、

「将軍に直接謝まるより、デズデモーナに頼むほうがいい。彼女はやさしいし、きっと助けてくれる。将軍はかわいい妻の言いなりだ」

「ありがとう」

キャシオーはイアーゴーの悪企《わるだく》みを知らずに感謝感激雨あられ……。

第三幕に入ってイアーゴーの狙《ねら》いが次第に明らかとなる。キャシオーは、ひそかにデズデモーナに会い、将軍への取りなしを頼む。ひざまずいて切願する。デズデモーナはやさしく答えて、

「元気をお出しなさい。必ずあの人を説得して、あなたへの信頼を回復させてあげますわ」

と、好意を示してくれる。

キャシオーがあたふたと立ち去ったあとに、オセローが登場。ここでイアーゴーのひとこと……。さりげないが恐ろしい。これが陰謀の始まりだ。

「あっと！　こいつはまずいな」

と、思わず漏らした独りごとみたいに呟《つぶや》く。

「なにが？」

と尋ねるオセロー。

「いえ、別になにも。だが万一――いや、私はなにも知りません」

新妻のもとからあわてて逃げ去って行ったキャシオー。キャシオーにしてみれば、この場で将軍と顔を合わせるより、先にデズデモーナを通じて将軍の心を和らげておいてもらったほうがよいと考えて直感的に姿を消したのだろうが、怪しいと言えば少し怪しい態度だった。デズデモーナの前にひざまずき、手を取らんばかりにして嘆願し、胸を躍らせて感謝した気配が空気の中に残っている。それは亭主の目を盗んで人妻に言い寄る間男の気配に近似しているだろう。そこへイアーゴーの謎《なぞ》めいた言葉が漏らされたのだ。

加えて、デズデモーナもまた気色ばんで夫の前に現われ、誇張した表現でキャシオーを弁護する。キャシオーの人となりを褒め上げる。

――変だぞ――

オセローの胸中に疑いが生じ、じわじわと広がる。

キャシオーは、めっぽういい男なのだ。いかにも女たちに好まれそうなタイプの色男なのだ。キャシオーとデズデモーナは以前から知らない仲ではなかった。同じベニスの住民として親しむ機会は以前から充分にあったはずだ。しかも、

――デズデモーナは、あんなにすばらしい女なのだから――

男たるもの、心を引かれぬはずがない。そして、

——キャシオーは、女たちの心をとろかすタイプなのだ——

イアーゴーが、そのかたわらで、もっぱらほのめかしの策略。「キャシオーは……まあ、忠実です。私の知っている限りでは」とか、あるいは「私の推測はまちがっているでしょうけれど」とか、さらにまた、さながら一般論のような口調で「ベニスの女は、ふらちな行為を神様には平気で見せても、亭主にはかくします。その良心と言ってもせいぜい悪事を犯さないことではなく、犯しても内密にすることです」などど、キャシオーとデズデモーナの仲を否定しながら、実は肯定するような台詞《せりふ》をちりばめる。オセローの疑念は野を駈《か》ける火のように燃えて走り、胸に打ち込まれた楔《くさび》はぐんぐんと深みへ入り込む。

イアーゴーのほのめかしが巧みであることは言うまでもない。名人シェイクスピアは登場人物の心を計りながら……それよりもなによりもドラマを見る観客の心を丁寧に推し計りながら一つ一つの台詞を吟味して作り、ありもしない不倫が実際にあるものとして認識されていくプロセスを十全の現実感をそえて創《つく》っていく。

だが、お立ちあい。名人の手腕は、もっと前から発揮されている、台詞より先に用意されている、と言うべきだろう。それは……オセローがムーア人であるということ

だ。ベニスの出身ではなく、肌色が異なるということだ。台詞の中には、さほど繁《しげ》く現われるわけではないけれど、この前提があればこそ、イアーゴーのほのめかしが絶大な効果を顕《あらわ》し、オセローの胸が痛むのだ。

将軍として己の人格に充分な自信を持っているオセローであったが……まったくの話、その高潔さはだれの目にも明白であったけれど、それでもなお、人間が抱かねばならない微妙なコンプレックス、それがこのドラマの底を流れる基調であり、イアーゴーの台詞より先にこういう人物設定を用意したことにこそ、シェイクスピアの目配りの鋭さがあった、と見るべきだろう。このドラマのタイトルは、正しくは〈The Tragedy of Othello, the Moor of Venice〉である。つまり〈オセローことベニスにあるムーア人の悲劇〉なのだ。深読みかもしれないが、ベニスで生きるムーア人であることが悲劇の根源であり、タイトルは端的にそれを示しているように思えてならない。

デズデモーナが洗練された都ベニスの女として美しければ美しいほど、そしてそれを手に入れた喜びが深ければ深いほど、オセローは、

——私はこの喜びに値する男だろうか——

己の高潔さを自負していても、なおうしろめたさを覚えてしまうのである。理屈で

は説明のできない引け目であり、苦しむこと自体がこの人の喜びの感じ方なのかもしれない、と考えてしまうほどだ。

イアーゴーはさらに決定的な策略を繰り出す。女房のエミリアに頼んでデズデモーナが落としたハンカチを入手し、それをキャシオーの部屋へ落としておく。これはオセローが新妻に贈った大切な品で、オセローの言によれば、

「あのハンカチはな、
あるジプシー女がおれの母にくれたものだ。
その女は魔法使いで、人の心を読むことができた。
その女が母に言ったそうだ、このハンカチをしっかり
身につけていれば、夫にかわいがられ、その愛を
ひとり占めにできるだろう、が、もしなくしたり、
人にやったりすれば、たちまち夫の目には
嫌悪《けんお》の色が浮かび、その心は新しい浮気を求めて
離れていくだろうと。母は死ぬときあれをおれにくれて、
さいわい妻をめとる日がきたらその人にあげなさい、

と言った。おれはそのとおりにした。だからいいな、あれを自分の目のように大切にするのだ。なくしたり人にやったりすればとり返しのつかぬ身の破滅となるぞ」

と、いわく因縁のあるプレゼントなのだ。

イアーゴーは、そのハンカチでキャシオーが髭《ひげ》を拭《ふ》いているのを見た、とオセローに告げ、さらにキャシオーが寝言ではっきりと「かわいい人、デズデモーナ」と呟きながら夢うつつでイアーゴーを抱いて口づけをして「あなたをムーアに与えたとはなんと呪《のろ》わしい運命だ」と言った、と巧みに訴える。オセローの嫉妬《しっと》と怒りは留まるところを知らない。オセローがデズデモーナにハンカチの行方を尋ねれば、デズデモーナはそれを示すことができず、ただキャシオーのすばらしさを訴え、いつまでも副官としてそばに置いてくれるようキャシオーの弁明ばかりを繰り返す。これではオセローはいささかも疑いを晴らすことができない。

第四幕に入ってイアーゴーは、あい変らず「もちろん私はよく知りませんよ」と前置きをしながらも確信の籠《こも》った調子で「あの男が言うには奥様を……抱いたとか、いいようにしたとか」と明言する。

まずいことにキャシオーは、ビアンカという娼婦《しょうふ》といい仲になっていて、このビアンカがハンサムのキャシオーに首ったけ。キャシオーは得々として、

「ばかな女なんだが、本気でおれに惚《ほ》れている。キャシオー、キャシオーって泣きついて、その恰好《かっこう》は……」

と、身ぶりを入れてイアーゴーにのろけるのを、オセローは遠くから見て、それがてっきりデズデモーナとキャシオーの密会だと邪推してしまう。

もう我慢ができない。

理性を失い、デズデモーナをあしざまに罵《のの》しり、ついには暴力をふるう。デズデモーナの必死の弁明も、イアーゴーの奸計《かんけい》が毒となってまわっているから疑いを深めるばかり。イアーゴーの女房のエミリアが、

「奥様ほど心がけのよい方はいらっしゃいません」

と、いくら訴えても、もうオセローは聞く耳を持たない。デズデモーナの絶望が深まっていく。

第五幕に入り、ロダリーゴーが剣を抜いて、キャシオーを襲い、ロダリーゴーは逆に殺され、キャシオーは重傷を負う。これもイアーゴーの企《たくら》み。事情は少々複雑だが、

イアーゴーはロダリーゴーから「デズデモーナに取り持ってやる」という口実でさんざん金品を供出させていた。また、キャシオーは自分をさし置いて副官になった当人だから、もちろん憎い。言葉巧みにロダリーゴーをけしかけて剣を抜かせ、二人が乱闘する最中にイアーゴー自身がキャシオーを刺し、ロダリーゴーを殺したのだ。言ってみれば、これはドラマが凄惨《せいさん》な気配へと移っていくための前ぶれ……。

激しい嫉妬に唆かされ、まともな判断を失ったオセローは、一人寝室にいるデズデモーナのもとへ行って、殺意をあらわにする。


「お願いです、あなた、どうなさろうと、殺すのだけは！」

「もうよさぬか、売女《ばいた》！」

「殺すなら明日にして、今夜は許して！」

「見苦しいぞ、もがくな」

「せめてあと半時間！」

「いまさら待てはせぬ」

「ひとことお祈りをするあいだでも！」

「もう遅い」

デズデモーナはくずれ落ちて死ぬ。

この直後にエミリアの口からハンカチがなぜキャシオーの手に渡ったかが明らかにされ、いっさいがイアーゴーの陰謀であったことがわかる。

しかし、デズデモーナはもう生き返らない。

オセローの凄《すさま》じい後悔と慟哭《どうこく》。

「愚かにではあるがあまりにも深く愛した男であった、
容易に嫉妬にかられはせぬのに、たぶらかされて
極度に乱心した男であった、卑《いや》しいインド人のように
なにものにも替えがたい真珠を、われとわが手で
投げ捨てた男であった、泣くということを
かつて知らなかったその目から、あのアラビアの
ゴムの樹《き》が樹液をしたたり落とすように、とめどなく
涙を流した――そういう男であったと書いていただきたい」

と言い残し、自らの喉《のど》を貫いて死ぬ。

イアーゴーは捕縛され、裁判を受けるため引き立てられて行く。一同が退場して五幕の悲劇が終わる。

〈オセロー〉は一見したところ単純明快な筋立てのドラマである。シェイクスピアの戯曲としてはむしろ珍しい。

高潔だが武骨なムーア人の将軍が美しいベニスの娘を娶《めと》ったが、性格のねじ曲った腹心に反逆され、策謀にあい、嫉妬のあまり最愛の人を殺してしまう、という悲劇である。ロダリーゴーがイアーゴーに陥《おとし》れられるエピソードは、ほんのつけたしみたいなもの。イアーゴーの性格のわるさを強調し、ドラマの悲劇性にちょっとした味つけをほどこした程度のものである。

それにしてもイアーゴーは、なんと邪《よこしま》な心を持っているものか？　イアーゴーがわるくなければ、このドラマは徹頭徹尾成立しにくいのだから、初めに邪悪なイアーゴーありき、悪心の由来を詮索《せんさく》する必要がないような気もするのだが、やはり憎悪の根底にあったのは人種の問題ではなかろうか？

先にも引用したが、第二幕の第一場でイアーゴーは、オセローについてこう明言している。

「ムーアは、おれにはどうにもがまんのならぬやつだが、間違いなく誠実で、愛情の深い、高潔な人物だ」

と。敬愛すべき将軍なのに我慢ができないほど憎いのである。言ってみれば、ムーア人なのに高潔であること、それからして憎いのである。それがベニスで飛びきり上等の女に好かれ、その女を娶ったことが、それもまた充分にあってよいことだと思いながら、けちのつけようがないぶんだけさらに憎いのである。

　自分をさしおいてキャシオーを副官に任命したことは、イアーゴーにとって相当に腹立たしい現実だったろうが、それが過剰とも見える憎しみの一番の原因だったとは思えない。それを憎むならば、憎しみは分不相応なポストに就いたキャシオーにこそ、まっすぐ向かうべきだろう。ドラマの後半でイアーゴーはキャシオーの暗殺を企てたふしがあるのだから、最初からそれを計ったほうが、はるかにこの憎しみを晴らすためには実効がある。キャシオーがいなくなればイアーゴーが副官となる可能性も充分に高まる情況ではないか。

　だから、この昇進問題にしても、ムーア人ごときが、自分の生殺与奪の権利を握っていることがくやしいのである。

オセロー自身が、自分がムーア人であるがゆえに、という、わけのわからない、そして持つ必要がないのになぜか持ってしまう、激しいコンプレックスのために、どんどんと嫉妬の深みに陥ってしまうことについては、すでに述べた。

だから、このドラマはどう考えてみても〈ベニスにあるムーア人の悲劇〉なのだ。十七世紀のヨーロッパにおいて黒い肌の人物をドラマの主人公に選んだのはシェイクスピアの天才性であり、その慧眼《けいがん》にはおそれいってしまうが、劇作家はことさらに人種問題を訴えようとしたわけではない。〈オセロー〉を人種問題を問うドラマとして演出することは充分に可能であるけれど（寡聞《かぶん》にしてその試みを知らないこと自体が、不思議なくらいだが）それはシェイクスピアの本意ではなかったろう。

自由な良識人であったシェイクスピアとしては、ムーア人の中にもとびきり上等な人格があって少しも不思議はないと、現実に即した判断を持ってはいただろうけれど、差別問題がこのドラマのモチーフでないことは、一見してよくわかる。むしろ肌の黒さというものが醸《かも》し出す、どうしようもない心理的葛藤《かっとう》、

――それがよいドラマになる――

この直感こそがシェイクスピアの天才であったろう。

いつものことながら〈オセロー〉には、たね本とも言うべき先行作品がある。ジラ

The Regency Theatre, London, as it was in 1817 during a performance of Othello.

ルディ・チンティオという作家の〈百話集〉の中の一話、正確には第三集の第七話だと言われている。しかし原話はベニスの市井《しせい》で実際にあったでもあろう肌色のちがう者同士の結婚を扱い、その現実的な不都合を描いた教訓話で、シェイクスピアの悲劇、すなわち人間心理の根源に迫る悲劇とはトーンが相当に異っているようだ。チンティオの作品を読み、それを素材としてもっと深い悲劇を創造したことこそがシェイクスピアの芸術性であった。

ムーア人は感情の起伏の激しい人たち、とベニスでは目されていた。嫉妬に狂えば人殺しくらいやりかねない、と考えられていた。この観測が、この戯曲の設定に役立っていることは言うまでもない。

――このくらいの嫉妬と疑惑で、充分な確認もせず、最愛の人を殺すだろうか――

という疑問は〈オセロー〉がつねに晒《さら》される批判だが、そこはそれ、オセローは激しやすいムーア人なので……と、そんなエクスキューズが成り立ったのではあるまいか。

それよりもなによりも〈オセロー〉には、致命的と言ってよい欠点がほかにある。すなわち時間の経過が目茶苦茶なこと、だ。オセローはベニスで結婚し、すぐに（妻を伴なわずに）キプロス島へ出陣、事件はキプロス島で、二～三日滞在するうちに起きて終っている。デズデモーナがオセローの妻であった日時は極端に短く、その短い日時もべつべつに船に乗っていたときがほとんどなのだから、ともに過ごした時間はさらに短い。

だが、オセローの嫉妬は……キャシオーに対する疑いは、少なくとも半年とか一年とか、そのくらいの結婚生活があって初めて生ずるもののように思えてならない。疑いの根拠となる事実設定にも時間的な矛盾があるし、心理的にはさらに納得がいかない。〈オセロー〉における時間の二重性、なーんちゃって、論文のテーマにも繁《しげ》く扱われているらしいが、シェイクスピア自身は、さほど深い考えもなく書き上げ、直せば直せることなのに、

――これでいいのだ――

矛盾の中に、逆にドラマとしての深みを直感して、そのままにしておいたのではなかろうか。同じフィクションの実作者として私はそんな気がしてならない。

シェイクスピアと並べて語るのは辛《つら》いが、私の短篇小説に〈高台の家〉がある（講談社文庫〈風物語〉所収）。平凡なサラリーマンが苦労して高台にマイホームを持つ。新しい家に引っ越して家族たちはみな大満足。若いときに苦労をして育った主人公はう

れしくてたまらない。居酒屋で独り酒を飲み、丘の下の公園から幸福なわが家の灯を望み見る。わけもなく、未来の某日、すべての家族を失い、老いさらばえて、ここで独り遠い高台の灯を見ている自分を想像する。

——おれにも昔、幸福な日があったんだ——

と涙が溢《あふ》れ、今の幸福をしみじみ噛《か》みしめる、という筋立ての作品である。おわかりだろうか。自画自讃《じさん》のようで気が引けるが、今の幸福をすべて失ってしまった未来の悲しさによって……それを想像することによって今の幸福を強く、強く認識する、という心理構造である。私の小説は不充分な出来だが、私自身、このアイデアは気に入っている。そういう心理を訴える文学作品があってもよいだろう。〈オセロー〉もそうなのかもしれない。現在の幸福を強調するために、それを失った未来の悲しさを描いたドラマなのかもしれない。デズデモーナを手にかけて殺すことまで、すべてがオセローの妄想なのかもしれない……。

もちろん、舞台上の現実は、そうではない。オセローはデズデモーナを確かに殺害するのであり、それが空想である、とするのには無理がある。

しかし、それはあくまでも舞台の上での現実であり、観客の現実ではない。観客はフィクションとしての舞台を見つめ、そこに未来の悲しさによって今の幸福を強調する心理のからくりを実感することができるのではないか。この視点に立てば、いま述べた二重時間の矛盾や、さらに、その前に述べた、

——このくらいの嫉妬と疑惑で、最愛の人を殺すだろうか——

という疑問も雲散霧消してしまう。一切が観客の意識の中に一つのフィクションとして映るのだから……。シェイクスピアは、そのことを直感していたのではあるまいか。


もう一つ、私事を加える。

私の家内の体験談である。昔、昔、英文科の教室で先生が尋ねたそうだ。R.H.ブライスという名のイギリス人で、昭和二十〜三十年代の日本で、英語英文学の教育に功績のあった学者らしいが、フルネームはわからない。

「デズデモーナは、オセローが黒いけど愛したのか、黒いから愛したのか」

生徒はだれも答えず、教授も答えを示さずに教室を出ていったとか。

現象的には、黒いけど愛した、であったろう。美しくて家柄もよいデズデモーナには、ベニスの白い人たちから、たくさんのプロポーズがあったにちがいない。そうであるにもかかわらず黒いムーア人を夫としたのだから、これは黒いけど愛した以外の

なにものでもない。

しかし、この答は月並すぎる。デズデモーナはオセローの肌色のことなど少しも気にかけていない。これは本当だ。オセローその人を愛したのである。高潔で、勇敢で、正直な人柄を愛したのである。その人柄は黒いオセローが培《つちか》ったものであり、肌の黒さもまたオセローの個性であった。と、わかれば、デズデモーナは黒いから愛した、と言えなくもない。

少なくとも、そのことをオセローが心の奥底から理解していたら、言い換えれば、

——おれは、黒いから愛されたのだ——

と思うことができていたならば、〈オセロー〉の悲劇は起きなかっただろう。

肌の色が新しいテーゼとなる二十一世紀の〈オセロー〉には、いくつか新しい演出法が残されているようだ。

第5話　まどろむ夏の夜の夢

A Midsummer Night's Dream

〝キングコングがピンポンをしてはいけない〟

なんて、あははは……これは私が考案した学術的な（？）ジョークである。キングコングが、あの大きなずう体でピンポンみたいなチマチマしたスポーツを楽しんではいけない……と、そんなことを言っているわけではない。大げさながら、これは日本語の表記の問題だ。

つまり、その、キングコング（King Kong）とピンポン（ping-pong）は英語の発音としては同一の部分を含むものであり、一つをキングコングと表記したら、もう一つはピングポング、一つをピンポンと言うならもう一つはキンコンでなければ統一性を欠く。それゆえにキングコングがピンポンをしてはならないのである。

とはいえ、この種の不統一は世上にたくさんあって、例えばローマ字表記法で名高いヘボン先生と、往年の名作映画〈ローマの休日〉で知られる女優ヘップバーンは同じ Hepburn である。かと思えばゴムとガムとでは明らかにちがうものだし、サイダーとシードルもちがう飲み物だ。

加えて、日本語に導入される片かな語は英語ばかりではない。ヨーロッパの言語では、たとえ根っこは同じものでも綴《つづ》り字や発音の異なるものがいくらでもある。それが日本語に入って来て……ジョンもヨハネもヨカナンもみな同じだなんて、ああ、ややこしい。

なにが言いたいのかと言えば、今回のテーマは五幕の喜劇〈夏の夜の夢〉。幕が開くとまずシーシュースが登場するのだが、これは Theseus。シェイクスピアはイギリス人であり〈夏の夜の夢〉は英語のドラマなのだから、この登場人物をシーシュースと呼んでなんの不思議もないけれど、一般にはテセウス、こちらのほうが多分よく知られているのではあるまいか。

——テセウス？　聞いたことないなあ——

と、シーシュースもテセウスも、どちらも知らないぶんには、さしさわりがないけれど、テセウスはギリシャ神話の英雄であり、ヘラクレスやペルセウスと肩を並べる存在だ。いくつもの冒険談が残されているけれど、もっとも名高いのはクレタ島の怪物退治。

アテネとの戦いに勝ったクレタ島の王ミノスは、講和の条件として毎年七人の少年と七人の少女を人身御供《ひとみごくう》として島に送るようアテネに命令する。クレタ島には複雑な構造を持つ迷宮が造られており、そこに牛頭人身の怪物ミノタウロスが住んでいる。人身御供はこの怪物の餌《えさ》に供せられる運命であった。

アテネの王子テセウスは進んで、この人身御供に加わる。島に到着するやミノス王の王女アリアドネがテセウスに惚《ほ》れ込み、

「迷宮はいったん中へ入ったら、出られないの。ミノタウロスを殺しても逃げられないわ。だから、この糸玉の一端を入口に結びつけ、ほどきながら中へ入ってください。帰りは、それをたぐって戻っていらっしゃいませ」

と、すばらしい知恵を授けてくれる。

こうしてテセウスがミノタウロスを斃《たお》し、アテネの王となったエピソードは、

――そんな話、聞いたことあるなあ――

と、ご存知のむきも多いことだろう。

〈夏の夜の夢〉に登場するシーシューースはまさにこのテセウスであり、劇中にはテセウスの冒険をほのめかす台詞《せりふ》がいくつか散見される。それどころか、このシーシュースと四日後に結婚をすることになっているヒポリタ、配役表では〝アマゾンの女王、シーシュースの婚約者〟となっている女性も、ギリシャ神話の登場人物で、テセウスに戦で敗れ、

「私の妃《きさき》になれ」

と迫られ、当初はいやいやであったが、やがて自ら望んでテセウスと結ばれた、と

いう伝説を残している。この〈夏の夜の夢〉の冒頭のシーンでも、シーシュースの台詞として、

「ヒポリタ、私は剣をもってあなたの愛を求め、
あなたの心をかちえたのも力ずくであった。
だが結婚の儀式はすっかり調子を変えておこないたい、
華やかに、にぎやかに、楽しいお祭り騒ぎをもってだ」

とあって、伝説の事情がほのめかされている。

テセウスがいてヒポリタがいて、しかもドラマの舞台は〝アテネ、およびその近郊の森〟となっており、

——すると、これはアテネが繁栄した古代ギリシャ時代の話なのか——

と思いたくなってしまうが、それにしてはどうも様子がちがう。いつの時代とは断定ができないけれど、雰囲気はシェイクスピアが生きた時代、あるいは、それより少し前くらい……。

いや、いや、本当のことを言えば、これは文字通り、夏の夜の夢物語、時代なんか

いつだってかまわない。そういうことには一切こだわらないドラマツルギーなのだ。シーシュースだって、神話のテセウスその人なのかどうか、そうのようでもあり、そうのようでもなく……配役表ではアテネの公爵《こうしゃく》となっていて、神話のテセウスなら王子か国王のはず。陶工・柿右衛門《かきえもん》が代々たくさんいるように、これはいつとは知れない後代のテセウスなのかもしれない。

というわけで、開幕早々シーシュースことテセウスが現われただけで、いろいろなことを考えさせられてしまうのだが、とりあえず、あらすじを紹介しておこう。

ドラマは四つのグループで構成されている。

一つは、いま述べたシーシュースとヒポリタのカップル。古代の神なのか当代の貴族なのか、はっきりしないけれど、権力者である二人が四日後に結婚する。その儀式が華やかであることを願っている。これがドラマの全体を貫く設定だ。

それとはべつにドラマの中核をなすのは、若者二人ライサンダーとディミートリアス、そして娘二人ヘレナとハーミア、合計四人である。だれがだれを愛しているのか、恋の糸がもつれている。

三つ目のグループは……婚礼の儀式に花をそえようと、職人たちが集って素人《しろうと》劇の準備を進めているが、これがおよそトンチンカンで、おかしなグループなのだ。そして最後は妖精《ようせい》の王オーベロンと妖精の女王タイテーニア。美しい妖精たちを操りながらドラマの狂言まわしを演ずる役どころである。

第一幕では、まずシーシュースが自分たちの結婚を宣言するが、そこへイージーアスなる老人が現われて相談を持ち込む。老人は、わが娘ハーミアの結婚のことでおおいに悩んでいる。ディミートリアスに嫁がせたいのにハーミアはライサンダーと相思相愛の仲。二人はイージーアス老の考えを無視し、少しも譲ろうとしない。アテネの法律では、この件で娘が父親の意向にそむくときは死刑か尼寺に入るか、断じてわがままは許されない。ディミートリアスもハーミアを充分に恋い慕っており、ハーミアを挟んで二人の若者は恋争いのまっ最中。一方はハーミアの父の許可を得ており、一方はハーミア自身の強い愛情を受けている、という情況が明らかになる。

老人の相談を受けたシーシュースはアテネの法律を曲げられないことを告げ、それぞれがよく思案するようにと諭して立ち去るが、あとに残されたライサンダーは窮余の一策、いとしいハーミアに対し、かけ落ちを提案する。アテネから七マイル離れた田舎にライサンダーの叔母が住んでいて、そこまで逃げればアテネの法律は届かない。そこで結婚すればよい。ハーミアは承諾し、郊外の森で明晩会うことを約束する。

そこへヘレナが現われ、ハーミアとヘレナは幼なじみで、充分に親しい仲なのだが、そのヘレナはディミートリアスに首ったけなのだ。つまりヘレナはディミートリアスを追い求め、そのディミートリアスはハーミアを追い求め、どちらも求める相手に嫌われ、歯牙《しが》にもかけてもらえない。こういう情況では、二人の娘がいくら幼なじみの親友でも、それぞれの心理は……とりわけヘレナの心境は複雑だ。口論が生ずるのも無理はない。

一方、村の職人たちが登場し、並みいる面々は大工、指物師《さしものし》、機屋《はたや》、ふいごなおし、鋳掛《いか》け屋、仕立屋、それぞれに名前がついているけれど、機屋のニック・ボトムだけを記憶しておいていただければ、それで充分。

この連中の吐く台詞は（おそらく演技も）大仰で、的はずれで、低俗で、滑稽《こっけい》そのものなのだが、それはともかく公爵様の婚礼に際し〈世にも悲しき喜劇、ピラマスとシスビーの世にもむごたらしき最期《さいご》〉を演じようと、舞台の上で名を呼んで役割を当てるところ。ピラマスとシスビーは（この段階ではくわしい説明がないけれど、シェイクスピアの時代、劇場の観客はどれほどの予備知識を持っていたのか）これもギリシャ神話の登場人物である。ピラマスとシスビーは（ギリシャ風ならピューラモスとティスベーだが）親の許さぬ恋人同士。壁の割目を通して恋を語り合っていたが、ある夜、町はずれの墓場での密会を約束する。シスビーが先に着き、ライオンに襲われ、外套《がいとう》を捨てて逃げ去る。おくれて到着したピラマスは、ライオンが口に血だらけの外套をくわえているのを見て、てっきりシスビーが食い殺されたものと思い込み、小刀を胸に刺して自害。戻って来たシスビーはピラマスの死を知って自分もその小刀を屍《しかばね》から抜いて胸を貫く。遠い時代の物語らしく、どこか白けてしまいそうな悲劇である。

職人たちはこれを演じて見せようという算段。機屋のニック・ボトムが主役のピラマスを演ずる。シスビー役はふいごなおしが女性に扮《ふん》して演ずる。仕立屋はシスビーの母親、鋳掛け屋はピラマスの父親。ライオンを演ずるのは指物師。大工はディレクター兼序詞役。一同は練習のためアテネ近郊の森に集まる約束をして第一幕が終わる。

第二幕はアテネ郊外の森。ここには妖精たちが乱舞して群がっている。その中の一人パックはロビン・グッドフェローとも呼ばれ、イギリスの民間伝承の中で親しまれる、おなじみの妖精だ。陽気で、いたずら好きで、このドラマでも大切な役割を演じている。妖精の王オーベロンと妖精の女王タイテーニアは夫婦なのだが、おたがいに自由な行動を黙認しあっているらしい。おかげで痴話喧嘩《げんか》みたいなもつれがないでもない。目下のところ、タイテーニアがインドの少年をかわいがっているのだが、オーベロンはその少年がほしくてたまらない。いかなる愛情か、妖精の世界の出来事なので私には理解の届かないところもあるけれど、インドの少年を間に挟んで二人は、

「おれに寄こせ」

「だめよ。あの子ばかりは」

と争っている。

オーベロンは自分の意にそわないタイテーニアに腹を立て、パックを呼んで三色スミレの花汁を取って来させる。これを眠っている瞼《まぶた》に落とすと、目ざめて最初に見るものに恋い焦《こが》れてしまう。それをタイテーニアに注いでやろうという腹いせだ。

このオーベロンは人間界の営みにも、そこそこの関心を持っていて、ことのついでに森で眠っているアテネの若者にも、この花汁を注ぐようパックに命ずる。

「アテネの服装をした男だぞ」

と、オーベロンにしてみれば、ヘレナにつれないディミートリアスに花汁を注ぐよう命じたつもりだったが、ここはもう少しはっきりと人物を指定してやるべきだった。

それと言うのは、この夜、この森にライサンダーとハーミアがかけ落ちのため忍び込んで来ていたが、それとはべつにディミートリアスもハーミアのあとを追って森に入り込み、ヘレナもまたディミートリアスを追ってやって来ていた。アテネの服装の

若者はディミートリアス一人ではなく、ライサンダーもそうだった。

舞台の上では、ディミートリアスがどれほどヘレナを嫌っているか、にもかかわらずヘレナがどれほど愛しているか、ひとしきりドタバタが演じられたあと、次は替ってライサンダーとハーミアがいかに愛し合っているかが提示され、やがて四人は森の中で次々に眠ってしまう。

パックはアテネの服装をした男ということで、ライサンダーの瞼に花汁を注ぎ、ライサンダーが目ざめて最初に見たのがヘレナだったから、話がとたんに錯綜《さくそう》してしまう。

ライサンダーは、ついさっきまでハーミアを熱愛していたのに一転してヘレナをかき口説く。激しい恋情をうち明ける。

ヘレナはなにがなんだか訳がわからない。てっきりばかにされたと思い、憤《いきどお》る。波瀾《はらん》を予感させながら第三幕に移り、職人たちが同じ森に集って稽古を始める。あい変らずこの連中はトンチンカンで、ばからしい。ちょっと引用するならば、

「このピラマスとシスビーの喜劇にはだな、どうもうまくない個所があるんだ。まず第一に、ピラマスが剣を抜いて自殺するだろう、こいつはご婦人がたにはがま

んできまい。そうは思わんか？」

「たしかにおったまげるだろうな」

「結局自害する場は省略するほかないだろうな」

「全然その必要はない。おれにはいい考えがあるんだ、うまくおさまるような。前口上を書いてもらうんだ。その前口上でこう言うんだ、剣は抜いても血を流したりはしませんし、ピラマスもほんとうに死んだりはしません。もっと安心させたければこう言えばいい、私ピラマスはピラマスではありません、実は機屋のボトムです。こう言っておけばみんなこわがらなくてすむだろう」

「うん、そういう前口上を入れるとしよう、バラッドふうに八六調で書くとするか」

「もう二つふやして八八調がいいな」

「でもご婦人がたはライオンをこわがるんじゃないかな？」

「そうだ、こわがるよ、きっと」

「諸君、ここは一つ熟慮せねばならんぞ、ご婦人がたの眼前に——人もあろうに——ライオンを出すなんてことはとてつもなく恐ろしいことだ。だいたいこの世にライオンほどとてつもなく恐ろしい野鳥はいないからな。ここは一つ用心せねばならんぞ」

「だったらもう一つ前口上を書いて、これはライオンではありません、と言えばいいよ」

「いや、それより名乗りをあげればいい、ライオンの首から顔を半分ほど出してだな、そこから言えばいい、たとえば、ま、こんな意味欠落のことだ〝ご婦人がたよ〟あるいは〝美しいご婦人がたよ、皆様に願望しますが〟あるいは〝皆様に要望しますが〟あるいは〝皆様に懇願しますが、なにとぞおこわがりにならぬよう、またおふるえにならぬよう、私のいのちにかけて保証いたすであります。万一皆様にしてここに出ました私をライオンとおぼしめすならば、私のいのちにかけて痛恨のきわみであります。けっして、私はさようなものではありません。私は人間であります、いかなる人間とも変わりはありません〟と言ってだな、そこで名前を名乗らせるんだ、はっきり私は指物師のスナッグですと言ってしまうんだ」

「うん、そういうことにしよう」

と、この引用に散見されるように、敬語のまちがいもあれば見当ちがいのギャラントリィもある。馬鹿《ばか》な考え、だじゃれのたぐい……笑わせどころがたくさん散らばっていて、翻訳のむつかしい部分だ。演劇に対する批判というか、皮肉というか、軽いからかいも混じっていて、これはシェイクスピアの真骨頂。おおいに盛り上がるところ。事実、この職人たちのドタバタだけを独立させ、一幕のパフォーマンスとして演じられることもあったほど、観客の人気を集めるパートであった。

パックがいたずら気分で、ボトムの頭をロバに変えてしまう。みんなが驚くまいことか。

仲間たちに逃げられ、ボトムが一人森の中をさまよっていると、そこにタイテーニアが眠っている。すでに瞼に花汁を注がれていて、目ざめて最初に見るものが彼女の恋人となる宿命……。

そこには……ロバの姿で、ロバさながらに（と言ってはロバにわるいが）愚鈍なボトムが眼前にいたから、これまた大事件。追いかけるタイテーニア、戸惑うボトム。

この件についてはオーベロンは、

――うまくいったぞ――

と、ほくそ笑むが、アテネの服装の男についてはパックの大まちがいと気づく。

かくてライサンダー、ヘレナ、ハーミア、ディミートリアス、四人の恋の様相には

Royal
Shakespeare
Company
1989
nov.

コペルニクス的大転回が生じ、観客には事情がわかっているけれど、四人の男女にはさっぱり合点の行かない惨劇が……喜劇が続く。殺し合いまで起きそうな雰囲気。

オーベロンは気の毒に思い、とりあえず四人をべつべつにし、別種の草の汁を注いでライサンダーにかけた魔術を解くことをパックに命ずる。ディミートリアスにはヘレナを愛するように花汁を注がせる。

第四幕では、まずタイテーニアにかけられた魔術が解け、

「私、夢を見ていたみたい」

ロバに恋していたなんて……信じられない。

ボトムもロバの首をはずしてもらい、これまた夢を見ていたような心境。

シーシュース、ヒポリタ、イージーアス老が郊外の森に現われてみれば……なんと！　先日までの諍《いさか》いは消え失《う》せ、ライサンダーとハーミア、ディミートリアスとヘレナ、ほどよいカップルが二つ、なんの支障もなくできあがっている。これではイージーアス老も娘の願いを聞かないわけにいかない。なにしろディミートリアスの心がハーミアを離れヘレナに向いているのだから。一同の領主であるシーシュースも新しいカップルの成立を容認する。一方、職人たちはと言えば、ボトムが急にいなくなり、

「主役がいなくちゃ、芝居にならない」

と嘆いているところへ、ロバの首ではない本来の自分の首をつけたボトムが帰って来て、

「よし、これで大丈夫」

と勇み立つ。

第五幕はシーシュースの宮殿。みなが集まる中で職人たちの芝居が上演される。どれほどデタラメの芝居になってもかまわない設定があらかじめ提示されているから、劇作家は思う存分ふざけまわってかまわない。

ピラマスの父親に扮する鋳掛け屋は、恋人を距《へだ》てる塀の役をも受け持ち、塀の姿で登場し、大げさに覗《のぞ》き穴を作ったり、あるいはまた両側から大工と機屋にすり寄られ、

「おお、この塀よ、幾たびも、私の溜息《ためいき》聞いたわね、
おまえが私とピラマスのあいだをへだてているために。
この唇は幾たびも、おまえの石に触れたわね、
髪と石灰塗りこめたおまえの石にキスをして」

「口づけするのは塀の穴、あなたの口には届きません」

情熱的なキスを浴せかけられたり、塀の役は目を白黒させて……楽ではない。役目が終わると口上を述べて、うやうやしく退場する。

「まずこのように私は、塀の役目を終えました、終えたからにはこのように、塀は退場いたします」
「隣同士の二人をへだてていた塀が倒れたわけか」
「やむをえません、平気で無断立ち聞きをするような塀ですから」
「こんなばかばかしいお芝居ははじめてだわ」
「芝居とは最高のものでもしょせん実人生の影にすぎぬ、だが最低のものでも影以下ではないのだ、想像力で補えばな」
「でもそれはあなたの想像力であって、役者たちのではないでしょう」
「役者たちが自分のことを想像している程度にこちらも想像してやれば、けっこう名優として通るだろう」

と、登場人物の口を借り、作者自身の演劇論が介入するから油断ができない。
職人たちのおかしな芝居も短く終了して、今夜はシーシュースとヒポリタ、ライサンダーとハーミア、ディミートリアスとヘレナ、三組の男女が結婚の契《ちぎ》りを結ぶはず。深夜の鐘が十二時を告げている。妖精たちが舞い踊り、オーベロン、タイテーニア、パックが新しい夫婦たちをことほぐ台詞《せりふ》を告げ、夜の気配を祝福して終幕となる。

〈夏の夜の夢〉の創作は一五九〇年代の中ごろ、あえて特定するならば一五九五年説が有力である。〈ロミオとジュリエット〉とあい前後する時期……劇作家としてのデビューは、これより数年前であったが、いよいよ全盛期を目前にしてわれらがシェイクスピアは気力実力ともに横溢《おういつ》する三十代であった。

創作の事情もつまびらかでないけれど、しかるべき大公の結婚式の演《だ》し物として書かれた、と見るのが妥当であろう。筋立てもそれにふさわしいし、ドラマが醸《かも》しだす軽妙さも、そんな気配を伝えている。ドラマの中で結婚式の引出物としての小ドラマ（職人たちの）が演じられ、それを含むドラマ全体が本物の結婚式の引出物である、という趣向も楽しめるものであり、さらにドラマの中で三つの結婚が成立し、終幕近くでシーシュースが発する次の台詞、

「深夜の鐘が鉄の舌で十二時を告げ終わった、

さあ、新床につくとしよう、恋人たち、そろそろ妖精たちの時間だ。今夜夜ふかししたぶんだけ明日の朝朝寝坊することになってはいかん。いまの芝居、ばかげたものではあったが、夜の重い歩みをまぎらしてくれた。さあ、新床へ。これからの二週間、祝典を続けることにしよう、夜ごとに宴を張り、新しい余興を楽しむとしよう」

これはまさに実際の新郎新婦と参列者へのはなむけとなる言葉である。

当時、貴族の結婚式でこういう余興が演じられることはよくあった。だから裏づけとなる資料こそ乏しいけれど、シェイクスピアが彼の保護者の一人である大公の要請に応《こた》えて〈夏の夜の夢〉を創《つく》ったことは、ほとんど疑う余地のない定説となっている。商業的に上演されたのは、それより後のことだ。劇場でもしばしば上演され、なかなかの人気を集めたらしい。

さて、これから先は私のまったくの想像だが……結婚式の引出物を書くよう求めら

れて、シェイクスピアは、

――男女の仲とはなんだろう――

このテーマを考え、そのあげく、恋は思案のほか、と、そんな判断を抱いたのではあるまいか。

なぜある人をこれほど好きになってしまうのか、円満な常識人であるシェイクスピアにとっても、この感情ばかりはよくわからない。われとわが身の胸中を探っても、狂おしい体験がないわけではなかった。

教養あるヨーロッパ人としてギリシャ・ローマ神話には通じていただろう。ギリシャ・ローマ神話にはいたずら好きの幼神キューピッドが登場する。この神様の矢を受けると、たちまちその人は恋の虜《とりこ》になってしまう。キューピッドがAさんを目標にして、

――Bさんが好きになるように――

と、金の矢を射ると、Aさんは理屈を越えて遮二無二Bさんが好きになってしまう。この熱愛から逃れられない。

――Cさんが嫌いになるように――

と、鉛の矢を射ると、どうしようもなく嫌いになってしまう、と、こういうコース

もあるらしいけれど、一般には前者のほうがよく知られている。よく用いられている。どの道、目に見えない矢なのだから金も鉛もあるまいけれど、キューピッドの心の中にはこの二つがあるらしい。

が、それはともかく、人間の恋ごころをつぶさに観察してみると、まことに、まことに不思議な矢で胸を射抜かれたみたいに訳のわからないことがある。あるとき突然に、わけもなく、狂おしいほど好きになってしまうからだ。

――キューピッドの矢だなあ――

と、シェイクスピアも考え、これをモチーフにして男女の恋のコメディを書いてみよう、と思ったにちがいない。

舞台をアテネに据えたのも、この連想からだろう。キューピッドの元祖はギリシャ神話の幼神エロスなのだから、ギリシャの大都こそがこの物語の舞台にふさわしい。〈夏の夜の夢〉を見て、ドラマのモチーフとしてキューピッドの矢が使われていることとは随所に感じられるけれど、とりわけ第一幕のヘレナの台詞は、恋の本質を見すえて、

「だから翼もつキューピッドは盲に描かれている、

恋の心にはどこを捜しても分別などない、
だから無分別を示すよう翼はあるけど目はない。
恋は相手を選ぶときしょっちゅうだまされる、
だから恋の神キューピッドは子供だと言われる。
いたずらな子供はたわむれに平気で嘘《うそ》を並べたてる、
だから子供である恋の神はやたらに嘘の誓いを立てる」

と告げているのは顕著な例である。
ただしドラマの中に直接キューピッドが現われたりはしない。オーベロンが言うには、

「おれはキューピッドの矢が落ちた場所を
目にとめておいた。それは西方の小さな花に落ち、
純白であった花びらも恋の傷にいまは真紅に染まった、
乙女たちはその花を〝恋の三色スミレ〟と呼んでいる。
それを摘んでこい、いつか教えてやった花だ、

その汁をしぼって眠るものの瞼《まぶた》に注いでおくと、
男であろうと女であろうと、目が覚めて
最初に見たものを夢中に恋してしまうのだ。
あの花を摘みとって、すぐにもどってこい」

であり、ここでは恋の魔術をかけるのも、それを解くのも、矢ではなく森の草花の汁が用いられている。結婚のコメディを思案する劇作家の脳裏に、深い森に群がって乱舞する妖精たちのイメージがあり、矢そのものより花の汁のほうがほどよいイメージとして映ったのではあるまいか。

ちなみに言えば……これもまた私の勝手な想像だが、シェイクスピアの胸には、森と言えば自分が育ったストラットフォード周辺の奥深い森のイメージがあったにちがいない。行ったこともないアテネ郊外の風景ではなかったろう。が、この二つは少なからず異なっている。私とてもアテネの近郊を充分に知っているわけではないけれど、おおまかな印象として、

——アテネ周辺の森は、こんなに深くはないよなあ——

岩肌がさらされ、雨も多いとは言えず、木々の背は低い。〈夏の夜の夢〉の舞台み

たいに、だれがどこにいるのか、近くにいてもさっぱり見つからない情況とはちがうような気がしてならない。

　まあ、しかし、そんなことをつべこべ言っても始まらない。これはそもそも現実を無視した夢の物語なのだから。さながらキューピッドの矢で射られたように突如発生する、とりとめのない恋の様相を美しくコミカルに提示すること、それだけが劇作家の目的であったにちがいない。そして、それは見事に結実している、と言ってよいだろう。


　しかし〈夏の夜の夢〉はよい評判ばかりを受けたドラマではなかった。それどころか「初めて見たが、今後二度と見る気がしない。これほどつまらない、ばかばかしい芝居は見たことがない。しいて言えば、踊りがよかったこと、きれいな女優が見られたこと」といった感想が早い時期から残されているし、似かよった意見も多い。

　私自身はと言えば、初めて〈夏の夜の夢〉を翻訳された戯曲として読んだとき、正直なところ、

　――つまらん。ペケ――

　そう思ったのは本当である。

今でもこれを戯曲として読む限り（一切の先入観をなくして読むことは不可能だが）あまりよい印象は抱けないだろう。

私は小説家なので演劇を演劇として捕らえることが下手くそである。戯曲を見せられると、会話の多い小説として読んでしまう。

あえて言うならば、私のみならず多くの読者がこの傾向を持っているのではあるまいか。読書という行為自体が小説と関わりが深いうえに、私たちは小説の時代に生きているからだ。小説の衰退が言われたりしているけれど、文芸のジャンルにおいて詩歌や演劇に比べて私たちはずっと多く小説に親しんでいる。文芸の中核をなすものが小説であると考えている。戯曲を演劇として想像的に読める人は、むしろ例外的だろう。

演劇としてどうかという問題は脇《わき》に置いて、会話の多い小説として読んでしまっては〈夏の夜の夢〉は欠陥品と烙印《らくいん》を押される可能性が相当に高いしろものだ。ヘレナがディミートリアスを追い、そのディミートリアスがハーミアを追い、それが一転して今度はハーミアがライサンダーを追い、そのライサンダーがヘレナを追う構造に変わる、というドタバタ騒動は舞台の上で実際に演じられてこそ笑えるけれど、書斎で一人静かに読んで楽しめるものではない。

それに……シェイクスピアも不親切だ。一般的に座つきの作者は、自分がそばにいるものだから、戯曲の中でこまかい指示を怠る弊がある。台本だけでは不親切になってしまうときがある。たとえば……本筋とは関係のないことだが、パックのいたずらで機屋のボトムがロバ頭になってしまうくだりは、戯曲の中でたった一行〝ロバの頭をつけたボトム登場〟とあるだけで、それがパックのいたずらかどうかもはっきりとは書いてない。この部分の英語は“Enter Bottom with the ass-head”であって、訳にまちがいが生じようはずもない。

だが〝ロバの頭をつけた〟とは、どういうことなのか？　この登場を見て、職人仲間の一人は「わあ、出た！　化け物だ！　大変だ！　おい、逃げろ！　みんな逃げろ！　助けてくれ！」と叫び、もう一人は「ああ、ボトム、すっかり変わっちまったなあ！　なんということだ、その頭は！」と嘆くのだが、これがどのくらいの変化か……つまり頭にロバの縫いぐるみを被《かぶ》ったような悪ふざけなのか、それとも本当に頭だけロバになってしまったのか、テキストの字面《じづら》を追っているだけでは判然としない。ドラマの設定は後者なのだが、これは視覚的な舞台の上でこそ、すぐさま訴えることができるけれど、テキストでは充分に説明してくれなければわかりようがない。〝ロバの頭をつけたボトム登場〟だけでは、様子が少しもわからないままページを読み進んでいくことになる。なにがどうなっているのか釈然としないのである。

この種のことがいくつかあって、視覚的な補足があれば劇中のばからしさを快く、軽やかに、感知することができるけれど、テキストに書かれている程度では（もともと克明に説明するほどのことではないのだし、さりとて軽く触れておくだけでは）イメージを形成できないケースが多い。

が、すでに触れたように、こうした読み方自体が小説的なのであり、演劇人であるシェイクスピアが、視覚的な補足を予測しながらテキストを創っておくのは少しも不充分なことではなく、むしろまっとうな姿勢といってもよいだろう。

その実、私自身〈夏の夜の夢〉を読んでおもしろいとは思わなかったけれど、舞台を見たときは、いつも、

——意外とおもしろい芝居なんだな——

マイナスの印象を持っていたぶんだけに逆にプラス効果が大きく、よい印象を持つことができた。つい先日も新大久保の東京グローブ座でシェイクスピア・シアター創立二十五周年記念公演（演出・出口典雄）を鑑賞したが、これも充分に楽しめるものであった。

略言すれば〈夏の夜の夢〉は読んでおもしろい戯曲ではなく、見ておもしろいドラ

マであり、これは演劇作品として少しも期待にもとる条件ではあるまい。

加えて、この作品は詩文としての美しさに定評がある。この長所は訳文では計れないし、多少英語が読めるくらいでは評価できるものではない。訳文で読んで、

——つまらん。ペケ——

と思った私の判断は、この意味でも正鵠《せいこく》を逸するおそれが充分にあった。たとえ訳文で首を傾《かし》げても舞台を見て〝よい〟と感ずること自体がシェイクスピアの劇作家としての凄《すご》さなのである。

もう一つ、第三幕のあたりで急にライサンダーにつれなくされたハーミアがヘレナに向かって自分の背が低いことを劣等感を交えて訴えるシーンがある。ヘレナのほうは背が高い。私が新大久保のグローブ座で見たときも、ヘレナは高く、ハーミアは低かった。台本にそったキャスティングと考えてよいだろう。

だが、シェイクスピアが〈夏の夜の夢〉を初めて書いたときはどうだったのか。ヘレナ役とハーミア役を予定していた俳優の背丈に差があり、むしろそのことが先にあって、しかる後、台本にある設定が作られたのではあるまいか。俳優の特徴を考えて背丈をうんぬんする台詞《せりふ》を作ったのではなかろうか。そんな気がしてならない。

こんな想像を記したのは、劇作家は出演を予定されている俳優の顔ぶれを予測して戯曲を書くことがよくあるからだ。本来は必要のない役なのに、俳優のだれそれを頭に浮かべ、

——彼女にも役を振り当ててやらなきゃいかんからなあ——

と、それなりの役を創ったりする。

小説家は断じてこういうことをやらない。その必要がまったくないからだ。演劇というものは、あくまでも舞台の上でどうなるか、円滑に舞台を成立させることが第一義であり、台本の完成度だけが大切なわけではない。俳優への配慮も大切だ。くり返して言うが〈夏の夜の夢〉は舞台にのって、そこでいきいきと動きだす作品なのである。

さらにもう一つ、余談をつけ加えれば、二十世紀フランスの名匠ジャン・アヌイに〈父親学校〉という戯曲がある。私は学生の頃、大学祭のため、このドラマをプロデュースした体験があるので、ひとしお思い入れがあるのだが、軽妙で、コミカルで、ちょっとエロチックなコメディである。これはアヌイが娘の結婚式のために書きおろし、当日の引出物として上演されたものであった。花嫁のカトリーヌ・アヌイ（女優

でもある）が二番手くらいの役を演じている。

――アヌイ劇の初演を、こんな形で見られるなんて、参列者はラッキーだな――

と、おおいにうらやんだが、この〈夏の夜の夢〉も同じように結婚式で初演されたらしいと知って、同じようにうらやましく思った。

しかし、私の親しい友人のサラリーマン氏は必ずしも賛成しない。

「せっかくの休日なのに、お義理の披露宴に出席し、そのうえ出来のわるい芝居なんか見せられたら、ホント、かなわんよ」

言われてみれば、それも充分にありうることだ。出来のわるい芝居というのは、真実、難儀なものである。できのわるい小説よりひどい。

第6話　ベニスの商人もりだくさん

「ロンドンは、ご存知なんでしょ？」

ガイド嬢はロンドンに暮らすこと十有余年、歴史に明るい三十代、と聞かされていた。

「ええ。一通りは。でも、今回はシェイクスピアだけの取材ですから。グローブ座のほかに銅像とか看板とか」

普通の観光旅行とは趣が異なる。

「たいしたもの、ありませんけど」

「いいんです。とにかく……」

「酒場と、ウエストミンスター寺院と……」

「結構です」

ミニ・バスを走らせた。

ホテルを出て二、三分。多分カーナビー街というところ。四つ角に〝シェイクスピアズ・ヘッド〟という名の酒場があり、そこに白い襟を広げたシェイクスピアが黒い看板になって壁から突き出している。すぐ下に英語の〝Welcome〟ほかにフランス語、ドイツ語、スペイン語で同じ意味が記され、日本語は〝ようこそ！〟しかし、朝の九時過ぎだから酒場のドアは開いていない。

「こっちです」

ガイド嬢に促されて角を廻ると、同じ建物の三階くらいの高さ、窓からシェイクスピアが首を出して覗《のぞ》いていた。劇作家はちょっとメランコリックな表情。人間の愚かさを見すえているのかもしれない。うっかりしていると見過ごしてしまいそうな街角のデコレーションだが、私にとってはせっかくのめぐりあい。手を高く上げ、

「よろしく」

と、日本語で挨拶《あいさつ》をした。

それからウエストミンスター寺院へ。以前に来たことがあるはずだが、外観を除けばほとんどなんの記憶もない。内部についてまるっきり思い出せないところを見ると、以前は建物の中へ入らなかったのかもしれない。きっとそうだ。

私語厳禁。カメラは駄目。ペットも×印。そのわりには中が騒がしい。観光客でごった返している。列を作って少しずつ眺めた。

「これ、ベン・ジョンソンの墓なんです」

と、ガイド嬢が床を指す。

寺院や教会の床下に屍《しかばね》が埋められ、その上の大理石が墓碑になっているケースは珍

しくないけれど、ベン・ジョンソンの場合は三十センチ四方くらいの黒い大理石一枚である。

「劇作家の？」

ベン・ジョンソン（一五七二～一六三七）はエリザベス朝の劇壇で人気においてシェイクスピアにほんの一、二歩及ばない程度の劇作家であったが、後世は二人の間に雲泥《うんでい》の差をつけてしまった。

「はい。ここに埋められることを希望したんですけど、充分な土地が入手できなくて、二フィート四方だったかしら。だから立ったまま埋められたんです」

「このくらいか」

と、手で囲った。

「そうです。死ぬ頃は貧しくて土地が買えなくて。少し後に、べつな人のために墓掘りが穴を掘ったら、立ったままの脚がチラッと見えたそうです」

「ふーん」

とりとめのない妄想が広がる。イギリスに出発する少し前、埼玉県でまだ土葬をやっている地域の葬儀に出席した。墓地を仕切っているお爺《じい》さんが「今日はここ」「明日はあっち」と、見当をつけて穴を掘るのだが、このごろ記憶が弱くなったせいで、よくまちがう。つい先日も、一ヵ月ほど前の棺《ひつぎ》をメリメリメリって掘り当てちゃって……。中の死体は凄《すご》い情況だったとか。ベン・ジョンソンの場合も、さぞかし……いや、いけない、いけない、私のテーマはシェイクスピア、ホラー・ストーリィではない。

とはいえ、シェイクスピア劇も昔は相当にどぎついホラー、血みどろになって舞台を駈《か》けめぐるような演出もしばしばおこなわれていたらしい。〈ハムレット〉だって墓掘りが頭蓋骨《ずがいこつ》を投げて遊んでいる。シェイクスピア劇は〝なんでもあり〟なのだ。グロテスクな妄想もおおいに結構。黒い大理石の下でベン・ジョンソンは今ごろどうなっていることか。

「こちらにどうぞ」

ガイド嬢の声で現実に戻った。

戴冠式《たいかんしき》が挙行される内陣を抜け、いくつもの墓碑銘を読み、詩人たちのコーナーに立った。シェイクスピアの石像を中心にして、何人もの文学者の石板が囲んでいる。ここに坐《すわ》るシェイクスピアは文人らしい風格に溢《あふ》れて、わるくない。並みいる文学者は、ブロンテ三姉妹、ジェイン・オースティン、ワーズワース、サミエル・ジョンソン、役者も加わってヘンリー・アービング、デビッド・ガーリック、ローレンス・オリビエと、にぎにぎしい。かならずしも遺体が埋まっているわけではないらしい。

寺院を出ると細い雨。が、傘をさす人はいない。実際、すぐに乾いてしまう。テムズ河を越えて一路グローブ座に向かった。付近は昔、火力発電所があったところ。そして倉庫街。市の中心部からそう離れた地域ではないのだが、人通りも人家も少なく閑散とした印象がなくもない。

シェイクスピアの時代、ロンドンの世相は奇妙な矛盾を呈していた。まず宗教劇を脱却した近代劇の誕生だ。筋立てに趣向を盛り込んだ新しい芝居は大衆の熱狂的な関心を集め始めていた。ショウのたぐいと言えば、動物をいじめて殺す残酷な見せ物くらいしかなかったのだから芝居が人気を集めるのは当然だろう。が、その一方で、行政と宗教がこれを嫌悪《けんお》した。大衆が集まるとろくなことが起きない。伝染病が蔓延《まんえん》する。ピューリタンの目から眺めれば、芝居なんて到底認容することのできない、いかがわしい内容だ。激しい反発があったのも本当だった。

この二つの熱情のせめぎあい……。次々に劇場が誕生したが、町の中心部、市壁の内側は反対が強固で、劇場の建設も維持もむつかしい。郊外地を選んで仮小屋のような施設が建てられた。職業的な劇団も誕生した。

ロンドンの行政とはべつに貴族たちの中には、この新しい芸術の台頭に好意を抱く人たちもいる。宮内大臣の支持によるシアター座が市の北はずれに、海軍大臣の贔屓《ひいき》によるローズ座がテムズ河の南に拠点を持ち、時代の風潮をリードする。われらがシェイクスピアが参加したのが前者であり、後者には先輩格のライバル、マーロウがいた。

一五九九年、ローズ座のすぐ近くに、つまりテムズ河を越えた南岸にグローブ座が新設される。シアター座の敷地の契約が切れ、新劇場建設の資金も集まりにくく、そこで考案されたのが新しい協定。俳優たちにも新劇場の株を持たせ、利益を配分する、というシステムであった。シェイクスピアはこれに参入し、グローブ座の八分の一の権利を持つようになる。つまり……グローブ座は演劇人としてのシェイクスピアの文字通り舞台であったが、同時に実業家としての拠点でもあった。劇作家としておもしろい芝居を書けば、それが個人収入の増大に直結する、というわけだ。金銭感覚の鋭いシェイクスピアが劇作に精を出したのは言うまでもない。

テムズ河には商港があり、ロンドン・ブリッジは河南から市内に入る唯一《ゆいいつ》の橋であり関門であった。橋に続く道筋には市場が開かれ、商人が往来し、宿屋が客を呼び、倉庫が建ち並び、充分に雑多な気配がみなぎっていただろう。そこに新設されたグローブ座はまさに大衆の渦の中にあった、と言ってよいだろう。グローブ座は多くの名作を上演し、一六一三年〈ヘンリー八世〉を上演しているときに出火して焼失、すぐに再建されたが、一六四四年にピューリタン革命の圧迫を受けて壊されている。シェイクスピアとともに栄えた劇場であった。

それから三百五十余年、長い空白の後一九九七年〝シェイクスピアのグローブ座を再現しよう〟という意図で創設されたのが、現在の新グローブ座。設立の場所は、かつての劇場跡のすぐ近く、テムズ南岸のサザック地区。劇場様式も資料を頼りに古いグローブ座の構造に近づけることを旨《むね》とした。とりわけ舞台、客席、外観は往時に近づけた。ちなみに言えば、東京都新宿区、新大久保駅の近くに建つ東京グローブ座は一九八八年の竣工《しゅんこう》、古い劇場に倣《なら》って造った、ということだが……ロンドンと比べてどうだろう？

テムズ河の南。かつての火力発電所は建物ごとモダン・アートの美術館に変わっていた。倉庫のような建造物がいくつか残っていて、角を曲がるとグローブ・センターと呼ばれる一郭がある。劇場とその他の施設。しかしチケットを持っていないと劇場内には入れない。入れるのは、せいぜい資料とみやげものを展示販売するフロアー、そしてレストランくらい。私のチケットは夜の部である。

劇場の外観は……柱や横木は粗く削った木材の肌をそのままあらわにして格子《こうし》模様に組んである。その間を白い漆喰が埋めて壁を作っている。屋根は茅葺《かやぶ》きみたいな感じ。おそらく見えない部分の構造には現代建築の技術を駆使し、表向きは古式を装《よそお》う、そんな趣向と考えてよいだろう。東京グローブ座とは少し印象が異なる。ロンドンのほうが古風で、おそらくシェイクスピアの時代に、より近いのではあるまいか。売店に寄って、シェイクスピアの肖像入りのTシャツと絵葉書を買った。シェイクスピアの胸像にも拝礼をした。

夜を待って今度は観劇のためタクシーを走らせた。ロンドンのタクシーはコンパートメント方式。降りてから窓越しに料金を払い、チップをそえるのが原則だ。ドライバーが道をよく知っていることには定評がある。

まだ少し明るい。

劇場の様子が昼間とはガラリとちがう。開演前の敷地に観客が大勢集ってざわめき、道化のような出演者が即興のパフォーマンスを演じて笑わせる。劇場の中からなのか、外からなのか、歌が聞こえ、太鼓が響き、喇叭《らっぱ》が鳴る。劇場そのものは小さいが、周囲の空間は相当に広い。ファースト・フードを売るキオスクが賑《にぎ》わい、外庭が沸き立っている。門を潜《くぐ》ったとたん、中は祝祭空間、もはや日常ではない。劇場全体が観客の心を誘い込む。

今夜の演《だ》し物は〈ベニスの商人〉。劇場内に入って……驚いた。

天井がない。空が見える。

――雨が降ったら、なんとしよう――

と言っても私は桟敷席《さじきせき》のほう。二階である。こちらは屋根がある。

劇場の構造を略記すれば……まず円形。円筒形の空間だ。正面に簡単な舞台がせり出している。大理石の柱が舞台の両サイドに二本立っている。背後には壁画を描いたパネルが立ち、その両側が演技者の出入口。パネルの上方に楽団の立つ一郭があり、すでにドンドン、ピィピィと興じていた。一階は立見土間、なにもない席。天井は筒を作って吹き抜けだ。ぎっしり詰めれば二百人くらいは入るだろう。この立見席の両側にほんの少しだけ座席があり、二階三階は桟敷席。舞台のまうしろを除き、ぐるりと馬蹄《ばてい》形に席が造られている。私は二階の上手《かみて》、一番前のボックスに案内されたが、そこは前に三席、後ろに三席、合計六人分の椅子席《いすせき》だ。このボックスは舞台の真横、演技者が舞台の前面に踏み出したら、ほとんど後ろ姿を見下ろすことになる位置と言ってよい。このあたりの構造は東京グローブ座とよく似ているが、東京グローブ座は一階の平土間にたっぷりと椅子席を作り、屋根で覆《おお》い、照明も音響装置も整っている。

ロンドンのほうが、ずっとシンプルでシェイクスピアの頃の劇場に近いだろう。

一階が立見席のせいもあって、場内はどことなく騒然としている。張り出したシンプルな舞台に、今夜の演目〈ベニスの商人〉の端役《はやく》らしい人物が一人、二人と現われ、舞台の上で戯《たわむ》れ、立見の客とふざけあう。予鈴は鳴ったのかどうか……。

いつの間にか、第一幕第一場の登場人物が舞台の上に現われていて、アントーニオの台詞《せりふ》が始まり、前ぶれもないままドラマに流れ込んでいた。


五幕の喜劇〈ベニスの商人〉のあらすじはと言えば……中世から近世にかけてもっとも栄えた港町ベニス。この商都で多くの船舶を抱えて手広く商売をやっている男、すなわちベニスの商人の代表格アントーニオが友人たちと語り合っている。その中の一人グラシアーノーは、ひどくおしゃべりの男で、

「黙っていてほめられるのは干物にされた牛の舌と、売れ残った娘ぐらいのものさ」

と軽口を叩《たた》き、しかつめらしい顔をしているアントーニオに対しては、

「世のなかにはおかしな連中がいてだな、まるで溜《たま》り水のように、にごった薄皮を顔一面に張りつめ、かたくなに押し黙ったままでいる、というのも世間から、知恵がある、まじめだ、思慮深い、という評判を得たいだけのことなのだ。そこで、『わ

れこそは世界一の賢者なるぞ、わが神託を犬どもは黙って聞くべし』といった顔つきをする。だがアントーニオ、おれはそういう連中のことをよく知ってるが、要するになにもしゃべらないから賢いと思われているだけだ、一度でもしゃべってみろ、聞いたものは必ず地獄に堕《お》ちるぜ、たとえ相手が兄弟でも、ばか野郎とどならずにはいられないからな。まだまだ言いたいことはあるが次の機会にしよう、とにかく、そんな憂鬱《ゆううつ》という餌《えさ》で世間の評判というダボハゼを釣るようなまねはよしたほうがいい」

と、からかったりして……これはシェイクスピアが好んで登場させる脇役《わきやく》タイプの一つ。気のきいた台詞を吐き、言葉の魔術で観客を喜ばせる役柄だ。

と同時に、こうした脇役たちのやりとりは、その一方で、登場人物が、なんという名前で、今どういう立場にあるか、開幕早々、観客たちにわからせる機能も委《ゆだ》ねられている。会話を続けながら、この役割をさりげなくおこなう。日本の狂言では、

「太郎冠者《たろうかじゃ》と申す者でござりまする」

とかなんとか、自ら名のってわかりやすいけれど、これはむしろ例外的な方法だ。日常生活では初対面でもなければ、こんな台詞は言わない。いくら舞台の上でも船を何隻《せき》持っているとか、かなわぬ恋で悩んでいるとか、モノローグで叫ぶのはしらじら

しい。しかるべき友人などを登場させ、

「おい、サリーリオ」

「なんだ、サレーニオ」

二人の名前はたちどころに明らかとなり、さらに会話を弾ませ噂《うわさ》を語るうちに、これからのドラマの進展にとって必要な知識があまねく観客に染《し》みわたっていく。この部分のやりとりがけっして不自然でなく、しかも必要な知識がわかりやすく伝えられること、これは、ドラマの成否に関わる重要事項である。逆に言えば、観客をして、

「わざとらしいこと喋《しゃべ》りやがって」

とか、あるいは、

「なんか、よくわからんなあ」

とか思わせるのは下の下である。

〈ベニスの商人〉の冒頭は、この機能にプラスしてグラシアーノーの饒舌《じょうぜつ》がおまけとして楽しく作用し、いつものことながらシェイクスピアの技は軽快である。アントーニオが船を四海に走らせている大商人であることを喧伝《けんでん》したところで、もう一人の重要人物バッサーニオが登場して、ドラマはいよいよ本筋へと動いていく。

アントーニオとバッサーニオは心を許しあった親友同士。幼なじみ。これも二人

の会話から次第に明らかになっていくのだが、バッサーニオは今おおいに苦しんでいる。まず財産がスッカラカン。貧乏生活それ自体は厭《いと》わないが、もう一つが恋の悩み。この恋の成就《じょうじゅ》のためにもやっぱりお金が必要なのだ。バッサーニオは言う。

「小学生だったころ、おれは一本の矢を見失うと、もう一本、同じような矢を同じ力で同じ方向へ今度は注意深く目をこらして放ち、前の矢を見つけたものだ。つまり二本とも失う危険をおかして二本ともとりもどしたのだ。こんな子供の経験を話すのも、これからのたわいない話の前置きなのだが。きみにはだいぶ借りがある、それも、むこうみずな若者の悲しさ、すっかりなくしてしまった。だがもしきみがもう一本、前に射てくれたのと同じ方向へ矢を放ってくれるなら、誓ってもいい、今度こそその行方をしっかり見定め、二本とも見つけるだろう、少なくともあとのほうはもち帰って、前のほうはしばらくのあいだありがたく借りておくことにしよう」

と、うまい説明をする。

金銭の絡《から》んだ、この手のうまい理屈には、あまり耳を貸さないほうがいいんじゃないかと私は思うけれど、アントーニオは友情に厚く、それよりもなによりも商売は絶好調で、自信満々だ。「水くさいことを言うな、銭のことならまかせておけ、恋の悩みはなんなんだ」とバッサーニオに迫る。

バッサーニオが恋する相手は才色兼備、おまけに遺産もたっぷりという、すばらしい女性ポーシャ。ポーシャのほうもバッサーニオを憎からず思っている様子。手応《てごた》えは充分に感じているのだが、これだけの女性となるとライバルも多い。そのライバルをなぎ倒し、ポーシャの心を射止めるには、やっぱり軍資金が必要だ。スッカラカンでは、どうにもならない。それなりの資金があれば、この恋に勝利すること、まちがいなし。友情に免じてもう一本の矢を射てくれ、という相談だった。

もちろんアントーニオは「いいとも」だ。しかし、アントーニオの全財産は目下海上にある。いくつもの海に散って、今は膨大な利益を積んで舳先《へさき》をベニスの港へ向けているところ。当座はアントーニオ自身もスッカラカンに近い。

が、心配ご無用。これだけの大商人なら信用がもの言う。適当な相手を見つければ用立ててくれるだろう。二人はベニスの町に金を貸してくれる相手を捜しに出かける。

お話変って、その美しいポーシャのほう。彼女は亡父から莫大《ばくだい》な遺産を受け継ぎ、ベルモントという町に住んでいる。母もいないようだし、ややこしい係累《けいるい》もない。自由な立場だが、困ったことに亡父はポーシャの結婚について奇妙な条件……箱選びを課していた。

すなわち密封された金、銀、鉛の三つの箱があり、ポーシャを娶《めと》りたい男は、この三つから一つを選ぶ。箱の中からポーシャの絵姿が現われればよし、さもなければ結婚は許されない、という掟《おきて》なのだ。

ポーシャは自らの結婚について侍女のネリッサと話し合っている。このネリッサが聞き役となってポーシャの現況や心中を知らしめるのは、すでに述べた通りドラマの常套《じょうとう》手段である。

たしかにいろいろな求婚者が集って来ていたが、ポーシャは気が進まない。ナポリの公爵《こうしゃく》は馬のことしか喋らないから駄目、パラタイン伯爵はしかつめらしいから駄目、フランスの貴族ル・ボンは最低、イングランドの青年貴族は言葉が通じないからペケ、スコットランドの公爵は弱虫でばつ。ドイツの青年貴族は酔っぱらい……どれも気に入らないが、ベニスのバッサーニオの名前が侍女の口から出ると「私もよく覚えているわ、おまえがほめるだけのりっぱなかただったと」と、たしかに満更ではない様子。

観客に気を持たせたところで舞台はベニスに戻って、バッサーニオはユダヤ人の金貸しシャイロックに会っている。三千ダカットを三ヵ月、アントーニオを保証人として借りようとしている。シャイロックは慎重で、けちくさい。そこへアントーニオも現われ、シャイロックとアントーニオは犬猿の仲だ。アントーニオは守銭奴《しゅせんど》を天から軽蔑《けいべつ》しているし、金銭を貸して利子を取ること自体が許せない。シャイロックはどんなに軽蔑されても銭は大切。利子を取るのもユダヤの神に許された、りっぱな事業だと信じている。シャイロックの言い分を聞いてみよう。

「あんたはね、アントーニオ、これまで何度となく取引所でおれに悪態をつきなすったものだ、おれが金を貸し、利息をとるのはけしからんとな。おれはいつも肩をすくめてじっとがまんしてきた、忍耐ってのはおれたちユダヤ人の勲章なんでね。あんたはおれのことを異端者だの人食い犬だのと呼び、このユダヤ人の上着に唾《つば》を吐きかける、それもただおれがおれの金を好きに使うからというだけのことで。そのあんたにおれの助けが必要となったらしい、あきれるじゃないか、おれのところにきて言うには、『シャイロック、金を貸してくれ』と、こうだからな。このおれの髭《ひげ》に唾を吐きつけたあんたがだぜ、まるで玄関先から野良犬《のらいぬ》を蹴《け》っとばすようにおれを足蹴《あしげ》にしたあんたが、金を用立てろ、だ。どうご返事したものかね？　こういうのはどうだろう、『犬に金がありますか？　野良犬に三千ダカット貸すことができますか？』ってのは？　それとも腰を低くかがめ、奴隷《どれい》のようにびくびくしながら、息を殺し、蚊の鳴くような声で、恐る恐るこう申しあげるのは――『旦那《だんな》様はこないだの水曜に唾を吐きかけてくださり、いつだったかは足蹴にかけてくださいました、また犬と呼んでくださったこともございます、そのお礼にしかじかの金額必ずご用立てしましょう』ってのは？」

と、なかなかの啖呵《たんか》である。

結局ここでアントーニオを保証人とし、三千ダカットの金子《きんす》を三ヵ月間、バッサーニオに融通すること、返済できないときはアントーニオの肉一ポンドを体のどこから奪ってもよいことを条件に契約が成立する。

この契約は恐ろしい。アントーニオが自分の体を担保にしたことを言うのではない。彼はこのとき充分に借金を返済できると確信を持っていたのだから、生命でもなんでも賭《か》けることができただろう。私が恐ろしいと言ったのは……たまにはものごとを逆の立場から見ることも大切だ。

つまりシャイロックの立場……。彼はなににも増して金銭を愛していた。金を貸し、利子を取るのが彼のなにより大切な生業であった。

にもかかわらずシャイロックは無利子で三千ダカットをさし出したのである。たくさんの船を所持して貿易商を営んでいるアントーニオのことだから、期間内にそれを返済できる可能性は極めて高い。となると、これはシャイロックにとってみすみす損をしそうな契約なのだ。この時点では、限りなくゼロに近い復讐《ふくしゅう》の機会を狙《ねら》って挑んだシャイロックの宿意、これが恐ろしい。信念の魔術……つまり、その、強い信念で挑めば、おのずと事はそのように運ぶ、というのが真理であるならば、この先の異変は、シャイロックの執念に応えてユダヤの神が情けを示したせいかもしれない。

第二幕に入り、ベルモントではポーシャに求婚する男たちの箱選びが少しずつ進行する。まずはモロッコの大公。三つの箱が並べられ、

「最初は金の箱だな、その上に銘が刻んである、〝われを選ぶものは衆人の求むるものを得《う》べし〟その次は銀の箱だ、このように約束している、〝われを選ぶものは分相応のものを得べし〟最後はつまらぬ鉛の箱だ、警告の文句までそっけない、〝われを選ぶものは所有するすべてを投げうつべし〟正しい箱を選びあてたとは、どうしてわかりますかな？」

ポーシャの絵姿を引き当てれば大願成就なのだ。大公は銘をながめ、長い思案とモノローグのすえ金の箱を選ぶが、外れ。中から現われた紙には、金の箱を選んだ愚かさが記されている。

次はアラゴンの大公。銀の箱を選ぶが、これも外れ。

ポーシャは自らの恋心をあらわにし、侍女ネリッサは、どうかバッサーニオが来て絵姿を引き当ててほしいと願う。

一方、ベニスの街角にはゴボーという爺《じい》さんが田舎から出て来てまごついている。シャイロックにこき使われている召使いにラーンスロットがいて、ゴボー爺さんはラーンスロットの父親なのだが、目もよく見えず、ぼけ始めている。道でわが子に会っても、わからない。トンチンカンのやりとりが観客の笑いを誘う。ラーンスロットもシャイロックのところを逃げ出し、バッサーニオの召使いとなる。

それとはべつにシャイロックにはジェシカという娘がいて、これが親に似ず、とてもよい娘。ロレンゾーというベニスの青年と恋仲で、ジェシカは理不尽な親のもとで暮らすことにたえられず、ついに家出を企てる。折しも仮装舞踏会が開かれようとしている。ジェシカはそこに紛れようという計画だ。

ややこしい展開を整理して述べれば〈ベニスの商人〉は……一つ、ベニスの商人アントーニオが友人のため自らの肉を担保にして三千ダカットの借金の保証人となるエピソード、二つ、才色兼備の娘ポーシャが結婚を求める男たちに父の遺言の箱選びをさせるエピソード、三つ、バッサーニオがポーシャに求愛するエピソード、四つ、ジェシカとロレンゾーの恋のエピソード、大中小とりまぜ四つくらいのエピソードが少しずつからみあい、それにグラシアーノーの饒舌、ラーンスロットの道化、ゴボー爺さんのトンチンカンなどなどがそえものとなって加わり進行していく盛りだくさんのしろものなのだ。

かつて私は劇団四季の演ずる〈ベニスの商人〉を見て、あまり感銘できないことがあった。すると、ある消息通が解説してくれて、

「浅利慶太さん（劇団四季の主宰者）はフランス劇に馴染《なじ》んだ人だからシェイクスピアは向かんのですよ。盛りだくさんは駄目なんです」

とのこと。批評の当否はともかく、フランス古典劇はずっと筋がすっきりしている。エピソードのてんこ盛りはフランス古典劇に馴れた人には少しつらいのかもしれない。この先〈ベニスの商人〉では、もっと凄《すご》いエピソードが出現するのだが、それはそのときのお楽しみとして、第三幕に入ると、シャイロックが家出した娘を捜している。彼は彼なりに娘を愛しているのだ。それればかりか娘は父の金品をたっぷりとくすねて

家を出て行った。それを取り返さなければいけない。くやしい。許せない。惜しくてたまらない。

——娘はどこにいるんだ——

しかし、街で聞く噂《うわさ》はシャイロックにとってわるいものばかりではなかった。アントーニオの船があちこちで難破してアントーニオは破産寸前……。

が、ここでまたお話が変わってベルモントのポーシャ邸。バッサーニオが三つの箱を前にして逡巡《しゅんじゅん》と独白のすえ、鉛の箱を開ける。

中からパッとポーシャの絵姿。

かくてバッサーニオとポーシャ、相思相愛の二人が結ばれ、そのかたわらで、いつ親しくなったのかグラシアーノーがポーシャの侍女のネリッサとよい仲で、このカップルもポーシャの許しを得てここで結ばれ、さらにまたロレンゾーもシャイロックの娘ジェシカと一緒に現われ、これもよい結婚を思わせる仲である。三組ものカップルが誕生して、めでたし、めでたし、と思ったとたんアントーニオの身に大変なことが起きていた。すべての持ち船が、トリポリスでも、メキシコでも、イギリスでも、リスボンでも、バーバリーでも、インドでも、みんな暗礁《あんしょう》に乗り上げ、一艘《そう》も難をのがれることができなかった。

ポーシャはバッサーニオから借金の事情を聞く。アントーニオが示した友情に感激し、三千ダカットなんか屁《へ》のかっぱ、お金のことならまかせてちょうだい。

「たったそれだけ？　では六千ダカット払って帳消しになさるといいわ、六千ダカットを二倍にしてもいい、三倍にしても。そんなりっぱなお友だちがバッサーニオのために髪の毛一本なくされてもいけないわ。とにかく、まず教会へ行って私を妻と呼んでください、そこからまっすぐヴェニスのお友だちのところへいらして。ポーシャはその新床に、悩みを心におもちのあなたをお迎えしたくはありません。そんなわずかな借金など何十倍にしてでも返せるだけのお金をお渡しするから、返済をすませたらそのお友だちを連れていらして。それまでネリッサと私は、処女か寡婦《やもめ》のように、二人とも一人で待っています。さ、いそがなければ！」

と、男たちをベニスへと急がせる。

だが、そのときすでに遅く、シャイロックとの約束の期限が切れ、アントーニオは収監され、裁判を待つ身となっていた。

賢いポーシャには、ここでもう一つ、すばらしい計画が思い浮かぶのだが、それもまた後のお楽しみ。それよりも読者諸賢には、ポーシャとバッサーニオ、グラシアーノーとネリッサ、二つの結婚が成就したとき、妻から夫へそれぞれ愛の指輪が渡され、

「もしこれをお捨てになったり、なくされたり、人におやりになったりすれば、それこそあなたの愛が滅び去った証拠、ただではすまぬと覚悟してください」

と宣告されていたことをよく記憶しておいていただきたい。

第四幕は、言わずと知れた、あの有名な法廷場面。シャイロックは憎々しい。厭味《いやみ》たっぷりにユダヤ人の正義を訴える。

一つの正義であることはまちがいない。憎々しいけれど、シェイクスピアは、そこにも一通りの理屈があることを記して抜かりがない。後年、このドラマがシャイロックに同情する立場で演出されるケースも見られるようになるのだが、それが充分に可能であるのは、シェイクスピアがそういう配慮をもともとめぐらしておいたからであり、人生の優れた観察者は正確にものを見ているがゆえに、どんな場合でも公平さを失っていないのだ。

法廷に引き出されたアントーニオは絶体絶命。バッサーニオも出廷しており、三千ダカットを六千ダカットにして返す、と告げてもシャイロックは聞く耳を持たない。裁判を主宰するベニスの公爵に法の正義を訴え、これ見よがしにナイフをとぎ始める。いかなる妥協案にも応じない。

アントーニオは覚悟をきめるよりほかになかった。

ところで、ベニスの公爵は、この重大な裁判を著名な法学者ベラーリオに委《ゆだ》ねていた。が、ベラーリオが病気のため、代理にバルサザーという若い優秀な法学博士が送られて来た。

書記官を連れてベニス入りしたバルサザーは、実は男装したポーシャその人。書記官も男装した侍女ネリッサなのだが、観客はともかく、登場人物たちはなぜか気づかない。古い時代のドラマによくあるパターンだ。

裁判官の席についたバルサザーは、まずシャイロックに有利な妥協案を提示するが、もとよりシャイロックは受けつけない。彼はただひたすら「理にかなった公平な裁判を」とのみ嘆願する。慈悲を求められても、とりつくしまもない。契約に記された通りの裁きを執拗《しつよう》に要求してやまない。かくてバルサザーは、

「その商人の肉一ポンドはおまえのものである、当法廷がそれを認め、国法がそれを与える。おまえは商人の胸からその肉を切りとるべきである、国法がそれを許し、当法廷がそれを認める」

と、宣言する。シャイロックの喜ぶまいことか。

「博学な裁判官様だ！　判決だぞ！　覚悟はいいな！」

と欣喜雀躍《きんきじゃくやく》するが、喜ぶのはまだ早い。

「待て、あわてるな、まだ申しわたすことがある。この証文によれば、血は一滴もおまえに与えていない、ここに明記されているのは、『肉一ポンド』だけだ、したがって証文どおり、肉一ポンド受けとるがいい、だが切りとるときに、もしキリスト教徒の血を一滴でも流せば、おまえの土地・財産はすべて、ヴェニスの国法に従い、国庫に没収される、そう心得るがいい」

一転して被告側に歓喜が走る。

切り取るのは肉一ポンドきっかり、それより多くとも少なくともいけない。しかも血は……証文に記してないのだから一滴たりとも流してはいけない。不可能は目に見えている。シャイロックは愕然《がくぜん》とし……やがてすごすごと引きさがる。

もはやいかなる妥協も許されず、貸した三千ダカットも没収、いや、いや、それどころか、善良なるキリスト教徒の生命を奪わんとしたかどにより、シャイロックの全財産の半分はアントーニオへ、半分は国庫へ、シャイロックの命はベニス公爵の裁量に委ねられる、という最終判決だ。

公爵はシャイロックの命までは求めず、さらに〝改悛《かいしゅん》の情が認められれば〟国庫に収められた財産もいくばくか戻される、という慈悲を示す。アントーニオは、自分の

Charles Macklin as Shylock, 1741.

ものとなるシャイロックの財産半分を、その娘ジェシカと新しい夫ロレンゾーに与えることを宣言。シャイロックは立つ瀬がない。一方、みごとな裁判によって急場を救ったバルサザーに対してアントーニオやバッサーニオたちが謝礼をさし出そうとするが、相手は受け取らない。「でも、なにか一つ……」とバッサーニオに言われ「では、思い出の印にあなたの指につけた指輪を」と求められる。

これは新妻のポーシャが「絶対に失ってはいけない」と言って贈ってくれた愛の証拠品なのだ。バッサーニオは渋るが、バルサザーの要求はしつこく、アントーニオの勧めもあって結局その指輪はバルサザーに渡されてしまう。書記官に化けていた侍女ネリッサも、新しい夫のグラシアーノーから同じように大切な指輪をもらってしまうことをほのめかして第四幕は終わる。

そして第五幕……。

あなたは、シャイロックが惨敗する有名な場面のあとに、もう一幕お話が残っていることをご存知だったろうか。

その最終幕は、シャイロックの娘ジェシカと新しい夫ロレンゾーの喜びのシーンなどなど、ちまちましたやりとりがあったあとで、眼目は指輪をめぐる男女の問答だ。

つまり女性側は……ポーシャとネリッサは、それぞれ新しい夫が大切な指輪を指につけていないことに気づいて詰《なじ》る。その実、彼女たちがベニスで当の夫たちから贈り物として無理にもらい受けたことなのに、知らん顔をして詰問《きつもん》する。バッサーニオもグラシアーノーも大恩のある法学博士と書記官に贈ったと真相を告白して許しを乞《こ》うが、許してもらえない。「どうせどこかの女に贈ったにちがいないわ」と手きびしい。男たちを凹《へこ》ませ、女たちは完全に優位に立ったところで（おそらくこの余波は末永く彼等の結婚生活に影響を及ぼすだろう）ヒョイと問題の指輪を自らの懐《ふところ》から取り出す。

「私、その法学博士とベッドをともにしましたの」

と、ポーシャは、充分にひどいジョークを呟《つぶや》きながら……。ネリッサも同じようなことを言う。

一同が呆然《ぼうぜん》とするなか、女性二人の男装のいきさつが語られ、めでたし、めでたし、一同退場となって芝居が終る。

第五幕のポーシャは相当に意地がわるい。伝統的に男たちが女を騙《だま》し、勝手放題をやって来た歴史に対し、お灸《きゅう》をすえたのだ、と、そんな意図も感じられるが、この才色兼備の美女に底意地のわるさを見てしまうのは私だけではあるまい。

それよりもなによりも第五幕は本当に必要なエピソードだったのだろうか。第四幕の法廷シーンが終わったところで、ストンと幕を落としたほうがドラマとして迫力も余韻もあったような気がしてならないけれど、こうしたプラス・アルファをお目にかけるのがシェイクスピアのシェイクスピアたるところ。いろいろ盛り込んで、全方位のサービス。第五幕は第五幕として楽しむ方法もあるだろう。

私がロンドンの新グローブ座で見た〈ベニスの商人〉はシンプルな舞台であったが、

――ああ、これがシェイクスピアの劇なんだ――

重厚さと軽妙さが交りあい、遠い時代の原型を充分に感じさせてくれるものであった。演ずることも大切だろうが朗々と美しい台詞《せりふ》を語るところがとりわけ秀《ひい》でていた。シャイロック役の男優はロシア系で、英語を母国語とする人ではないと聞いたが、それだけにかえって古く正しい英語を美しく響かせて快かった。

とりわけ劇場そのものがシェイクスピアの頃を再現しているから、シンプルな演出がわけもなく楽しい。本場で本場ものを見る喜びを満喫することができた。が、それでもなお、私はやっぱり第五幕は余計のように思えてならなかった。

芝居が終ると、もう深夜である。夜の街は人通りも絶えて少し怖い。急いでテムズ河を渡ってタクシーを拾った。川向こうは暗い闇《やみ》の中に沈んで、劇場の賑《にぎ》わいは、もうどこにもない。古い都の気配が周囲を満たしていた。

イスラエルの首都エルサレムを訪ねると、神殿の丘の一郭に嘆きの壁が伸びている。その前で多くのユダヤ教徒が真剣に祈っている。彼等はみな、かつてユダヤ人の国家がおおいに繁栄した時代に思いを馳《は》せ、その再来を願って祈り続けているのだ、とか。西暦七三年、死海のほとりのマサダ城陥落を最後にユダヤ民族は自分たちの国を失い、一三五年には先祖の開いた故郷パレスチナを追われる。その地に国家が再興されるのが一九四八年。日本歴史がすっぽり飲み込まれるほどの長い年月にわたってユダヤ人は拠《よ》りどころとする国家を持たないまま世界をさまよっていたのである。

各地に散り、結束を固め、金銭を頼りに生きるよりほかになかった。金貸し業に……やがては銀行業に執着を抱いたのもそのせいである。ベニスに流れついたシャイロックにも、こうした民族の宿命がべったりとこびりついていたはずである。

第7話　ジュリアス・シーザーに追悼

ヨーロッパ史に名を残す英雄を挙げよ、と求めたら、ナポレオン、アレキサンダー大王、そしてシーザー、この三人はかならず上位を占めるにちがいない。日本でもよく知られたビッグ・ネームズである。

三人とも名言を残している。

ナポレオンは「余の辞書に不可能はない」と豪語し、エジプト遠征では「ピラミッドの頂上から四千年の歳月が私たちを見ている」と告げて兵士たちの士気を鼓舞した。アレキサンダーもまた参謀から夜襲を勧められたとき「私は勝利を盗まない」と恰好《かっこう》よく拒否し、臨終の床で後継者を尋ねられ「もっとも強い者へ」と呟《つぶや》いて息を引き取っている。

しかし、この点では、なんと言ってもジュリアス・シーザーが際立《きわだ》って優れている。「賽《さい》は投げられた」と不退転の決意でルビコン川を渡って政治の中枢《ちゅうすう》になぐり込みをかけ、小アジア戦線からは「来た、見た、勝った」と簡潔な書簡を送り、最後は「ブルータス、お前もか」と嘆いて暗殺されている。雄弁家であり、文筆家としても一流であった。

さて、今回はシェイクスピア描くところの、その名もずばり〈ジュリアス・シーザー〉。一五九九年の作と推定されている。〈ハムレット〉を書く直前であり、歴史劇を多く手がけて来たシェイクスピアが、いよいよ劇作家として充実する、その前ぶれのような作品であった。

劇の内容については、

「シーザーじゃなく、ブルータスというタイトルのほうがよかったんじゃないの？」

つまり主人公はジュリアス・シーザーであるより、シーザーを殺したブルータスのほうではないのか、という意見は以前から散見されるのだが、どちらが主人公であれ、このドラマが古代ローマ史の重要な事件を扱っていることはまちがいない。

歴史を扱っているから歴史劇、あるいは史劇と言って、なんのさし障《さわ》りもないようだが……ちょっと待て！　伝統あるシェイクスピア研究においては、用語規定も厳密で、一般にシェイクスピアの歴史劇（あるいは史劇）と言うときには、十三世紀の〈ジョン王〉から始まり十六世紀の〈ヘンリー八世〉に終わる、三百年間のイギリス国家形成のプロセスを描いた国民的なドラマだけを指し、外つ国《とくに》を扱ったものは、いくら歴史的なドラマでも、シェイクスピアの歴史劇に含めない。これが通例だ。平たく言えばヘンリーだのリチャードだの、イギリスの王様がタイトルに入っているのがシェイクスピアの歴史劇である。だから、

「シェイクスピアの歴史劇の中では〈ジュリアス・シーザー〉が一番いいね」

などとほざいたりすると、

「知識が浅いね」

と、学者先生に笑われるかもしれない。まあ、笑われたってべつにいいけれど、一応、ご留意あれ。ちょっとしたちがいでも、

「シェイクスピアの歴史物の中では〈ジュリアス・シーザー〉が一番いいね」

と、歴史物の〝物〟のあたりにアクセントをつけて言えば、

「おぬし、やるのう」

消息通に少しは尊敬されるかもしれない。

という事情をわきまえたうえで言えば、シェイクスピアの歴史劇はいささかかったるい。イギリス史のお勉強みたい……。台頭するエリザベス朝の国民感情を高め、アイデンティティを確認するためにはおおいに感動的であっても、時代を離れ海を渡り、現代の日本人が鑑賞するとなると少々つらいところ、なきにしもあらず。実際〈リチャード三世〉あたりを除けば上演されることも少ないのではあるまいか。

その中にあって歴史劇ではない歴史物〈ジュリアス・シーザー〉は人気が高い。一

つには歴史の一大ヒーローがタイトルに掲げられているせいもあるだろうが、戯曲としてほどがよい。よくできている。シェイクスピアが歴史のエピソードをテーマにして創《つく》るとこんなふうになるのか、その長所が充分にうかがえる。まことに、まことに読者諸賢に紹介するにふさわしい作品なのである。

さて、そのジュリアス・シーザー、日本人にも馴染《なじ》みが深いのは本当だが、

——どういう人物だったのかな——

断片的なエピソードはともかく、生涯となると、どちら様もさほどつまびらかというこことはあるまい。履歴を一通り記しておこう。それに……〈ジュリアス・シーザー〉という戯曲自体が、シーザーの暗殺の直前から始まっているから、予備知識がないと、わかりにくいところがあるのだ。

ジュリアス・シーザー（ローマ式の本名ならガイウス・ユリウス・カエサル）は西暦前一〇二年に生まれた。出自は名門であったらしいが、幼い頃のことはほとんどわかっていない。

時代は古代ローマの飛躍期。西暦前七世紀頃イタリア半島に建国されたローマは早くから共和制を布《し》いて勢力を四方に伸張させていた。カルタゴを滅ぼして地中海の制海権を掌握し内陸部にも侵入を開始していた。歴史に冠たる強大な古代ローマ帝国の

成立を目前にして、いよいよ繁栄の道をまっしぐらに進んでいる時期であった。まさに歴史的なヒーローの出現を待ち望んでいる時代であった、と言ってもよいだろう。

シーザーは若いときから溢《あふ》れる才知を周囲に顕《あら》わしていた。なかなかの野心家であったろう。シーザーの生涯を顧みて、彼はおしなべて一般大衆に身方し、民生を心がけ、大衆の支持と人気を拠《よ》りどころとしている。権謀術数を弄《ろう》さなかったわけではない。いや、おおいに弄した。そして、その立場がつねに権力者のほうにあったのは本当だが、彼はけっして大衆の力を忘れなかった。それが本来の気質だったのか、政治家としての読みであったのか、わからない。しかしいくつもの卓越した判断の背後には、つねに大衆を見る目の確かさが伏在していたように思う。

デビューの頃シーザーは、平民派の領袖《りょうしゅう》マリウスと縁戚《えんせき》関係にあることから、その一派と見なされ、当時第一の実力者スラ（西暦前一三八〜前七八）から、おおいに睨《にら》まれていた。スラは早くからこの俊秀の才腕を見ぬき、

「芽のうちに摘んでおかんと、ろくなことがない」

と、シーザーが選挙に立候補すれば妨害し、暗殺まで企てたふしがある。政敵を殺すのはスラの常套《じょうとう》手段、油断はならない。

シーザーは各地に身を潜めて難を逃がれ、スラの死を聞いてローマに帰り、いよい

よ第一線に躍り出る。それからはとんとん拍子の躍進である。修辞学を修めた。弁舌に磨きをかけ、大衆を感動させる術《すべ》を身につけた。自分自身の結婚、あるいは娘の結婚などを通じて政治的基盤を固めた。公共施設を次々に建造して大衆の支持を集め、見せもの興行を支援して人気を集めた。おしなべて気前はよい。ひたすら大衆が得することを心がける。戦利の分配も例外ではない。

古代の戦争は儲《もう》かるものだった。もちろん敗《ま》ければ元も子もないけれど、勝てば莫《ばく》大《だい》な利益に結びつく。結びつくことが多かった。シーザーはよく勝った。よく勝って、よく儲け、よく配った。

政治的な危機はいくつかあったが、巧みな裏工作と弁舌で切り抜け、スラ亡《な》きあとの実力者ポンペイウスと結びつき、やがて生涯の大事業とも言うべきガリア地方の平定に乗り出して大勝利を収める。〈プルターク英雄伝〉(河野与一訳・岩波文庫)は、同時代の他の将軍たちとシーザーとを比較して、

〝カエサルの業績は、戦争を行なった土地の困難、占領した地方の広さ、征服した敵の数と力、懐柔した民族の示す奇怪不信な性行、捕虜に対する適切且《か》つ温和な態度、従軍した兵士に対する褒美《ほうび》と恩恵から云《い》って、上記の将軍の各《おのおの》を凌《しの》ぐば

かりでなく、最大の戦闘を交えて最多数の敵を殺した点では、そのすべてに優《まさ》っている。ガリアの戦争には十年も費さない間に、八百以上の町を陥《おとし》いれて、三百の民族を帰順させ、方々で都合三百万の敵を相手に正々堂々の陣を張り、白兵戦で百万を殺し、更に百万を捕虜にした。兵士の好意と熱誠を自分の身に集めたことは非常なもので、他の将軍の下にあっては別に目立たなかったものも、カエサルの名声のためにはあらゆる危険に対して屈強無敵なはたらきを示した〟

と述べている。

シーザーが人望を集め、権勢を増大するにつれ、ポンペイウスとの仲はこじれて敵対関係と変った。元老院もシーザーへの警戒を強くし、ついに西暦前四九年ローマ郊外に駐屯しているシーザーに対して軍勢を解散して元老院に出頭するよう召還の命令を下した。罪人として処刑される可能性が高い。

シーザーは有名なひとこと「賽は投げられた」を発して、ルビコン川を渡る。軍勢とともにローマへ進撃し、主導権を奪い取った。ポンペイウスはエジプトに逃がれ、暗殺される。シーザーもエジプトへ進攻し、ここでクレオパトラと出会い、クレオパトラをローマの保護の下で国王に任命した。さらに小アジアを侵略。ローマに帰れば次々に有力な政敵を斃《たお》し全権を掌握して終身のディクタトール（独裁者）に就任する。共和制の危機であった。

古代にあっては共和制のほうが例外である。絶対的な権力を持つ王が国家を支配するほうが普通の姿だった。まったくの話、古代ローマ自体が、この後、間もなく帝政へと変っていくのだから、このとき元老院を中心に共和制を支持する人々が不安を覚えたのも無理もない。シェイクスピアの〈ジュリアス・シーザー〉は、こういう世情を背景にして第一幕を開くのであった。

五幕の悲劇〈ジュリアス・シーザー〉のあらすじを述べるならば……第一幕の舞台はローマの市街。シーザーが（ポンペイウスの息子を討って）凱旋《がいせん》してくる。街は祝賀の祭を前にして騒然たる賑《にぎ》わい。しかし、占い師は「三月十五日にご用心」とシーザーに告げている。シーザーは気にかけないが、すでに暗殺計画は着々と進んでいた。首謀者はキャシアス、キャシアスに誘われてブルータス。この二人は、歴史の中でもそうだが、このドラマでもすこぶる重要な役割を担《にな》わされている。

エリザベス朝の観客もシーザーの暗殺について一通りの知識を持っていた。占い師が「三月十五日にご用心」と言えば、それがなにを意味しているのか、すぐさま理解したろう。ドラマは第一幕から一気にクライマックスに近づいているのだ。〈ジュリアス・シーザー〉は、英雄の生涯を……たとえば、その政界へのデビューやガリア戦争、はたまた有名なルビコン河畔の決断などなどを演ずるのではなく、いきなりシーザーの最期《さいご》を見せてくれるらしい、と固唾《かたず》をのむ。

まさしく、その通り。ダラダラしていない。この先、シェイクスピアは歴史的な事実を無視してまで日時を短縮し（たとえば一ヵ月かかったことを三日くらいに収めたりして）劇的な効果を高めることに腐心している。

若干の補足を記せば、シーザーより十数歳若いブルータスは、すでにして市民の尊敬を集める有力な政治家であった。共和制を信奉し、道義を重んじ、人間として誠実であることが、よく知られている人物であった。シーザーに手腕を買われて要職につき、シーザーの重鎮と目されていたが、彼の誠実さは、単純に親分子分の関係を信奉するものではなく、利害を越えても道理につくことを求めるタイプのものであった。

キャシアスも有力な政治家であり将軍であり、この時点ではシーザーの傘下《さんか》にあったけれど、少し前まではポンペイウスに与《くみ》してシーザーと戦った武人である。それを思えば、もともと要注意の人物なのだ。

ブルータスとキャシアスの密談とはべつに、もう一人の重要人物アントーニアスも舞台に現われ、これはシーザーの忠実な副官である。シーザーの死後一時は実権を握ってクレオパトラと睦《むつま》じくなり、やがてオクテービアスに滅ぼされる、あの色男である。

〈ジュリアス・シーザー〉は配役表にある役名を数えると三十五、登場人物の多いドラマだが、基本的にはシーザー、ブルータス、キャシアス、アントーニアスの四人を軸にして進むストーリィと考えてよい。あとはオクテービアスがちょっぴり、あ、それからシーザー夫人、ブルータス夫人も登場するが、さしたる役どころではない。女優を見る芝居ではない。

街の広場ではアントーニアスがシーザーに王冠を捧《ささ》げているらしい。市民が歓声をあげている。〝らしい〟と書いたのは、その場面は舞台の上になく、舞台ではキャシアスとブルータス、そして、もう一人陰謀の仲間のキャスカが加わって、そのことを話し合っている。王冠が三度捧げられたのに、シーザーは三度とも払いのけた、と……。情況報告を引用すれば、

キャシアス「王冠を献《ささ》げたのは？」

キャスカ「そりゃあ、アントニーさ」

ブルータス「そのときの様子を話してくれないか、キャスカ」
キャスカ「そのときの様子など話せるものか、ばかばかしくって。おれはろくに見てもいなかった。ただ、マーク・アントニーが王冠を献げた。いや、王冠なんてもんじゃないな、そんじょそこらにあるただの冠さ。そして、さっき言ったように、あの男はまず一度払いのけた、と言っても、おれの見たところでは、受けとりたくてたまらなそうだった。それからもう一度アントニーが献げた、あの男はもう一度払いのけた、だがおれの見たところでは、指を離すのがいやでいやでしようがなさそうだった。それから三度献げられ、三度払いのけた。そしてあの男が拒絶するたびに、有象無象どもがウワーッとはやし立てる、ひび割れた手をたたく、汗まみれの帽子をほうりあげる、シーザーが王冠を拒絶したぞとわめいて臭い息を大量に吐き散らす、おかげでシーザーはほとんど息が詰まり、気を失ってぶっ倒れる始末だ」

となっている。

なにげない会話だが、これは重要ポイントの一つだ。つまり、シーザーの暗殺は、現実の歴史においても、このドラマにおいても、シーザーが本当に共和制を排除してみずから王となろうとしたかどうか、そこにこそ焦点が絞られるからだ。シーザーに野心があったのなら、共和制を必死に守ろうとした人たちにとってシーザーを殺すことは正義である。ローマ市民に対して名分が立つ。

しかし、その意志がシーザーになかったとすれば、ただの殺人だ。国家の重要人物を亡きものとする重罪だ。

この時期、シーザーは終身のディクタトールとなり、これは国王の地位まであと一歩のところ。もともとシーザーは元老院主導の共和制には逆らうことが多かったし、あとは王冠をかぶって王位を宣言すればそれでよい、という状態であった。

シーザーの胸中はわからない。歴史家の意見は「だれだって王にはなりたいさ」であったり、あるいは「シーザーは政治的センスの抜群にいい人だったから、自分にとって、ローマにとって、なにがいいか、流動的に考えていたんじゃないの」であったりする。

アントーニアスが王冠を捧げ、シーザーが拒否したパフォーマンスは実際にあったことだが、歴史では、むしろ、その拒絶の仕方が弱くて、心ある人々を不安に陥れた、と記録されている。

シェイクスピアは、この重要な場面を、そのまま舞台上で見せる方法を採らず、陰謀者たちの会話として間接的に示した。ドラマツルギーとして、これは巧《うま》い。

真相は観客に明かさない。シーザーは拒否しながら、やっぱり王位を狙《ねら》っているんだ、と思わせることもできる。逆に、シーザーは王位を襲うつもりなど、いささかもないのに暗殺の企《たくら》みが進んでいる、とも見られる。観客はどちらを考えることもできるのだ。王冠を拒否する場面を実際に舞台上で演ずるとなると、やはり、演出家は、シーザーの本心がどうか、それを決定しなければシーザー役に演技がつけられないだろう。真相を明かさないままポイントだけは強調する、そこが巧いのである。

第二幕に入り、陰謀に同調する者が次々に集まってくる。大義のもとにシーザーを暗殺する、その実行のためには、高潔をもって聞こえるブルータスに是非とも参加してもらわなければいけない。ブルータスは周囲に説得され、みずからも情況を判断して、

——シーザーを殺そう——

自分自身を納得させる。次の台詞《せりふ》は、その心境を伝えるポイントとなるものだ。

「謙遜《けんそん》というものは、若々しい野心が足をかける梯子《はしご》であり、高きに登らんとするものはまずこれに顔を向ける、だが一度そのてっぺんに登れば、たちまち梯子には背を向け、今度はさらに高い雲を望み、いままで登ってきた足もとの階段には軽蔑《けいべつ》の

目を向けるという。シーザーもそうなりかねぬ、だから、そうならぬよう、先手を打つのだ。ただ、いまの彼には弾劾《だんがい》すべきもっともらしい理由がない。そうだ、こういうことにしよう、いまの彼がこのまま力をえれば、将来これこれの暴虐《ぼうぎゃく》非道に走るだろう、彼はいわばマムシの卵だ、ひとたび孵化《ふか》すればそこはマムシの本性として、必ず人に害をおよぼそう、したがって卵のうちに殺さねばならぬ、ということに」

ブルータスの決心が固まったところで、アントーニアスをどうするか、つまりシーザーの腹心であるアントーニアスを一緒に殺すか、殺さないか、ブルータスとキャシアスの間で意見が分かれる。

ブルータスはあくまで理を重んずる人間だ。共和制を守るためにのみシーザーを除くのであり、シーザーがいなくなってしまえばアントーニアスなんかたいしたものじゃない。アントーニアスが王になるなんて、ありえないことだ。国家の中枢《ちゅうすう》にある人物を殺すのは、理由はどうあれ褒められたことではないし、犠牲者は少ないほうがよい。

一方、キャシアスは、情を見る人間だ。シーザーを殺すのも個人的な恨みから発しているところがある。アントーニアスは、いけ好かないし、人間の心は計り知れない。

アントーニアスがシーザーを心から敬愛しているのは本当だし、その情念はあなどれない。シーザーを殺せばアントーニアスの復讐心《ふくしゅうしん》が燃えさかる、だから一緒に殺害したほうがよい、と考えるが、結局、ほかの仲間の意見もあって、アントーニアスには危害を加えないことにする。

むしろ心配なのはシーザーが明日、元老院に来るかどうか、準備万端整えて待っているのにシーザーが現われなかったら計画は狂ってしまう。そこへちょうどシーザーをおびき出す役にふさわしい仲間が現われ、一同は明日を待つばかりとなる。

それを直感してかどうかシーザーの妻は悪夢に襲われる。シーザーが殺される夢だ。彼女はこの種の前兆をさほど信じないタイプなのだが、あまりの恐ろしさに占い師に頼んで確かめると、やはり極端にわるい卦《け》が出ている。

シーザーはせせら笑うが、妻の嘆願があまりにも激しいので、

「今日は元老院に行かぬ」

いったんは予定を変更するが、そこへ暗殺者側からのまわし者が来て、言葉巧みにシーザーの名誉心、自尊心を唆《そその》かして、もと通りのスケジュールへと翻意させる。

一方、ブルータスの家でも、ブルータスの妻が不安におびえているが、もとより決意を固めたブルータスはもううしろへ退こうとはしない。

第三幕に入り、議事堂へ近づくシーザー……。

先に「三月十五日にご用心」と告げた占い師が路傍にいるのを見て、シーザーは、

「三月十五日がきたぞ」

「きましたが、シーザー、まだすぎ去ってはいません」

これも、よく引用されるエピソードだ。

さらにもう一人、シーザー寄りの学者アーテミドーラスが陰謀を察知し、注意をうながす書状を持参して、

「すぐにご一読を」

と告げるが、シーザーは人々の挨拶《あいさつ》を受けるのに忙しく、見ることができない。

観客はシーザーがこの日、議事堂で暗殺されるという運命を熟知している。それを避けるべきチャンスがいくつもあったのに、それを見すごし、わるい糸に引かれるようにシーザーは最後の場へと近づいていく。劇作家は観客の心を読みながら、スリリングな進行を創《つく》って淀《よど》みがない。

そして、シーザーの暗殺。

数人が陳情を装《よそお》って近づき、いっせいに小刀を抜いてかかり、ブルータスが止《とど》めを刺す。

et tu,
*Brute!
*
and thou,
Brutus!

シーザーの最期の台詞は、

「おまえもか、ブルータス！　死ぬほかないぞ、シーザー！」

あまりにもよく知られている名文句だ。一応、史実とされている言葉である。この台詞を聞かなくてはシーザーの暗殺劇を見た気がしない。

この台詞から察するに、シーザーはブルータスに裏切られるとは思っていなかった。充分に信頼し、目をかけて来た腹心だったのだから……。そこまで信じていた部下に裏切られては、

――シーザーよ、老いぼれたな。生き長らえても前途は暗いぞ――

と、自嘲《じちょう》しているのが、台詞の後半の意味……そう解釈するのがまっとうであろう。

一説では、ブルータスはシーザーの実子であったとか。ブルータスの母とシーザーは面識があったし、シーザーは女性に関してまことにすばやい。シーザーの行くところ敵もなければ処女もなし、なんて、そんな噂《うわさ》もあったくらいである。わが子に裏切られるようでは、と、台詞の意味はさらに深まるが、そこまで考えることもあるまい。親子のように深い仲であった、と採るほうが妥当であろう。

が、とにかく英雄は死んだ。

暗殺者たちが「平和だ、解放だ、自由だ」と喜び叫ぶとき、知らせを聞いたアント

ーニアスは、

――やばいぞ――

と、身の危険を感ずる。つまり、シーザーが殺されたら、次は自分だと考えた。そこでブルータスのもとにすかさず使者を送って命乞《ご》い。ブルータスは、もとよりアントーニアスに敵意はない。今後の政局を考えるとアントーニアスを身方につけるほうが肝要だ。キャシアスだけがあい変らず不安を抱いている。

アントーニアス、ブルータス、キャシアスの会見がなり、とりあえず握手が交わされる。

しかし、シーザーの遺体をどうするか、葬儀をどうするか、市民への弁明と、追悼演説はどうするか、ブルータスとキャシアスはここでも意見がくいちがうが、おおよそのところブルータスの主張する正論が通ってしまう。

亡骸《なきがら》は広場に運び出し、鄭重《ていちょう》に葬《ほうむ》る。そして追悼演説をおこなう。ブルータスが先に述べ、アントーニアスが次に立つ。アントーニアスの弔辞には、断じてブルータスたちを非難する文言を入れてはならない、と条件がつけられるが、キャシアスの不安は深い。ここでは理を重んずるブルータスと、情を重んずるキャシアスの対比がおもしろい。ブルータスはあくまでも大義を通そうとする。シーザーの暗殺が正義であったことを市民に訴えれば、それでよしとする。暗殺を正義と信じなければ、ブルータスには行動の拠《よ》りどころがなくなってしまう。自分が正義と信じたと同じように説明をすれば市民たちも殺害の理由を正義と取ってくれるだろう、と、これが理を尊ぶ人ブルータスの判断であった。

キャシアスは世間を知っている。大衆を知っている。大衆が理よりも情によって動きやすいことを熟知している。だからこそ危ぶむのだ。

そして結果はキャシアスの判断が的中した。

シーザーの死を心から悲しむアントーニアス。その悲痛は、そのまま市民たちの前にさらされる。大衆は理屈より涙に弱いものだ。

ブルータスが先に立って、この殺戮《さつりく》がなにゆえに正義であったかを雄弁に訴える。「自分はシーザーを尊敬し、愛していた」と、切々と吐露し、市民たちの中に、

——じゃあ、なぜ殺した？——

という疑念が湧《わ》くのを待つようにしてブルータスは「だが、私はそれ以上にローマを愛していた」と、切り札を取り出して叫ぶ。ローマがローマであるために、もっとも愛する人を殺さねばならなかったのだ、と……。

正義を尊ぶブルータスの性格は、あまねくローマ市民に、知れわたっていたから、

——なるほど。シーザーが王になって勝手気ままをやろうとしたのなら、そりゃ、まずいわ——

と、市民たちも一通りはブルータスの言葉に頷《うなず》くが、やがてアントーニアスが立って追悼を述べ始めると、様子が変った。

アントーニアスは、確かに暗殺を非難しなかった。ひたすらシーザーのすばらしさを述べることから始めた。シーザーの遺言状をほのめかし、だが、

「許してくれ、友人諸君、読んではならないのだ。シーザーがどんなに諸君を愛したか、諸君はそれを知らないほうがいい。諸君は木石ならぬ、人間だ、人間である以上、シーザーの遺言を聞けば、諸君は激昂《げっこう》するだろう、狂気のようになるだろう。諸君が彼の遺産相続人であることなど、諸君は知らないほうがいい、知れば、ああ、どうなる?」

と、公開を拒否する。これがアントーニアスの切り札だ。市民たちは口々に、

「読んでくれ。聞きたいのだ」

と求めて叫ぶ。アントーニアスは、そこでもうひとこと「シーザーがどのように無《む》惨《ざん》な姿で死んでいるか、哀れな亡骸を見てくれ」と、被《おお》いを取って惨劇のなまなましさを、示す。そのうえで遺言状を開けば「ローマ市民すべてに対し七十五ドラクマず

つ贈る」とシーザーは約束していた。これは史実であり七十五ドラクマがどれほどの価値かはむつかしいところだが、平成の地域振興券以上の効能はあっただろう。お涙プラス実利で、ローマ市民はいっぺんにアントーニアスの哀悼を支持し、

「暗殺者をここに出せ」

「謀反人《むほんにん》を許すな」

「復讐だ」

と叫びだす。

たちまち形勢逆転。ブルータスたちは市民の敵となり、ローマに留まることさえむつかしくなる。

いずれにせよ、二つの演説によりローマ市民の感情が大きな振幅を示し、やがて一つの方向へ怒濤《どとう》となって流れていく、という情況は舞台の華と言ってよい。見せ場と言ってよい。

だが、お立ちあい。それだけに書くのがむつかしい。シェイクスピアの天才はここにおいて顕著に発揮されている。

日本語訳ではわかりにくいが、ブルータスの演説は散文で書かれ、アントーニアスの演説は格調高い韻文で書かれている。当然、舞台のうえでも、この差は明らかにな

る。演説の文体までちがえてしまうのは、

——やり過ぎじゃないの——

という気もするが、演出をまちがわなければ、おのずと効果が現われるだろう。

そして第四幕。第三幕のなかばでジュリアス・シーザーが死んでしまうのだから、
普通に考えれば、

——なんでこのドラマは〈ジュリアス・シーザー〉なのかなあ——

とタイトルに疑問を抱くのも無理はない。

が、それはともかく舞台上ではあらたに登場したオクテービアス、レピダスがアントーニアスと話し合っている。一人は、シーザー亡《な》きあと、やがてローマ帝国の皇帝となる、あのオクテービアスであり、もう一人のレピダスは、それより少し前にオクテービアスとともに第二回三頭政治の一角を占める実力者だ。第一回三頭政治はポンペイウス、シーザー、クラッススの三人、第二回はアントーニアス、オクテービアス、レピダスの三人、と、これは世界史の試験では二重丸のやまだったはず。勢力のバランスを意図して権力を三つに分けた方策であったが、どちらもそう長くは続かなかった。

ブルータスと対立したアントーニアスは、遠征地からローマに帰ったオクテービア

スと手を組む。レピダスを加え、三人は鳩首《きゅうしゅ》して今回の事変を機に粛清すべき人物を選んで名前に死の烙印《らくいん》をつける。元老院の議員数十人を含む、大粛清の敢行だ。

戯曲には書かれていないが、オクテービアスは、シーザーの姪《めい》の子で、シーザーの遺言状により養子に指名される立場である。生前のシーザーの本心がどこにあったか、真情がうかがわれようというもの。この後の政局は、その通りオクテービアスを中心に動いていくが、とりあえずは、かたやオクテービアスとアントーニアスの陣営、こなたブルータスとキャシアスの陣営、二派を作っての争いが始まる。

後者の陣営では、ブルータスとキャシアスが、ささいなことで仲たがい。いや、口論のきっかけはささいなことだが、根は深い。その背後に二人の考え方のちがいがはっきりと見える。それぞれの人間が持つ、それぞれの考え方、その対比を巧みに描き示すのもシェイクスピアのすばらしさである。

ブルータスの妻の自害が伝えられるが、ブルータスは泰然としている。私的な不幸でオロオロしないのがブルータスの誇りなのだ。それより目下の政局のほうが重大事なのだ。

シーザーの亡霊が、ブルータスの枕辺《まくらべ》に現われるのは、劇場へ足を運んでくれた観客へのちょっとしたサービスだろうか。亡霊は「フィリパイでまた会おう」と告げて去るが、これはブルータスの死地を暗示している。

第五幕に入り、フィリパイの戦場でブルータス、キャシアス、そしてアントーニアス、オクテービアスの四者会談がおこなわれるが、和平は求めえず決裂。いよいよ戦闘となるが、ブルータス、キャシアスの陣営は旗色がわるい。瀬戸際《せとぎわ》に立たされたブルータスとキャシアス、二人はすでに仲直りのきざしを見せていたが、ここでさらに親密に手を組み、ローマの武人らしく戦って、敗れる運命ならば、美しく最期《さいご》を迎えようと約束しあう。

まずキャシアスが、部下に自分を刺させて死ぬ。ブルータスはキャシアスの死を悼《いた》んだのちいよいよ敗北の明白なことを確認して、いさぎよい自害。その様子がアントーニアスとオクテービアスに報告され、まずアントーニアスが、

「彼こそ一味のなかでもっとも高潔なローマ人だった。彼だけは別にして、共謀者どもはすべて大シーザーへの憎しみからこの挙に出た。彼だけは、いささかも私心をまじえず、ひたすら万人のためを思って一味に加わった。その生涯は高雅、その人柄は円満な調和に満ち、そのために大自然も立って、全世界にむかい、叫びうるはずだ、〝これこそは人間であった！〟と」

と、ブルータスを称《たた》え、次いでオクテービアスが、

「彼にはその徳にふさわしい遇しかたをしよう、できるかぎり礼をつくして葬儀をおこなうのだ。今夜はおれのテントに遺体を安置させよう、もちろん武人として手厚くまつるつもりだ。では休戦の合図を。さあ、われわれも行くとしよう、そして今日の勝利の栄光をわかち合うことにしよう」

と悔んだところで、一同がおごそかに退場、終幕となる。私ならずとも、このドラマのタイトルは、

「〈ジュリアス・シーザー〉じゃなく〈マーカス・ブルータス〉がいいんじゃない？」

と言いたくなるエンディングだ。

事実、このドラマについて、そういう声はしばしば叫ばれてきた。賛否両論。歴史的にはシーザーあってのブルータスなのだから、

「これでいいんじゃない」

つまり、ブルータスを描くことは、シーザーの偉大さ、その心情を描くことになるのだ、シーザーの死後も亡霊が現われたりして、ドラマ全体を貫くものはシーザーの魂なのだ、という説明も一理あるが、ここはやっぱり、

「ブルータスよりシーザーのほうが一般受けするでしょう」

商売上手のシェイクスピアが、知名度を考慮した、と見るのが適当である。普通に

見るならば、どうながめても、これは戯曲〈マーカス・ブルータス〉以外のなにものでもあるまい。

歴史は、こののち、先に述べた第二回三頭政治を経て、また分裂。オクテービアスとアントーニアスが対立する。

アントーニアスはエジプトに渡りクレオパトラと手を組むが、ともに敗れて自殺。凱旋《がいせん》したオクテービアスはアウグストス（尊厳なる者）の称号を受け、実質的にローマ皇帝となる。古代ローマ帝国は実質的にはここから始まったと言ってよい。

同じシェイクスピアの手になる戯曲〈アントニーとクレオパトラ〉は、タイトルからも明らかなように、この〈ジュリアス・シーザー〉の続編とも言える内容である。

しかし、作品の調子は相当に異なっている。〈ジュリアス・シーザー〉が政治的な対立を主軸にして男性の崇高さ、雄々しさを描いたドラマであるのに対して〈アントニーとクレオパトラ〉は、愛をテーマとしている。ローマの将軍アントニー（アントーニアス）は、公人としての立場も誇りも信念も、すべてを捨ててクレオパトラとの愛に没頭する。

色恋なんか、くだらん、と言えばその通り。だが、見方を変えれば、それは、まったく異なった価値観の世界。ローマの良識とまったくちがった異境なのだ。その提供者としてのクレオパトラは、人間を越えた愛の女神なのだ。ドラマが内包するものは浮世の色事を越えてより深く、より重い。ローマとエジプト、公と私、理性と情念、長く、ゆるやかな満足と短く、激しい歓喜、いくつもの対立が舞台の上で躍動する。〈アントニーとクレオパトラ〉は〈ジュリアス・シーザー〉を継ぎながら、さらに華やかに開花した名作である。〈ジュリアス・シーザー〉より七年遅れ、一六〇六年頃の作と推定され、これは〈ハムレット〉〈オセロー〉〈リア王〉〈マクベス〉など四大悲劇を書いた直後の円熟期に当たっている。

前の章では〈ベニスの商人〉を扱った。エピソードがたくさんあって、あれも楽しい、これもうれしい、なんでもありの全方位サービスのあまり統一性を欠くうらみがなくもなかった。

このもりだくさんのサービスもシェイクスピア劇の特徴だが、その一方で、凛《りん》とした、端整な戯曲もある。〈ジュリアス・シーザー〉はその一つ、姿のよいドラマだ。テーマに一貫性があり、バラけたところがない。

このすぐあとに書かれた〈ハムレット〉で、ブルータスの内面的な煩悶《はんもん》がハムレットに受け継がれている、と見るのは広く認容されている論評である。

〈ジュリアス・シーザー〉の執筆に当たってシェイクスピアが〈プルターク英雄伝〉を利用したことも疑いない。ほかの資料も参考としたが〈英雄伝〉を熟読玩味《がんみ》して、そこにイマジネーションを広げた、という方法が基本だったろう。〈英雄伝〉では〈カエサル〉〈アントーニウス〉〈ブルートゥス〉の三つに分けて論述されており、戯曲〈ジュリアス・シーザー〉の台詞《せりふ》には、〈英雄伝〉の英訳をそのまま用いたような部分がなくもない。

プルタークの筆致は、エピソードに富み、詳細ではあるが、情報中心で、情感において少し欠ける恨みがある。歴史的な情報をどうやって生きた人間のドラマとするか、そこにこそシェイクスピアの天才が発揮されたわけだが、私としては、〈英雄伝〉を机の上に置きながら、

――あしようかな、こうしようかな――

思い悩んでいるシェイクスピアの姿を想像するのが楽しい。書斎の作業は天才も凡夫もさほど異なるものではあるまい。妄想をめぐらすことは同じなのだ。問題はその妄想の質であり、それを捕らえる言葉にこそ秘技があるらしい。

第8話　史実の中のヘンリー四世

F. L. Schroeder as Falstaff, 1780, from Engraving.

今回はシェイクスピア史劇の代表として〈ヘンリー四世〉の第一部・第二部を俎上《そじよう》に載せてみよう。

すでに触れたようにシェイクスピアの史劇というのは、シェイクスピアが生存したエリザベス朝に先立つ約三百年間の、イギリス国家形成のプロセスを描いた国民的ドラマに限定されている。外《と》つ国《くに》の歴史劇は、いくら歴史的な題材を扱っていてもシェイクスピア史劇には含めない。具体的には歴史的に古いところから挙げて〈ジョン王〉〈リチャード二世〉〈ヘンリー四世〉第一・二部〈ヘンリー五世〉〈ヘンリー六世〉第一〜三部〈リチャード三世〉〈ヘンリー八世〉である。〈リア王〉は古い時代の伝説的な物語なのでトーンは似ているが史劇には含めない。また半年ほど前、NHKのテレビで〈エドワード三世〉という戯曲があらたにシェイクスピアの作として話題になっていることが紹介されていたけれど、もしこれが正式に認められれば史劇の範疇《はんちゆう》であろう。

三百年の歴史はそれだけでも充分に長い。イギリスにとっては波瀾《はらん》万丈の国家形成期である。イギリス人にとっては自国の歴史であり、常識の中にあっても、われら日本人にとってはつまびらかとは言えない。

まず初めに一〇六六年、ノルマンディ公ウィリアム一世の戴冠《たいかん》があった。フランスのノルマンディ地方の領主がイングランドに渡って来て諸勢力を平定し、イギリス国王になってしまったのである。この後、フランスとの関係はややこしい。さらに、その背後にはローマ法皇庁の絶大な圧力もあった。一方、島内に目を向ければスコットランドやウェールズの存在はもちろんのこと、ここはもともと古くから各地に豪族が実権を布《し》いている土地柄だ。内乱は起こりやすく、さまざまな勢力が離合集散して昨日の友は今日の敵、そこに外国の干渉までが加わり、大中小、さまざまな争いのくり返し。血なまぐさい粛清や暗殺が繁《しげ》く敢行され、有力な軍人・貴族ばかりか王侯一族にまで幽囚・惨殺《ざんさつ》の手が伸びたことは、ロンドン塔の歴史ひとつを聞いても歴然としている。

ノルマンディ公家の支配は三代続き、ブロワ家の短い統治を経たのちアンジュー家の登場となる。すなわちプランタジネット朝の始まりである。アンジュー家はその名前からも判断できるようにフランスにゆかりの深い家柄であったが、歳月の流れの中で次第にイギリス独自の立場を主張するようになり、ジョン王（在位一一九九～一二一六）はフランスを相手に、はたまた法皇を相手に暴れまくり、トータルとしては敗北のほうが多かったけれど、イギリスという国家の存在を顕著にしたのは本当だった。

やがて大憲章（マグナ・カルタ）が成立し、広く民衆の間に国家意識が高まったのも、この頃からである。

ジョン王は先王リチャード一世の弟で、王位継承の候補としては甥《おい》のアーサーのほうが血筋として有力であったが、内紛が生じ、アーサーは非業《ひごう》の死を遂げ、ジョン王もまた最後は戦場での病死。毒殺の噂《うわさ》も流れた。よくあるお家騒動のパターン。シェイクスピアの〈ジョン王〉は、この悲劇をこまかく描いている。

まったくの話、このあたりの三百年間、イギリスでは、いま述べた大憲章の成立やイギリス議会の誕生のほか、十字軍の派遣、ウェールズ戦争、百年戦争、黒死病の流行、ワット・タイラーの一揆《いっき》、宗教問題、薔薇《ばら》戦争などなどヨーロッパ史を賑《にぎ》わす出来事がたくさん起きているのだが、シェイクスピアの筆は、むしろそういう事件をドラマの背景に置きながら王位を中心に争いあい、裏切りあい、謀殺を敢行する人間たちのドラマのほうへ向いている。確かに大憲章より暗殺劇のほうがおもしろい。

アンジュー家が開いたプランタジネット朝の最後の王がリチャード二世（在位一三七七〜九九）で、これもシェイクスピア史劇の主人公だ。ライバル格の従弟《いとこ》ボリングブルックを国外追放するが、ボリングブルックはノーサンバランド伯たちと組んで反攻。リチャード二世を退位させ、ボリングブルックがヘンリー四世（在位一三九九〜一四一三）となって、ランカスター朝を開く。リチャード二世は幽囚の地で刺客の手にかかって没し、これも充分にドラマチックな王位継承劇だ。

　このヘンリー四世こそが今回のテーマである。このドラマには先ごろヘンリーに協力して先王を倒したノーサンバランド伯たちが、たちまち新王の手により粛清され、誅殺《ちゅうさつ》され、あい変らず波瀾の多い勢力争いが描かれているのだが、その詳細はあとに譲るとして、ランカスター朝の三代、すなわちヘンリー四世、五世、六世はすべてシェイクスピア史劇の主人公たちである。

〈ヘンリー五世〉ではフランスとの戦い、そしてフランス王女への求婚が描かれ、それに続く〈ヘンリー六世〉第一〜三部は、制作の年次としては過去に戻ってシェイクスピアのデビューを飾るもの。三部作だから一連のドラマとして見るならば長過ぎるし、ゴタゴタしているし、読みにくいところもあるのだが、実際のヘンリー六世はまことに、まことに悲劇的な国王であった。生後九ヵ月で王位につき（在位一四二二〜六一）薔薇戦争に敗れて廃位され、ふたたび王位についたが（在位一四七〇〜七一）実力も不充分で間もなく王位を追われロンドン塔内で獄死した。ランカスター朝はここで途絶え、ヨーク朝の治世となる。シェイクスピアがまず最初にこの王の生涯に目を留めたのは、その有為転変を考えれば理由のないことではなかった。

こうして開かれたヨーク朝も、初代のエドワード四世（在位一四六一〜七〇、中断があって一四七一〜八三）は、ヘンリー六世との抗争と、そのあと始末に煩《わずら》わされて混迷が続く。その跡を継いだエドワード五世（在位一四八三）とリチャード三世（在位一四八三〜八五）の生涯は、シェイクスピア史劇の一大名作〈リチャード三世〉において凄《すさま》じいドラマに創《つく》られている。悪党に徹することを生涯の覚悟としたリチャードは身体に欠陥のある恨みも加わって、近親者を次々に殺して王位につく。残忍ではあるが、シェイクスピア史劇の、いや、シェイクスピアの全戯曲を通しての白眉《はくび》と呼んでよいみごとな悲劇である。

リチャード三世が殺されてヨーク朝が終わり、輝やかしいテューダー朝の幕開けとなる。シェイクスピアが描いた〈ヘンリー八世〉は、この第二代目の国王（在位一五〇九〜四七）で、内外ともに政情のあわただしい時代であったが、シェイクスピアの関心は主として国王の離婚問題。史実の中のヘンリー八世は王妃キャサリンとの離婚を望んだが、この願いは離婚を禁ずるローマ法皇の同意を得られない。ひそかに侍女のアン・ブーリンと通じて娘を得た。のちの卓越せるイギリス女王エリザベス一世である。

この時代、国王の離婚は、単に王家の私的な問題ではなく、ローマ法皇とイギリス

イギリス王家継承表（部分・1066−1649）

新訂 世界歴代王朝王名総覧（東洋書林）より。（ ）内は続柄、在位期間

ノルマン〔ノルマンディ〕家

ウィリアム一世，征服王（1066-1087）——**ウィリアム二世，拒否王**（息子，1087-1100）——**ヘンリー一世**（弟，1100-1135）

ブロワ家

スティーヴン（ウィリアム一世の娘アディラとブロワ伯スティーヴン〔ステファン〕の息子，1135-1154）

プランタジネット家

ヘンリー二世（ヘンリー一世の娘マティルダとアンジュー伯ジェフリー〔ジョフロワ〕四世の息子，1154-1189）——**ヘンリー**（息子；共治，1170-1183）——**リチャード一世，獅子心王**（弟，1189-1199）——**ジョン欠地王**（弟，1199-1216）——**ヘンリー三世**（息子，1216-1272）——**エドワード一世**（息子，1272-1307）——**エドワード二世**（息子，1307-1327）——**エドワード三世**（息子，1327-1377）——**リチャード二世**（孫，1377-1399）

ランカスター家

ヘンリー四世（ランカスター公；エドワード三世の孫，1399-1413）——**ヘンリー五世**（息子，1413-1422）——**ヘンリー六世**（息子，1422-1461，1470-1471）

ヨーク家

エドワード四世（ヨーク公；エドワード三世の玄孫，1461-1470，1471-1483）——**エドワード五世**（息子，1483）——**リチャード三世**（エドワード四世の弟，1483-1485）

テューダー家

ヘンリー七世（エドワード三世の玄孫マーガレットとリッチモンド伯エドマンド・テューダーとの息子，1485-1509）——**ヘンリー八世**（息子，1509-1547）——**エドワード六世**（息子，1547-1553）

サフォーク家

ジェーン（ヘンリー七世の母方の孫娘フランセスとサフォーク公ヘンリーとの娘，1553）

テューダー家

メアリー一世（ヘンリー八世の娘；スペイン王フェリペ二世と結婚，1553-1558）——**エリザベス一世**（妹，1558-1603）

ステュアート家

ジェームズ一世（ヘンリー七世の母方の孫であるスコットランドのジェームズ五世の母方の孫，1603-1625）——**チャールズ一世**（息子，1625-1649）

※ ■ はシェイクスピアが作品として描いた君主

国王の権力争いそのものであった。ローマ法皇は〝離婚を認めない〟という神の権威をもってイギリス国王を服従させようとする。躍進するイギリスの国王は（王妃キャサリンよりアンのほうが愛らしいという感情もさることながら、それとはべつに）ローマ法皇に敢《あ》えて逆らって、なし崩しに教義を犯し、宗教的に政治的に独自の道を歩もうと画策する。この両者の綱引きに、国内の勢力が二つに分かれて加担する。結局、ヘンリー八世は離婚し、再婚し、ローマ法皇を離れてイギリス国教が確立する、という運びになっていくのだが、その最中にアン・ブーリンが姦通《かんつう》罪で斬首《ざんしゅ》されたりするのだから、この問題の混乱ぶりは想像して余りがある。さらに言えば、ヘンリー八世とキャサリン王妃の娘メアリー一世（在位一五五三〜五八）は法皇派に与《くみ》してカソリックを復活し、そのことにからめて多くの粛清を敢行した。処刑した新教徒の数は三百人とも言われ、血に濡《ぬ》れたメアリー（ブラディ・メアリー。カクテルの名前にもなっている）と呼ばれる所以《ゆえん》である。

シェイクスピアの〈ヘンリー八世〉は、他の史劇がすべて一六〇〇年以前の、前半期の作であるのに対して、これは最後の作、しかも合作ではないか、という説も有力である。史実のなまなましさは、むしろ控えめに扱われ、テューダー朝の正義と、やがて誕生するエリザベス女王をことほぐ気配を漂わせている。作品の評価としては、円熟している、しかし凡庸だ、という意見も多い。他の史劇とは創作年代が著しく異っているせいもあって少々勝手がちがっているようだ。

九郎判官と言えば源義経《よしつね》のこと、この男が、いつ頃の人物で、なにをしたか、日本人ならたいていが知っている。惟任日向守《これとうひゅうがのかみ》は九郎判官よりポピュラリティが低いけれど、まあ、時代小説のファンなら先刻ご存知、明智《あけち》光秀《みつひで》のこと。そうとわかれば、これもなにをやった人か、よく知られている。芥川龍之介《あくたがわりゅうのすけ》が名作〈地獄変〉の冒頭で〝堀川の大殿様〟と書いたとき、これが藤原基経《もとつね》らしいと推測するのは、相当な古典通だろうが、一般読者としてはわからないなりに、

——京都あたりの、なんか偉いお殿様なんだろうな——

と、格別の違和感もない。

昔の人は呼び名がいくつもある。名前そのものが二つ三つあるほかに、通称で呼び、官位で呼び、住まいのありかや領地で呼ぶ。

シェイクスピアの史劇も同様で、登場人物の名称はややこしい。イギリス人にとっては、さほどむつかしくはないのかもしれないが、こちとら日本人にはわかりにくい。

しかし、これは遠い国の、遠い時代のお話なのだ。多少の厄介は我慢して克服してい

ただきたい。私もできるだけ明快に書く。

さて〈ヘンリー四世〉の第一部・五幕の史劇のあらすじは……国王ヘンリー四世の嘆き節から始まる。先王たちの勲功に倣《なら》いキリストの戦士として十字軍に加わりたいのだが、島内の情勢が穏やかとは言い難い。ウェールズとの戦い、スコットランドとの戦い、あちこちで一進一退の情況が続いている。勝利の報告もあるが、敗れて有力な家臣が捕らえられたという知らせも届く。戦勝の報告の中では、ノーサンバランド伯の息子ヘンリー・パーシーの活躍がめざましい。ヘンリー四世の第一王子も、同じヘンリーという名を帯びているが、こちらは町のごろつきたちとつきあって、ろくな噂が聞こえてこない。

ノーサンバランド伯は、たった今、イギリス王家の小史の中で触れたように、時の国王が先王リチャード二世を廃して王位に就いたとき、その身方となっておおいに奮闘した貴族たちの代表格。しかし、今は国王とあまり親密な仲とは言えない。敵対まではしていないけれど、なにかと意見が衝突して、警戒しあっている。一触即発の状態だ。

伯爵《はくしゃく》の息子ヘンリー・パーシーは、ホットスパー（熱い拍車）と仇名《あだな》される勇者で、もちろん父親の身方。このグループには、ほかにマーチ伯モーティマー、ウスター伯、グレンダワー、ヨーク大司教などの有力者がそろっていて、少しずつ国王から離反していく。

国王ヘンリー四世の側にも、有力な貴族が控えているけれど、もっとも期待をかけたい第一王子ヘンリーが放蕩《ほうとう》にあけくれ、およそ役に立ちそうもない。国王が、

——ホットスパーと入れ替ってくれればいいのに——

と嘆くのも無理がない。

結論を急げば、戯曲〈ヘンリー四世〉は……国王ヘンリー四世とノーサンバランド伯側の対立が深まり、内乱となる、すると役立たずだった王子ヘンリーが、一転して奮迅の働き、国王側の勝利となり、王子は四世の病没のあとヘンリー五世となって、善政の兆《きざ》しを見せる、という骨子なのだ。

だが、話を初めに戻し……国王の嘆きさながらに王子ヘンリーはいかがわしい男とつきあっている。その男こそ、忘れちゃいけない、数あるシェイクスピア劇の中でひときわ名高いジョン・フォールスタッフ。身分は騎士で、剣をとれば、そこそこの腕前を見せるときもあるのだが、なにしろ酒飲みで、好色で、長年の放蕩が祟《たた》って、ひどいデブ、手足の動きもにぶく、だらしない。口だけは達者で、悪口を言わせたら天下一品、屁理屈《へりくつ》もうまい。遊び好きの王子とは、そこそこに仲がよく、おたがい悪態

をつきながら親しんでいる。

ありていに言えば戯曲〈ヘンリー四世〉の場合、骨子は骨子として進行していくが、キャラクターは、ワルの権化《ごんげ》、フォールスタッフが断然おもしろい。

フォールスタッフの仲間が耳よりの情報を持って来た。現金をたっぷり持参した旅人たちが明朝、人気《ひとけ》のない街道を行くという話だ。

一同は強盗に早変わり。王子も誘われるが、王子はべつな相棒と組んで、まずフォールスタッフたちに旅人を襲わせ、そのあと王子たちが本物の強盗に変装してフォールスタッフたちから金を奪おうという算段。第二幕に入り、王子の計画はその通りに成功して、フォールスタッフはさんざんのてい……。フォールスタッフは奮闘むなしく「百人もの強盗に横取りされ」と酒場で訴えるが、王子がかたわらで、さんざんからかったあげく、

「その百人は、おれたち二人だ」

と、種を明かす。だがフォールスタッフは少しも騒がず、

「実はな、あれがおまえだってことは、おまえをこしらえた神様同様、おれにもわかってたんだ。だが、諸君、このおれが王国のお世継ぎを殺していいものだろうか？　正真正銘の王子に刃向かっていいものだろうか？　もちろんおれは、ご承知

のとおり、ヘラクレスに劣らぬ勇士だ。だが恐るべきは本能、ライオンも真の王子には手を出さぬという。本能とはたいしたもんだ、本能のおかげであのときおれは臆病《おくびょう》になったんだからな。おれは生涯おれって人間を見なおすことにしたよ、もちろんおまえもだ、おれが勇敢なライオンで、おまえが正真正銘の王子様だというぐあいにな。とにかく、おれは嬉《うれ》しいぜ、おまえがあの金を手に入れてくれて。おい、おかみ、店を閉めろ、今夜は飲み明かすぞ、お祈りは明日だ。ああ、諸君、伊達《だて》男、若大将、黄金の心もつ高潔の士、なんとでも呼ぶぞ、愉快な仲間たち！　さあ、陽気にいこうぜ！　即興芝居でもやるか？」

と、負け惜しみを吐く。台詞《せりふ》を手がかりにしてフォールスタッフの人柄を想像していただきたい。

フォールスタッフと居酒屋のおかみクィックリーの丁々発止のやりとりが入り、フォールスタッフはこのおかみにだいぶ借金をしているらしいのだが、その実、おかみは悪口を叩《たた》きながらも騎士殿を頼りにしている気配なきにしもあらず。このデブッチョは権威をかさに着たり、おだてたり脅したり、ありとあらゆる手段を用いて、世の中を適当に楽しく生きているのだ。

第三幕に入ると国王に対立するグループは足並みがそろわない。一方、国王のもとには王子ヘンリーが参上して前非を悔い、王家の危機に立ち向かうことを訴える。フォールスタッフはあい変らず酒場で与太を飛ばしている。

第四幕では反乱グループは同志が結集せず、ますます苦境に陥り、ホットスパーが苛立《いらだ》っている。まずなによりも父親のノーサンバランドが病気を理由に腰を引いている。軍勢を動かそうとしない。グレンダワーも動きが鈍い。国王の側では、あのろくでなしの王子までが武装して奮い立っているらしい。血の気の多いホットスパーは、いきり立ち、

「人間、どうせ死ぬなら、陽気に笑って死のう」

と、決死の覚悟を固める。

フォールスタッフにも王子から出陣の命令が下るが、

「戦争にはいちばんあとから、宴会には真先かけてだ、これが腰抜け武士と食いしん坊の守るべき掟《おきて》だ」

と、うそぶいている。

シュルーズベリーは決戦の地。バーミンガムの北西七十キロにあって今も昔も周辺の農村地域の中心となっている。いかにもイギリスの地方都市らしい静かな美しい風景が随所に散っている。とりわけ旧市街は古い木造の家を並べて趣が深い。が、ほと

んどがシェイクスピア以後の建設だろう。

このシュルーズベリーに結集する反乱軍のもとに国王の側から和平を訴える使者が到着する。反乱軍のリーダーはホットスパーだ。使者のブラントは言う。

「なにが不満なのか？　王は尋ねていらっしゃる」

ホットスパーことヘンリー・パーシーは雄弁に答える。

「だいたい彼（国王）がいまその身につけている王権をつけてさしあげたのは、父と叔父と私の三人であった。従うものはわずか二十六人、世間からは見捨てられ、無《む》惨《ざん》な姿であわれな追放者としてこそこそ帰国した彼を、海岸まで出迎えて手をさしのべたのは父であった。そのとき彼は神に誓ってこう言った、帰国したのはただランカスター公となって亡《な》き父のあとを継ぎ、当時の国王リチャード二世に和解を乞《こ》うためだと。それも無《む》垢《く》の涙を浮かべ、忠誠の誓いを並べて訴えたので、父は情にほだされ、あわれに思い、ただちに助力を約束し、またそのとおり実行もした。そうして父ノーサンバランドが彼に味方したと見ると、国じゅうの貴族、豪族たちは、身分の高下を問わず、こぞって彼の前に帽子を脱ぎ膝《ひざ》を曲げてやってきた、彼が行くところ、町でも村でも争って歓迎し、橋のたもとに出迎え、小道の脇《わき》に待ちかまえ、あるいは贈り物を捧《ささ》げ、あるいは忠誠の誓いをし、なかには跡継ぎの息子を小姓にさし出すものもあり、絢爛《けんらん》たる群れをなして彼につき従ったのだ。ところが彼は、おのれの権力に気がつくやいなやたちまち出すぎたまねをしはじめた、意気消沈してあの荒涼たるレーヴンスパーグの海岸に上陸したとき父に誓ったことばを、みずから踏み越えたのだ。現にいま、彼のやりかたはどうだ、国民にとってあまりに苛酷《かこく》すぎると称して、かずかずの布告やきびしい法令を勝手に廃止する、あるいはまた時代の悪弊をことさらに大声で非難し、国家の不幸をおおげさに嘆いて見せたりする。こういう顔で、こういう見せかけだけの正義面《づら》で、彼はたくみに民衆の心を釣りあげたのだ。いや、それだけではない、さらに彼は、あろうことか、先王リチャード二世が親しくアイルランド討伐に遠征されたとき、ご自分の代理としてあとに残していかれた寵臣《ちょうしん》たちの首を、ことごとくはねてしまったのだ」

自分たちの功績にもかかわらず、ひどくないがしろにされている実情を述べ立てるこの発言は、歴史の見方に若干の差異があろうけれど、イギリス人なら一通り心得ている史実を踏まえている。

使者は不満をそのまま国王に伝えることを約束して帰って行く。ホットスパーの発言は力強かったが、反乱軍の側では、さらにまた有力なブレーンであるヨーク大司教もひるみ始めていた。

第五幕に入ると、そこはシュルーズベリーに近い国王の陣営。使者ブラントが戻ったのかどうか、それとはべつに反乱軍の幹部ウスター伯（ノーサンバランドの弟。ホットスパーの叔父）と騎士のバーノンが国王と王子ヘンリーのもとに現われ、会談となる。

国王はウスター伯たちが訴える不満をそのまま首肯するわけにはいかない。寛大さを示しながらも反乱軍の譲歩を求め続け、このままでは決戦は避けられまい。王子が無意味な血を流すのをおそれて、ホットスパーと自分の一騎打ちによって決着をつけようと提案する。

会談の結論がはっきりしないままもの別れとなり、戦場のあちこちで小ぜりあいが始まる。国王の提言は開戦通達としてホットスパーに伝えられ、ホットスパーも自軍の出陣を命ずる。国王の影武者が次々に殺される。フォールスタッフだけがいい調子で饒舌《じょうぜつ》を揮《ふる》っている。

やがて王子ヘンリーとホットスパーの戦闘となり、王子が勝つ。

死んだふりをしていたフォールスタッフが起き上がって大はしゃぎ。

シュルーズベリーの戦いでは国王側が勝利した。しかし、まだなすべき仕事が山積している。そのことを伝える国王ヘンリー四世の言葉を最後に全員が退場して第一部の終幕となる。

〈ヘンリー四世〉第二部は、独立した五幕の史劇だが、内容的には第一部の続篇である。タイトルを見ても当然のことだ。第一部の後日談と考えてよいだろう。

冒頭にプロローグがあり〝噂《うわさ》〟が登場してみずからが噂であることを明言したうえで、噂とはなにか、どれほどいい加減なものかを述べ立てる。とりわけ、このたびのシュルーズベリーの血戦……。その実、国王軍の大勝利に終わったのだが、ノーサンバランド伯のもとには、ホットスパーの剣の下、国王も王子も斃《たお》れた、と〝噂〟がまことしやかに伝えている、という次第。噂というものに対するシェイクスピアの寓意《ぐうい》と考えてよいだろう。

第一幕は、そのノーサンバランド伯の館《やかた》。〝噂〟が撒《ま》いた虚報が届き、伯爵は歓喜するが、追って真実の知らせが入り、

——さあ、どうしよう——

家臣モートンが自分の目で見た惨状の報告は臨場感に溢《あふ》れて痛ましい。伯爵はなおも迷いながらもヨーク大司教の協力を当てにして自陣を抑えている。息子と弟が殺されているのに、この貴族はさほどいきり立つこともなくわが身の安全を画策している。

史書に見られる人物像も、老獪《ろうかい》な貴族らしい日和見主義者《ひよりみ》。勢力のバランスの中で己の立場を守り、うまく泳いで権力を伸張した人物であったらしい。

ヨーク大司教も戦況を慎重にうかがっている。勝てる戦なら国王に立ち向かいたいところだが、

——はて、どうしたものかな——

側近を集めて鳩首《きゅうしゅ》のてい。いったんは出陣のほうへと傾く。

第二幕に入り、場面はおなじみの酒場。フォールスタッフには法廷への召喚状が出ているし、逮捕のための警部と警吏も来ているし、法院長まで現われ、酒場のおかみが罪状をしきりに叫んで訴え、狡猾《こうかつ》なデブッチョも、もはやこれまでと思いきや、国王と王子が勝利の軍勢をこの近くにまで進めているとあって、風向きが変わる。フォールスタッフは王子側近の騎士なのだ。法廷よりも戦場のほうが急務である。とにかく逮捕はまぬがれる。

しかし、王子ヘンリーは、フォールスタッフの乱行を許しているわけではない。もともと王子はいっときの戯《たわむ》れから悪い仲間とつきあっていたのであり、それは世をあざむくカモフラージュ、いずれは勇者として躍り出ることを心に期していたのだ。その時期が到来したとなれば、悪い仲間は……とりわけフォールスタッフなんかは目障《めざわ》

りだ。増長させておくのはよくない。王子はほかの家臣と一緒に給仕の姿に身を変え、フォールスタッフのほら混りの自慢を聞く。それとは知らぬフォールスタッフは酒場のおかみや、親しいガールフレンドを相手に飲んだり、喋《しゃべ》ったり、歌ったり、暴れたり……。このくだりは、シェイクスピアの真骨頂。軽やかに筆を進めて大衆好みの楽しさを創《つく》り出している。王子についてもフォールスタッフは「青二才」だの「頭が弱い」だの、言いたい放題、王子が正体をあらわにすると、

「悪口じゃないよ、ハル」

ハルというのはヘンリーの愛称だ。さらに続けて、

「悪口なんかであるものか、とんでもない話だ。おれがこの女の前でわざとハルをけなしたのはな、この性悪女が王子に惚《ほ》れちまったらたいへんだと思ったからさ。つまりおれはけなすことで、友の身を気づかう親友として、あっぱれ忠義の臣として、りっぱに任務をはたしたのだ、おまえのおやじさんから感謝されていいくらいのもんだよ。悪口じゃないぜ、ハル、そんなんじゃないぜ、真実にかけて、両君、あれは悪口じゃない」

と釈明する。

王子がひそかに聞いているのに、それを知らずにフォールスタッフが大口を叩き、

J. Quinn as Falstaff, from Engraving, 1743.

あとで牽強付会《けんきょうふかい》の弁明をする、というのは、言ってみれば笑いを誘うパターンの一つ、観客が期待し、舞台は「はい、どうぞ」と、お望み通りのものを提示してくれるわけだ。この馴《な》れあいも大衆演劇にとって欠くことのできないテクニックの一つだろう。

こんな茶番に挟まれて、ノーサンバランド伯は切羽詰った決断。いったんは援軍の到来に期待をかけるが、伯爵夫人の勧めもあって、

「スコットランドに行くとしよう」

と逃げるのは、この人らしい。

第三幕は、ヘンリー四世が登場し、

――なぜノーサンバランド伯と争わねばならないのか――

来《こ》し方を思い出し、嘆きながら呟《つぶや》く。側近の慰めが続く。

一方、フォールスタッフは出陣を前にして判事に数人の従者を集めるよう頼んでおいたのだが、集まって来たのは、あまり頼りになりそうもない珍妙な兵士ばかり。ここでも駄じゃれまじりのやりとりがくり返される。

第四幕では、軍を進めて待機中のヨーク大司教が迷っている。モーブレー卿《きょう》とヘースティングズ卿がかたわらにいる。ノーサンバランド伯の弱腰が伝えられ、大司教も弱気に陥る。独りモーブレー卿がけしかける。国王の使者ウェスモランド伯がやって

来て、あらためて和議の提案。大司教たちは国王軍の勢力を見て受け入れるよりほかにない。

国王軍の前戦の指揮は王子のランカスター公(王子ヘンリーの弟)が執っている。和議に従い反乱軍を解散させたうえで、一転して大司教、モーブレー卿を大逆罪のかどで逮捕する。これは、やっぱり、騙《だま》し討ちのような気もするけれど、大司教が、

「誓約を破られるのか?」

と詰《なじ》るのに対して、国王の代理人としてのランカスター公は、

「誓約などしておらぬ、私はただ、おまえたちの苦情を聞いて、ただすべきものは改めようと約束したにすぎぬ、それは名誉にかけて、キリスト教徒にふさわしく遺漏なきよう履行するつもりだ。だが、おまえたち謀反人《むほんにん》は、謀反を企て、実行した以上、その行為に相当する罰を受けるものと覚悟するがいい。おまえたちが兵を起こすこと自体、浅はかというほかない、出陣してすぐ解散する愚かさには、あきれざるをえない。高らかに軍鼓を鳴らし、四散した敵に追い討ちをかけるのだ、今日無血の勝利を収めえたのはひとえに神のみ心なのだ。謀反人どもを連れて行け、行く先はもちろん、断頭台だ、それこそ反逆者の目を閉じさせるにふさわしい寝台だ」

と意にも介さない。大変ですなあ、この時代の保身策は。

されば、われらが親愛なるフォールスタッフは、危ない橋は渡らない、苦労をせずに実だけはいただきたい、というのが信条、うまく立ちまわって勝利の日のご褒美《ほうび》を授かる工夫を凝らしている。

勝利の朗報にもかかわらず、ヘンリー四世は病臥《びょうが》に沈んでいる。重態である。戦場から帰った王子ヘンリーは独り昏睡《こんすい》の枕辺《まくらべ》にはべって天国へ発《た》つ父の遺徳を偲《しの》んでいるが、

――せめてお命のあるうちに――

みずからが父王になり替って王冠をみずからに与えて部屋を出る。ふと国王が目を開け、人を呼ぶ。ほかの王子や側近が駈《か》け込んでくる。

「なぜわしをたった一人にしておく？」

「兄上がおそばにいました」

「王子のヘンリー？　どこにいる？　王冠もない。あいつが奪ったのだ。わしが死ぬのを待っていたのだ。あとほんの少しも待てずに奪い去ったのだ」

と激怒する。すわ一大事！　シェイクスピアお得意の、誤解から始まる不和、抗争……と思いきや、すぐに王子ヘンリーが現われ、ひとかたならない敬愛を父王に訴え、ヘンリー四世は王位を王子ヘンリーに譲ることを承認して安らかに逝去する。ヘンリ

ー五世の誕生である。

時を置かずにヘンリー五世としての治世が始まる。弟たちには、

「今後はおまえたちの父ともなり、兄ともなるつもりだ、私を愛してくれれば、おまえたちの苦労は引き受けよう。いまは亡きヘンリーについて涙を流すがいい、私も泣こう、だが生きているヘンリーは、その涙の一滴一滴をしあわせの一刻一刻に変えてみせるぞ、必ず」

と、恵み深い台詞《せりふ》だが、取りようによっては「立場をわきまえて行動しろよ」という牽制《けんせい》とも見える。

高等法院長が祝いを述べるが、この男はかつてヘンリー四世の命を受け、王子ヘンリーを叱《しか》りつけ、どなりつけ、乱暴に投獄までしたことがある。新王は、その過去を持ち出して高等法院長を罰しようとするが、法院長は、

「あのとき、私はお父上のご名代《みようだい》という地位にありました、つまり私は国王の大権を代行する身であったのです。その私が、ひたすら国家の安寧秩序を守るべく国法の施行に専心しておりました際に、陛下には（あなたは）私の役職も、法の力も、裁判の権威も、はては私が代行しておりました国王の大権までもすっかりお忘れになられてか、場所もあろうに法廷の席において私をご打擲《ちようちやく》なさったのです。そこで私

は、お父上にたいして罪を犯したものとして、あえて私の権力を行使し、あなた様を投獄したのです。それが不法であったとお思いなら、こうお考えください、すでに王冠を額に戴《いただ》いておられる今日、もし陛下に王子がいらして、陛下のご命令をないがしろにし、畏敬《いけい》すべき法廷において裁判の権威を引きずりおろし、国法の執行をさまたげ、陛下の平和と安全を守るべき正義の剣を鈍らせるご所行があったからとて、いや、さらには陛下のご名代を足蹴《あしげ》にし、代行者がなした陛下のご処置を嘲《ちょう》笑《しょう》されたからとて、なにも言えなくなると。どうか陛下ご自身の問題としてお考えください、かりにいま陛下が父親であられ、王子がおいでになり、その王子によってご自身の権威がかくも汚され、畏怖すべき国法がかくも無視され、ご自身までがかくもないがしろにされるのをごらんになるとします、そのとき、私が陛下のお味方に立ち、陛下の権力を代行し、静かに王子をたしなめたとすれば、どうお思いでしょう？　そこを冷静にご考慮された上で、私をご処分なさいますよう。王位につかれたからには、王としておっしゃってください、これまでの私の行為に、私の職務、私の人格、ないしは陛下の権威を傷つけるものがありましたかどうか」

と、正論を説く。新王は、

「おまえの言うとおりだ、法院長、その考えに誤りはない、だからご苦労だが今後も法を司《つかさど》る職務を担《にな》ってくれ」

すなおに改める。善き王の誕生を予告する情景と考えてよいだろう。

フォールスタッフは自分の親しい王子ヘンリーが国王となったと知り、意気揚々、早速参上して睦《むつま》じさを誇示しようとするが、そこは、どっこい、新王は、

「私を昔のままの私だと思うと大間違いだぞ。神はもとよりご存じだし、いまに世間にも知らしめるが、私は生まれ変わったのだ、かつての私を捨てたのだ、そして、同様にかつての私の仲間をも捨てるつもりだ。もし私が昔ながらの私だと耳にしたら、そのときこそやってくるがいい、おまえを昔ながらのおまえとして、わが放《ほう》らつの師匠とも育ての親ともして迎え入れよう。だがそれまではおまえを追放処分にする、すでにかつての悪友どもにも申し渡したが、わが身辺より十マイル以内に近づけば、即座に死刑と覚悟せよ。ただし、いのちを長らえるだけの手当は与えよう、食うにこと欠くとまた悪事に走りかねぬからな。もちろん、おまえたちに改悛《かいしゅん》の情が見えたとなれば、それぞれの能力、器量に応じて、ふたたび登用の道を開いてやる。法院長、以上のこと、責任をもって、私のことばどおり実行されるよう配慮していただきたい。では行くぞ」

と、文字通りの君子豹変《ひょうへん》。フォールスタッフは青菜に塩。高等法院長が現われ、フ

ォールスタッフはこれまでの罪状を問われて監獄へ引かれていく。あらたに国会が召集される噂が流れて〈ヘンリー四世〉第二部のドラマが終わる。このあとにエピローグがあって、踊り手が「ご満足いただけましたか？　次にはもっとおもしろいものをお目にかけます」とかなんとか、ほとんど意味のない口上を述べるが、これは、この作品がモデル問題で……と言うより登場人物の名前の件でトラブルを生み、そのことへの釈明が必要だったからららしい。フォールスタッフは初めオールドカスルという名であり、実在のオールドカスルは武勇にすぐれたりっぱな貴族であった。踊り手の口上の中に、

「最後に一言申しそえます。もし皆様がまだたっぷりした脂肉《あぶらにく》に食傷しておいでではなければ、私たちの作者はサー・ジョン（フォールスタッフのこと）の物語をさらに続け、フランスの王女キャサリンも登場させて、皆様のご機嫌をうかがいたいと申しております。私の知るかぎりでは、フォールスタッフはフランスで汗かき病で死ぬことになっております、もっとも皆様の悪評でその前に殺されてしまえば話は別ですが。かのサー・ジョン・オールドカスルは殉教者として死にました、だが彼はフォールスタッフとは別人です」

とあるのは、まさにこのあたりの事情を反映してのことだろう。プロローグでは噂

が人間の姿を借りて登場し、いかにもシェイクスピアらしい風刺を訴えて巧みだが、エピローグは興行上の問題、さしたる趣向ではない。

いや、いや、興行こそがこの時代のドラマツルギーの最重要事項だったのかもしれないけれど……。


もう一度史実に立ち返って述べれば……ヘンリー四世は、リチャード二世を追いつめ、本来はモーティマー（マーチ伯。劇中に登場する）が継承するはずの王位を簒奪《さんだつ》した者である。無理に奪った王位は揺らぎやすく、治世もぎくしゃくしている。かつての同志たち、ノーサンバランド伯やホットスパーには反逆され、第一王子ヘンリーは父王を離れて無頼の徒と化している。海外からの圧力も厳しい。この内憂外患の情況の中にあって、聖地エルサレム遠征（つまり十字軍）を敢行して罪過を清めたいと願うが、それもままならない。ヘンリー四世は悩みながらも、あらまほしき絶対君主の姿を模索していた。それはエリザベス朝の、つまりシェイクスピアが生きた時代の民衆の思案とも通じ合うテーマであり、その思いを鋭敏にドラマに採取したところが、シェイクスピアの非凡さであろう。

しかし、それだけではドラマは固くなり過ぎる。そこで戦場で獅子《しし》奮迅の活躍を示したと伝えられるホットスパーを登場させ、また放蕩《ほうとう》王子が心を入れ替えて英邁《えいまい》な王になるという大衆好みの美談を強調し、さらになによりもフォールスタッフという興味深い人物の造形と提示、この部分は大成功となって戯曲〈ヘンリー四世〉はそのタイトルに反してフォールスタッフこそが主人公の芝居とまで言われている。

フォールスタッフはワルではあるが、憎めないところがある。大衆の欲望を代弁している。失敗も多いが屁理屈《へりくつ》が楽しい。容姿は脂ぎったデブッチョで大衆が親近感を抱き優越感を覚えるほど冴《さ》えない。古くからの道化のキャラクターを備えながら新しいものをプラスしている。フォールスタッフの魅力を詳述するゆとりはないが、この人物の創造はシェイクスピア劇の断然の白眉《はくび》と明言して私は憚《はばか》らない。因《ちな》みに言えば、政治劇の部分は格調高い韻文で、フォールスタッフの部分は素朴な散文で書かれている。

〈ヘンリー四世〉第一部は一五九七年の作、第二部は一五九八年の作と推定されている。二部構成は最初からの構想ではなく、ヘンリー四世のエピソードをあれこれ盛り込んでいるうちにとても一作では処理できないことを覚《さと》り、シュルーズベリーの勝利までていったん幕をおろし、王の死までを第二部とした、という推測が有力である。

シェイクスピアは、史劇から出発し（すなわち〈ヘンリー六世〉第一〜三部）史劇のほとんどを創作期間の前半で発表している。国勢高揚のエリザベス朝にあって、王家がどんな系図をたどって来たか、この歴史は大衆の関心事であり、啓蒙《けいもう》の効果も少なからず実在していただろう。とりあえずこのあたりから劇作に着手し、次第に自分独自のテーマを扱うようになった、と、それが前半期にのみ史劇がかた寄っている理由であったろう。

最後に〈ヘンリー四世〉などシェイクスピアの史劇を読んで、また観《み》て、私自身小説の作者として感ずることがあったので、それを述べよう。

話は遠まわりになるが……数年前、私は〈新トロイア物語〉と〈獅子王　アレクサンドロス〉と二つの歴史小説を執筆した。どちらも古代ギリシャを舞台とし、おおかに言えばよく似た長篇小説である。前者はギリシャとトロイアが戦ったトロイア戦争をテーマとし、主人公はトロイアの武将アイネイアスである。後者は言うまでもなく、とてつもない東方遠征を実行したマケドニアの大王の物語である。同じ英雄談だが、前者は伝説上の人物、後者は実在の人物、そこがちがっていた。古代の英雄はさまざまなエピソードで伝えられることが多い。エピソードはそれぞれ独立しており、相互の関連が薄い。とりわけ伝説の場合はそうだ。だからエピソードを繋《つな》いで一人の人物の一生を描こうとすると、

——これとあれとはどう繋がっているんだ？　同じ人間がこうもちがったことをやるかなあ——

人格や歴史的事実のありように矛盾が生じ、小説としての統一性を保つのがむつかしくなる。アイネイアスはそうであった。

その点、アレキサンダー大王は歴《れっき》とした実在の人物である。エピソードが相互に矛盾して見えても、実際にあったことなら、その矛盾は解明されるはずだ。理由があるはずだ。それを求め、それを想像すれば、一人の人間の一生を同じ糸で繋いで書くことができる。執筆のうえで、この二つのちがいは大きかった。

同じことをシェイクスピアの歴史的な戯曲についても感じた。史劇は実際にあったことを書いている。一見して、

——こんなこと、あるかなあ——

シェイクスピア劇には荒唐無稽《こうとうむけい》と言いたくなるほどの不自然な出来事がしばしば起こるのだが、史劇の場合は史実が背後に実在しているため不自然さの度合いが小さい。

一方、史劇に似ていながら伝説を扱ったもの、たとえば〈リア王〉〈トロイラスとクレシダ〉などは、私見を告白すれば不自然さが目立つ。事実の歯止めがないから想

像がとめどなく飛翔《ひしょう》してしまう。それが演劇としてのよしあしに直接結びつくものではないけれど、興味深い特徴として私には見えたのである。

第9話　騎士とウィンザーの陽気な女房たち

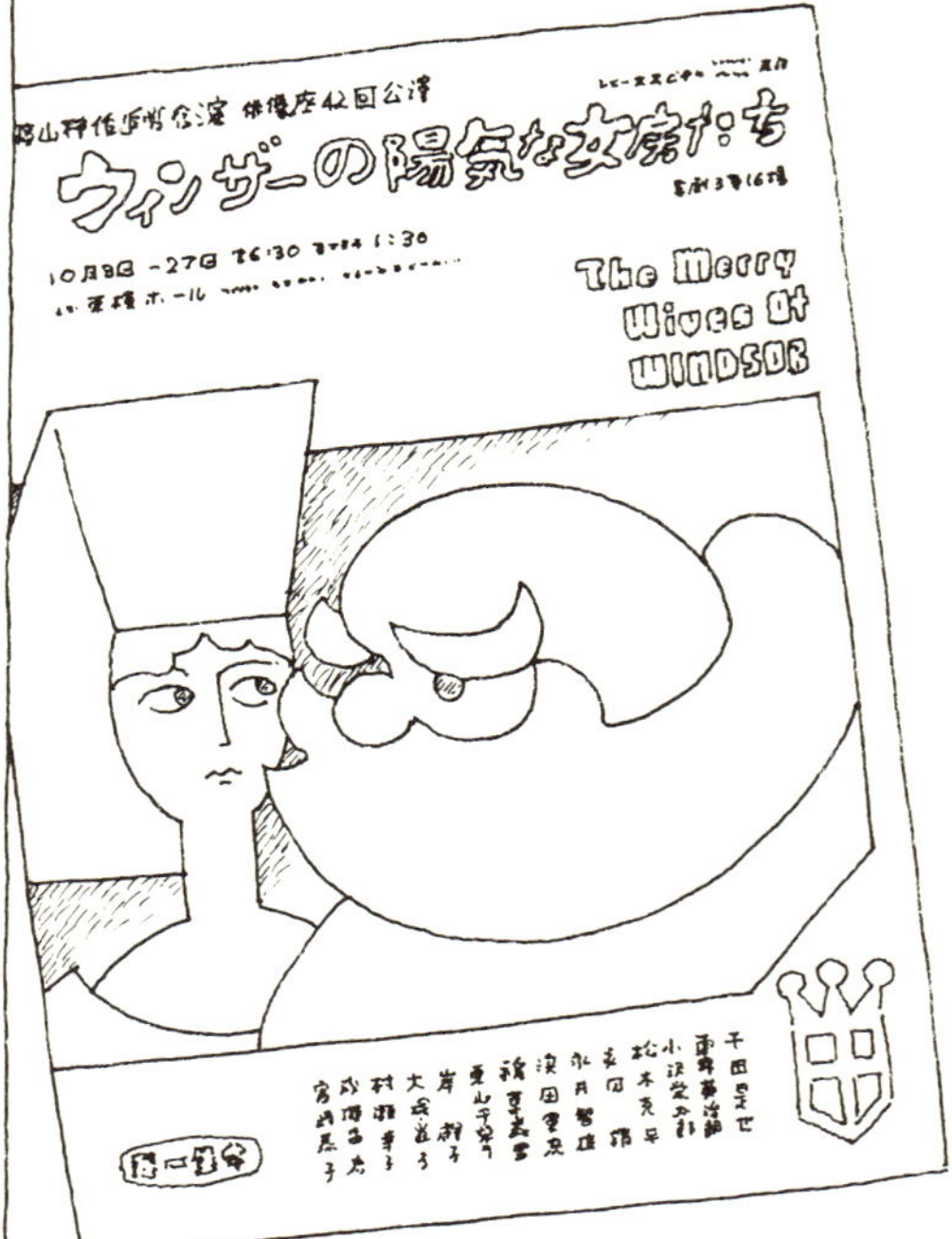

Poster for The Haiyū-za, Art by T.Kohno, 1957.

ウィンザーはロンドンの西方約三十キロの位置にある。イギリスを訪ねる観光客は、まず百パーセント近くがロンドンの土を踏むであろうし、ロンドンに在ればたいていウィンザーへ足を延ばす。

——ああ、あそこね——

と頷《うなず》く読者も多いことだろう。見どころは、もちろんテムズ河を見おろして建つウィンザー城。現在もイギリス王家の居城として実際に使われている現役の古城である。

歴史は充分に古い。そもそもはノルマンディ公ウィリアムがイギリスを征服して国王となったとき、ロンドンの防護のために築城した、というのだから、イギリス王家そのものの歴史とぴったり重なり合っていると言ってよい。何度も改築をおこない、大火にも遭っているが、おおよその構造はつねにラウンド・タワーを中心に左右に翼を広げたような形になっている。ラウンド・タワーに王室旗ロイヤル・スタンダードが翻《ひるがえ》っていれば、女王が滞在していることの印である。当然のことながら観光客がめぐり歩くコースは制限されているけれど、この手の居城としては充分に開放的だ。幾人もの王を埋める聖ジョージ礼拝堂、メアリー女王が集めた人形の家、王家の宝物を置くギャラリー、女王が不在であればステート・アパートメントなども見学ができる。

城内に突然、太鼓の音が響き、衛兵たちの行進を見ることもある。

城を囲む町は石畳を敷いて趣が深い。観光地の気配は拭《ぬぐ》えないが、随所に快い一郭があって、これがこの旧邑《きゅうゆう》の特徴だ。切り取ってカンバスに収めたい風景がある。テムズ河は川幅五十～六十メートル、豊かな水をたたえてゆるやかに流れている。水のある町は美しい。

シェイクスピアの〈ウィンザーの陽気な女房たち〉は、タイトルにある通り、この城邑を舞台としているが、町の雰囲気を感じさせるシーンはむしろ少ない。この町に住む夫人たちが陽気かどうか断定はむつかしいけれど……と言うより〝陽気な〟という形容詞をどう解釈するかで異なるだろうけれど、シェイクスピア劇の中では、茶目っけのある夫人が二人登場して、そう、テムズの豊満な流れの中へ、肉体の過度に豊満なフォールスタッフを放り込ませてしまう。フォールスタッフとは、この戯曲より少し前に発表された〈ヘンリー四世〉で一躍人気を集めたキャラクターだ。

そのいきさつは、と言えば、五幕の喜劇〈ウィンザーの陽気な女房たち〉のあらすじを紹介しよう。

第一幕が開くと、まず治安判事のシャローが怒っている。ならず者の騎士ジョン・

フォールスタッフに狼藉《ろうぜき》を働かれ、どうしても法廷に訴え出ると、いきり立っている。判事の従弟《いとこ》のスレンダーも、フォールスタッフ一味に財布を奪われたらしい。それをなだめているのが神父のエヴァンズ。ひどいウェールズ訛《なま》りで、この人が喋《しゃべ》り始めると、観客席に笑いが起こるのは必定。あまり上等な手段とは言えまいが、シェイクスピアは笑いを取ることにおいて抜けめがない。なんでもやる。とはいえ地方訛りは、翻訳者をおおいに悩ますところだ。小田島雄志さんの訳から一例を拾えば、

「私《わたす》が嘘《うそ》を言うとでもお思いですか？　私《わたす》は偽りを言うものや真実《すんずつ》を言わないものをさげすむのと同ずように嘘を言うものをさげすみます。騎士サー・ジョンはたすかにここにいます、どうかあなたに好意をもつもののことばをお聞き入れくださいでは戸をたたいて、ペーズさんを呼んでみましょう。(ノックする)えー、もすもす？　お宅に神の祝福《すくふく》がありますよう！」

と、東北弁を用いて気分を伝えている。

このエヴァンズ神父、発音がおかしいばかりか、言葉遣いもどことなく珍妙で、丁寧すぎたり、場ちがいの用語を使ったり、まちがっているケースも多い。無理して、もったいぶった表現を用いるものだから、ヘンテコな言いまわしになってしまい、ほんの少しトンチンカンの人柄とあいまって、これがまた笑いを誘う。

ウィンザーの良識ある市民の一人ページ氏が現われ、舞台はエヴァンズ神父たちがページ氏の家を尋ねて来たところなのだ。ページ氏の娘のアンは花も恥じらう娘盛りで、とても美しい。治安判事のシャローは従弟のスレンダーとアンを結びつけようと画策するが、肝腎《かんじん》のスレンダーが頼りない。典型的な駄目男で、もっともらしい台詞《せりふ》を吐くのだが、なんにもわかっちゃいない。エヴァンズ神父も加わってアンとの仲を取り持とうとしているのに、当人は、

「ぼく、あんたが頼むなら、あの人と結婚したっていいですよ。たとえはじめのうちは大きな愛がなくても、結婚しておたがいにもっとよく知りあえば、親しい仲になって愛は大きく冷却するものですからね。〝親しき仲にも冷却あり〟って言って。でももしあんたが〝結婚しろ〟って言うんなら、ぼく、結婚します。このことは、ぼく、自殺的に失神しました」

なんて、他人事《ひとごと》みたいだ。言っていることもよくわからない。神父がすかさずズー弁で補って、

「まことに分別的ご返事《へんず》ですなあ。ただす、〝自殺的《ずさつ》に失神《すっすん》すますた〟というのは過《か》失《すっ》であって、われわれなら〝自発《ずはつ》的に決心《けっすん》すますた〟というところです。もちろん、その意味で言われたのでしょうが」

と解説する。このあたりも翻訳のむつかしいところだ。

フォールスタッフも登場して、こちらはワルにちがいないが、頭の働きはすばやいし、言うことも鋭い。無礼な行状について「告訴するぞ」と言われれば、

「よせよせ、おまえが笑われるだけだ、こくそ鼻糞《はなくそ》を笑う、と言ってな」

と、うそぶいている。だが、この太っちょの、飲んだくれ、充分に好色だから、

「たしかにおれの腹は二メートルあるが、いまはその腹を立ててる暇はない、波乱万丈の物語が待ってるからな。簡単に言やあ、おれはフォードの女房をものにしようと思うんだ。あの女、どうやらおれに気があるらしい、なにかというと話しかけてくる、ちやほやする、色っぽい目つきでにらむ、ああいうなれなれしい態度がなにを意味するかはおれにも読みとれる、そのもっともよそよそしい素振りにしたところで、胸のうちを探れば、〝私はサー・ジョン・フォールスタッフのものよ〟となる」

と、鼻の下を長くし、

「これがフォードの女房にあてて書いたラヴレターだ。そしてこっちはページの女房にあてて書いたやつだ、あの女もついさっきおれに色目など使い、からだじゅうわくありげな目つきでなめまわしやがった。あの女の燃えるような目の光が、いま

おれの足にさしそめたかと思うと、次にはもうこの堂々たる腹を照らしていた、ってわけだ」

と、二股《ふたまた》をかけて人妻を狙《ねら》っている。フォード夫人、ページ夫人、すなわち〝ウィンザーの陽気な女房たち〟が自分に惚《ほ》れていると信じ込み、それぞれにラブレターを送ろうとしている。

いつものことながらシェイクスピアの戯曲は一本道ではない。いくつかのトピックスが次々に提示され、もつれながら進んでいく。〈ウィンザーの陽気な女房たち〉についで言えば、主要なトピックスはフォールスタッフが二人の人妻を口説こうとしていることだが、これに加えてページ氏の娘、美しくて財産も多いアンをどの男が射止めるか、さらにトンチンカンの男たち、やきもちやきの亭主、いくつもの恋を取りもって小銭を稼ぐ女など、大わざ、中わざ、小わざを配してドラマを進めていく。言葉遊びのほうは、駄じゃれに、訛りに、まちがった語法、すべてを駆使して観客を喜ばせる。

フランス人の医師キーズ（この人もヘンテコな英語を使う）もアンに関心を寄せているし、フェントンという若い紳士も同様だ。クィックリーという女はキーズ医師の使用人なのだが、アンと顔見知りであるのをよいことにして、どの候補者にも、

「はい、はい、はい、私が取り持ってあげましょう」

と、オベンチャラを使ってお駄賃をもらっている。

話は横道にそれてしまうが、この〈ウィンザーの陽気な女房たち〉は、一五九七年、あるいは一五九九年の作。発表の年代ははっきりしないところもあるのだが、執筆の経緯にはよく知られたエピソードがある。〈ヘンリー四世〉に登場した騎士フォールスタッフがまことにおもしろいキャラクター、エリザベス一世女王から「もう一度フォールスタッフを登場させ、今度は彼が恋をするドラマを見せてほしい」という要求があり、それが劇作家の速かな執筆の動機となった、とか。

だが、史劇〈ヘンリー四世〉と喜劇〈ウィンザーの陽気な女房たち〉はドラマとして相当に雰囲気が異なっている。ドラマそのものが史劇から喜劇へと変り、フォールスタッフの立場も脇役《わきやく》から主役へ変っているのだから印象の変化は当然としても、つぶさにながめると登場人物のありようや年月の経過などにつじつまのあいにくいところがあって違和感を与える。

たとえば、クィックリーという女。〈ヘンリー四世〉では酒場のおかみで、フォールスタッフとは二十九年のつきあい、となっているけれど、〈ウィンザーの陽気な女房たち〉では医師の使用人、フォールスタッフの子分ピストルと結婚することを決意し、この後の作品〈ヘンリー五世〉では実際に結婚するのだが、このクィックリーはみんな同じ女なのか、とりわけ〈ヘンリー四世〉と〈ウィンザーの陽気な女房たち〉ではどうなのか、同じ女ならどちらが古い時期のことなのか、ちがう女なら、なんでこんな紛らわしい名前で登場させたのか、さまざまな疑念の生ずるところだが、劇作家は、

「いいから、いいから」

こまかいことにはこだわらない方針だったろう。人気を集めたフォールスタッフがふたたび見参、それが全《すべ》てであり、あとはつじつまをあわせることよりおもしろさが優先。登場人物の継続性なんか、さして重要ではなかった。鑑賞する側もあまり律儀《りちぎ》に考えてもつまらない。

第二幕に入って、フォールスタッフからページ夫人へラブレターが届く。その内容たるや、ページ夫人の読みあげるところでは、

「なにゆえにあなたを愛するか、などと理性的にきかないでいただきたい。愛は理性をご意見役にはしても、相談役にはしないのだから。あなたはもう若いとは言えない、私も同じくだ、とすれば、それ、そこに相通ずるものがある。あなたは陽気な

性質《たち》だ、私も同じくだ、とすれば、ハッ、ハッ、そこにさらに相通ずるものがある。あなたは葡萄酒《ぶどうしゅ》を好む、私も同じくだ、これ以上相通ずる相手は望むべくもあるまい？　したがって、わがページ夫人よ、少なくとも武人の愛が満足を与えうるものなら、私があなたを愛する、ということばのみで満足していただきたい。私はあわれんでほしいとは言わない、それは武人にふさわしくないことばだから。ただ、私を愛してほしい、と言っておきたい。朝は朝星夜《よ》は夜星、仰げばきみを思い出し、きみのためならこの手足、捧《ささ》げんものと誓いきし、きみの忠実無比なる騎士、ジョン・フォールスタッフ拝」

と、背筋がむずかゆくなるような文面。それればかりか、そこへフォード夫人がやって来て、この二人は親しい仲なのだが、フォード夫人のところへも全く同じ文面のラブレターが届いていることが判明する。

「まあ、あきれた」

「許せないわ」

となるのは当たり前。二人は意趣返しを相談する。つまり気のあるようなふりをしてフォールスタッフをおびき寄せ、思いっきりひどいめに遭わせてやろうという算段だ。一方、二女性の夫たち、すなわちページ氏とフォード氏は、妻の行状について中

途半端《はんぱ》な情報をリークされ、ページ氏は、

——まさか、私の妻が——

と一笑に付すが、フォード氏のほうは妻の対応に疑念を抱き、みずから変装して密会の有無を確かめようと思う。

夫人たちの計画は着々と進行する。まずクィックリーを使者にたてて、フォールスタッフのもとへ行かせる。ラブレターに対してフォード夫人が、

「主人は十時と十一時のあいだ家を留守にしますから、どうぞお越しください」

と、色よい返事を届ける。フォールスタッフが勇み立ったのは言うまでもあるまい。

一方、やきもちやきのフォード氏は変装してブルックと名のり、フォールスタッフに会って親交を結ぶ。

「サー・ジョンよ、私の悩みを聞いてください」

「なんですか」

「フォード夫人に恋こがれているんです」

「なるほど」

だが、フォード夫人の操《みさお》が固い、とブルック氏は訴えるのだ。なんだか自分にだけ

固すぎるような気がしてならない。そこで高名なフォールスタッフにフォード夫人を口説いてもらい、彼女の操がにせものであることが明白となったところで、自分にもおすそ分けを賜わりたい、という屈折した提案。お礼の金まで出されて、フォールスタッフは有頂天。

「お安いご用、武士に二言はない」

と引き受け、さらにいい気になって、

「実は今夜、十時と十一時のあいだ、夫が留守にするから是非、とフォード夫人に誘われているのですよ」

と漏らす。フォード氏の疑いはさらに深まり、現場に踏み込む決心を固める。

お話変わって、瞬間湯わかし器型らしいキーズ医師は、なにしろアンに並々ならない恋情を寄せているものだから、そのアンにスレンダーを取り持とうとしているエヴァンズ神父が許せない。怒り狂って決闘の約束を交わすが、シャロー判事たちが引き止める。このように複数のトピックスが提示され、さまざまな場面が入れ替って現われるのがシェイクスピア劇の特徴だ。情景の展開は細かく、すばやい。

小説家としての私見を述べれば……話をドラマから小説に移して言うのだが、一行あけの多い小説は一般に稚拙な筆力の表明である。そのケースが多い。一行あけというのは、そこで場面が変転する合図であり、小説は場面が細かく変っていくより、ゆったりと進行したほうがよい。一つの情況を設定したら、しばらくはそのまま自然な流れでストーリィが展開するのが望ましい。あっちの話、こっちの話、くり出しては引っ込め、また現われる、という形はよろしくない。

視覚的なジャンルは、たとえば映画、演劇、テレビ・ドラマなどは、ひとめで登場人物も目下の情況もわかるけれど、文字で表現する小説は、場面が変わるたびに、いま、どこで、だれとだれとが、なにをしているのか、いちいち提示をして読者に理解を強いなければいけない。だから一回提示したら、しばらくはそのまま続けたほうがよい。新聞小説などは毎日少しずつ進展していくので、同じ情況が続いていても、日ごとに、どこで、だれとだれが、なにをしているのか、はっきりと、あるいはさりげなく書き示すけれど、一冊にまとめるときは、むしろこういう配慮の跡を削《そ》いでしまうのが通例である。小説ではたとえ人物が入り乱れ情況の繁《しげ》く変転するテーマを扱っても、カット割りを少なくして綴《つづ》るのが作法の不文律と言ってよいだろう。演劇はそこがちがう。シェイクスピアも情況を細かく変えながら、いろいろな興味を観客の中に醸成させていく。

第三幕に入り、医師キーズと神父エヴァンズの決闘は、町の酒場ガーター館の亭主の機転で回避される。

「まあ、お静かに、ガーター館の亭主が一言ごあいさつ申しあげるから。どうだい、この亭主、なかなかの策略家だろう？　謀略家だろう？　マキャベリの再来だろう？　だって、お医者さんに死なれたらどうなる？　困る。薬をくれたり便通をよくしてくれたりする人がいなくなるからな。じゃあ、神父さんに死なれたらどうなる？　わが神父、ヒュー先生に？　それも困る。格言を教えてくれたりなになにすべからずって言ってくれたりする人がいなくなるからな。あんたのお手を、地上の先生、よろしい。あんたもお手を、天上の先生、よろしい。実はな、両先生、この亭主がお二人をだましたんだ、わざと別々の場所を教えてな。おかげでお二人とも、心臓は力強く脈打ち、手足はかすり傷一つなしだ、あとは乾杯で手打ち式といこう。さあ、お二人の剣は質屋行きだ。みんな仲よくついてきな、このご亭主についてきな」

と、手打ちの方角へ向かって行くが、本筋のほうは、これからが大変だ。フォード氏は、妻とフォールスタッフの密会現場を捉《とら》えようと、いったん家を留守にしたあと、証人となる人を連れてわが家へと向かう。ページ夫人もフォード家へ。もちろんフォールスタッフも満身にスケベごころをたたえてフォード家へ。首尾よく……と言うより陽気な女房たちの策略通り、フォード夫人の部屋へ入り込み、歯の浮くような愛の告白をタラタラタラ。フォード夫人は適当にあしらいながら、

「あなたが愛していらっしゃるのは、ページの奥さんでしょう」

やきもちをやくふりをすれば、

「あんな女を好きになるぐらいなら、石灰窯《せっかいがま》の煙のように胸のむかつく監獄の前を歩くのも好きだということになる」

そう呟《つぶや》いたとたん、当のページ夫人が訪ねて来る。フォールスタッフがあわてて身を隠す。そして、このとき、陽気な女房たち二人の策略がどういう手筈《てはず》になっていたのか、その点はつまびらかにされていないけれど、ほんの少し手ちがいが生じ……夫のフォード氏が血相変えてこちらへ向かっている、と、それをページ夫人が気づいて一足先に知らせに来た、というわけだ。

これは真実一大事。姦夫《かんぷ》が密会の場を夫に押さえられたら、ただではすまない。フォールスタッフが壁の陰からウロウロと現われる。ページ夫人が、

「まあ、サー・ジョン・フォールスタッフじゃありませんか？　これ、あなたのお手紙でしょう？」

と、自分あてのラブレターをつきつける。

あわやという瞬間にページ夫人が駈《か》けつけ、二通の同じラブレターを公開するのが、陽気な女房たちの計画であったにちがいない。

しかし、情況はもっと厳しい。夫がやって来るのだ。フォールスタッフは、

「私はあんたを愛している、頼む、逃がしてくれ」

その場のがれを呟いて、大きな洗濯籠《かご》の中へ。これも夫人たちが用意しておいたものなのだが、そこへ転がり込み、上から汚い下着が雨あられ……。使用人たちが洗濯籠を担《かつ》ぐ。

フォード氏が飛び込んで来て……この人は本気なのだ。洗濯籠を目にするが、下着の下までは覗《のぞ》けない。使用人たちは洗濯籠を家の外へ運び出す。こうなったら、いくら夫が家の中を隈《くま》なく捜しても、もう姦夫は見つからない。フォード夫人は素知らぬ顔で、

「あなた、なにを疑っていらっしゃるの？」

と夫を見つめ、一方、フォールスタッフは町を縫って流れるテムズ河へポーン……と、このシーンは舞台には現われないが、台詞《せりふ》がそれを示している。その流れこそ、過日、私がながめた、あの豊満な流れである。ウィンザーで、この河を見れば、汚れ

た洗濯物と一緒に川に投げ込まれたフォールスタッフの狼狽《ろうばい》を思わずにはいられない。

　が、それはともかく観客一同、フォールスタッフの運命やいかにと案ずるうちに、舞台の上では、またしてもほかのトピックス。美しいアンの結婚相手を決める争いに移り、候補としては治安判事の従弟《いとこ》スレンダー、医師のキーズ、そして若い紳士フェントン、この三人がそろっている。しかし、駄目男のスレンダーは、アンに、

「あなた様のお気持は？」

　と尋ねられても、

「ぼくの気持？　いやあ、あんたっていい人だなあ、ぼくの気持まで心配してくれるんですか。うん、だいじょうぶですよ、ぼく、気持悪くなることなんてめったにないんです」

「いえ、そうではなくて、この私をどうなさるおつもりかということですが」

「まあ、ぼく個人としては、あんたをどうするって気はほとんど、いや、全然ないんです。あんたのお父さんとぼくの従兄《いとこ》が勝手に言い出したことだから。もしそれがぼくの運命だっていうんなら、それでよし、でなかったら、どこかにしあわせなやつがいるってことです。あの人たちのほうがぼくよりうまく事の次第を話せるはず

だ。あんたもお父さんにきいてみたらいいでしょう、ほら、きましたよ」

と、まことに、まことに駄目男の本領発揮。

アンの心はキーズ医師にも向いていないようだし……周囲の思惑をよそにアンの行くべき方角が見え始めている。全方位で恋の取り持ち役を務めている女クィックリーはフェントンから、

「今夜のうちにこの指輪をアンに渡してくれ」

と、お駄賃とともに頼まれ、

「どうかあなた様に幸運が訪れますよう！　なんていい人なんだろう。あんないい人のためなら、女は火のなか、水のなかにだって飛びこみたくなるよ。でも私としちゃあ、アンお嬢さんはうちの先生（キーズ医師）のものにさせたいねえ、でなきゃあスレンダーさんのものに、でなきゃあ、ほんとにフェントンさんのものに。とにかく私はあの三人のためにできるだけのことはしてあげよう、そう約束したんだし、約束を破るような女になりたくないからね。でも、フェントンさんのためには特別的につくしてあげよう。あ、そうだ、あの二人の奥さんのご用でサー・ジョン・フォールスタッフのところへ行くんだった。ほったらかしているなんて、私ってだめだねえ！」

と退場するが、次なる仕事はフォールスタッフのもとへ、ふたたびフォード夫人からの伝言を届けるため……。

リフレインは、つまり同じことを繰り返すのは喜劇の常套《じょうとう》手段である。観客は、──よくやるよ。実際には、こうはならんけど……今度はどうなるかな──

あまり頭を使わずに次の展開を期待することができる。さよう、その通り、フォード夫人から、

「どうかもう一度」

と、うれしいお誘い、密会の時間を告げて寄こす。フォード氏がブルックに変装してフォールスタッフに会い、密会の手筈を聞き出すのも最前と変わらない。

そして第四幕。フォード夫人のかたわらにフォールスタッフがいて、愛の告白。そこへページ夫人が現われフォード氏が駈け込んで来るらしい、と、なにもかも前回と寸分ちがわない。ただし、今回も洗濯籠というのは能がない。危険すぎる。

フォード夫人がとっさに思いついたのは……フォード家の女中の叔母にブレーンフォード婆《ばあ》さんがいて、この女をフォード氏が嫌っている。この女に対しては、フォード家への出入りを禁じている。夫人の思いつきは、その婆さんにフォールスタッフを化けさせることだ。この変装自体が爆笑を誘う。

飛び込んで来たフォード氏が家捜《やさが》しを始める。洗濯籠から下着を引き出すが、中にはだれもいない。そのとき二階からブレーンフォード婆さんが降りて来るものだから、フォード氏は怒って、

「この家への出入りは許さんと言っといたろう」

棍棒《こんぼう》を取って、さんざんなぐりつける。

痛て、ててテ。観客はもちろん婆さんの正体を知っている。どう演じても笑いの取れるシーンだろう。

さて、陽気な女房たちも、これ以上フォード氏をこけにするのはよいたしなみではない。いっさいをフォード氏に打ち明ける。二通の手紙を示せば、フォールスタッフの好色ぶりは明白になる。エヴァンズ神父やページ氏も加わり、一同でフォールスタッフをこらしめる計画を練る。フォード家へ呼び込むのは、もうまずい。二度もひどいめに遭って、フォールスタッフもやって来ないだろう。ページ夫人が膝《ひざ》を叩《たた》いて、

「ほら、古くからの言い伝えがあるでしょう、昔、このウィンザーの森の森番をしていたハーンという猟師が、いまでも冬のあいだ毎晩、ものみな眠る深夜になると、ギザギザの角をつけ、柏《かしわ》の大木のまわりを歩きまわってその木を枯らしたり、家畜をさらって行ったり、雌牛の乳を血に変えたり、鉄の鎖をカラカラ鳴らしたり、ぞ

っとするようなこわいことをする、と言いますわね。お聞きになったでしょう、この幽霊の話？　そして、迷信深い無知な昔の人たちが、このハーンの話をほんとうだと信じこみ、今日にいたるまで語り伝えてきたことは、皆さんもご存じでしょう」

「たしかにいまでも、深夜にハーンの柏の木のそばを歩くのがこわいと言うものはおおぜいいる。だが、それがどうしたというのだ？」

フォード夫人が繫《つな》いで、

「それが私たちの筋書きなのです、つまり、あの木のところでフォールスタッフに会うのです、大きな角を頭につけて、ハーンの姿でくるように言って」

フォールスタッフを森へおびき出し、数人の子どもたちを妖精《ようせい》の姿にさせておいて、

「なぜ、妖精たちのつどいの時に、聖なる森へ、そのような汚《けが》らわしい姿で踏みこんできたのだ」

と、手荒く詰問《きつもん》させる、という計画。クイックリーが誘いの使者に立つ。

ここでガーター館の主人が詐欺《さぎ》にかかるトピックスが介入するが、ドラマの進行にとって、これがなぜ必要なのか、首を傾《かし》げたくなるのは私だけではあるまい。

あえて言えば、大団円の前の一休み。観客に気を持たせ、少し焦《じ》らしたところでド

ラマの結末へ進もうという魂胆なのか……。

　クィックリーがフォールスタッフに会うのは、ガーター館の一室。ガーター館は酒場を兼ね、宿泊用の小部屋がいくつかあるらしい。クィックリーが熱弁をふるう。

「今度こそ邪魔が入らないよう森の中で……」

　夫人たちがフォールスタッフに会いたくて、泣きの涙で日を送っている、と唆《そその》かされたら天下の色男を自認するフォールスタッフ、やっぱり行かずにはいられない。

　べつな部屋では、若い紳士フェントンが、どれほど自分がアンを愛しているか、アンも自分を愛しているか、ひたむきな恋をガーター館の主人に訴えて協力を懇願している。

「よっしゃ」

　この主人はクィックリーとちがって頼りになりそうだ。


　いよいよ第五幕。シェイクスピアの戯曲は、判で押したように五幕で終わる。エピローグを置くことはあっても本体の五幕構成は一貫している。縦横無尽にドラマを創《つく》ったシェイクスピアであったが、これは頑《かたく》なに守り続けた、数少ないドラマツルギーの特徴と言ってよいだろう。

ページ氏と治安判事は、アンの花婿《はなむこ》にスレンダーをと考えて、スレンダーをウィンザーの森へ連れだす。アンは白い服を着ているはず、スレンダーが「鬼さん」と呼べば「こちら」とアンが答える手はずだが、そううまくいくものかどうか。

ページ夫人はキーズ医師を娘の婿にと希望しており、

「キーズ先生、娘は緑の服を着てますからね。いい時機を見はからって、娘の手をとり、牧師館に飛んで行くんですよ。てっとり早くかたづけてくださいね」

と企《たくら》んでいる。

森の奥ではエヴァンズ神父が子どもたちを妖精に仕立て抜かりなく網を張っているところへ、フォールスタッフが頭に鹿《しか》の角をつけ、森番の姿で登場する。もともと珍妙な体かっこうの男だから、ますますヘンテコな姿だ。陽気な女房たちも駈けつける。

「サー・ジョン！　そこにいらっしゃるのね、私の雄鹿さん？」

と、闇《やみ》を突いて聞こえてくるのはフォード夫人の優しい声。この一刻を夢に描いて待っていたフォールスタッフはたちまち頭に血が上ってしまい、

「かわいい尻尾《しっぽ》の雌鹿だね？　ああ、ジャガイモの雨が降るがいい、淫《みだ》らな恋歌に合わせて雷が鳴るがいい！　朝鮮人参《にんじん》の霰《あられ》、肉桂《にっけい》の雪、なんでもいい、催淫剤《さいいんざい》の嵐《あらし》がくるがいい！　おれはこの胸に雨宿りだ」

と支離滅裂。

「ねえ、雄鹿さん、ページの奥さんもごいっしょなのよ」

えっ、今夜は人妻二人を相手に鶯《うぐいす》の谷渡り、どちらの谷が潤《うる》んでいるか、おいしいか……いや、いや、いや、シェイクスピアに誘われて私までが、ついついはしたないことを綴《つづ》ってしまった。が、その通りフォールスタッフは舌なめずり。

そこへ怪しい角笛の音が響き、妖精たちが飛び出してくる。子どもたちばかりではなく、エヴァンズ神父は半人半獣のサテュロス、クイックリーは妖精の女王、アンはひときわ美しい妖精、とりどりの変装があって夜の宴《うたげ》が幕を開く。フォールスタッフはてっきり魔性のものが現われたと信じ込み、

「これはほんとの妖精だ、口をきいたらいのちがない、おれは寝ているふりをしよう、人間はあれを見ちゃならない」

と地面に突っ伏す。

幻想的な光の中で妖精たちが乱舞し、歌を合わせるのは……そう、これはシェイクスピアの、もう一つの観客サービス。妖精たちは、伏しているフォールスタッフを小突き蹴《け》とばし、いためつける。

キーズ医師が緑の服を着た娘を連れ出し、スレンダーは白い服の娘を連れ去る。フ

nov.

エントンが蠟燭《ろうそく》を持った、これは本物のアンを連れていく。ガーター館の主人の入れ知恵だろう。

また角笛の音。妖精たちは逃げ去り、よろよろと立ち上ったフォールスタッフ。ページ夫妻とフォード夫妻が現われ、ここに到《いた》って好色漢も騙《だま》されていたことに気づく。一同が寄ってたかってフォールスタッフをからかい、ページ夫人が、

「ねえ、サー・ジョン、たとえ私たちがこの心にある貞操を丸ごとおっぽり出して、喜んで地獄に堕《お》ちる気になったとしても、あなたが私たちの恋人になれるとでもお思いですの？」

と言えば、次々に続けて、

「え、豚肉饅頭《まんじゅう》が？　麻の大袋が？」

「空気ぶくれが？」

「年老いて、血は冷えて、肌はたるんで、始末におえない胃袋をもった人が？」

「そしてサタンのように口が悪くて……」

「ヨブのように貧しくて……」

「ヨブの妻のように人でなしで……」

「おまけに、姦淫に、酒場に、酒に、葡萄酒《ぶどうす》に、甘酒に、暴飲に、悪態に、大言壮語に、喧嘩《けんか》口論にふけるような人が？」

と、これはさながら悪口の輪唱だ。さしものフォールスタッフもシャッポを脱いで苦笑するよりほかにない。

そこへスレンダーが一人で戻って来る。

「アンとの結婚はすみましたか」

と尋ねられ、白い服の妖精を連れてイートンまで逃げたが、扮装《ふんそう》を解いてみると、これはでかくて、みっともない男の子。キーズ医師も一人で戻って来て、こちらは緑の服の妖精を連れて行ったが、これも男の子。

「だれが本物のアンを連れて行ったんだろう？」

と訝《いぶか》るところへフェントンとアンが手を取り合って現われる。二人が心から愛し合っているとわかれば、このカップルを祝福するよりほかにない。

「あんたたちも騙されたわけだ」

と、フォールスタッフがほくそ笑む。ページ夫人は……娘をキーズ医師に嫁がせようとした目論《もくろ》みは外れたけれど、

「私ももうくよくよするのはやめます。フェントンさん、どうか神様のお恵みで、末長くおしあわせに。さあ、あなた、これからみんなで家に帰り、今夜のことを炉ばたで笑いあうことにしましょう。サー・ジョンもごいっしょに」

と、ドラマの結語にふさわしい台詞《せりふ》を告げれば、そこで、もう一言、これはフォード氏自身が、

「それがいい。サー・ジョン、あなたもブルックとの約束だけは守ったわけです、彼は今夜フォードの女房とお楽しみというわけです」

と呟《つぶや》いて終幕となる。

最後の一行は、考えオチのようなもの。あえて野暮な説明を加えれば……フォード氏がブルックに化けてフォールスタッフに願ったことは「フォード夫人とベッドをともにしたい」という切望であった。さすれば、今夜、ブルックは、つまりフォード氏はまさしくフォード夫人と楽しむことになろうから、という理屈である。約束は守られるだろう。喜劇にふさわしく、めでたしめでたしで終わっている。

もててもいないのに、当人だけがもてていると信じている男の姿は、実生活でも滑稽《こっけい》なものだが、ドラマ化すれば、さらにおもしろくなる。観客の笑いを取りやすい方

便であることはまちがいない。

われらが親愛なるサー・ジョン・フォールスタッフは容姿において、とても女性に好まれるタイプではない。なのに好色、気位も高い。このテーマに恰好《かっこう》のパーソナリティだ。

シェイクスピアがエリザベス一世女王から「今度はフォールスタッフの恋を」と依頼されたのが事実であるならば、ほとんど迷うことなく、このパーソナリティを想起しただろう。安易と言えば安易かもしれないが、失敗は少ない。ドラマの揺籃《ようらんき》期においては、かならずしも常套的という印象を与えなかったろう。

フォールスタッフが初めて登場した〈ヘンリー四世〉は、第一部・第二部ともに騎士どのは脇役《わきやく》であった。結果として主役を凌駕《りょうが》する型破りの脇役となり〈ヘンリー四世〉の主役はフォールスタッフのほうかもしれない、という見方も充分にありうるようになった。

その点〈ウィンザーの陽気な女房たち〉は初めからフォールスタッフ中心のドラマである。タイトルにある二人の女房たち、フォード夫人とページ夫人も重要な役どころだが、やはり主役はフォールスタッフ、演劇史に燦然《さんぜん》と輝く個性派の提示であり、上演のたびに代表的な名優が受け持つ役柄となった。日本では昭和二十七年（一九五二）俳優座の舞台で千田是也《せんだこれや》が演じたことがよく話題に上るようだ。私は見ていないが、これはまことにみごとなフォールスタッフであったらしい。話をイギリスに移し……このドラマの発表の時期については、先にも触れたように一五九七年の初演が言われているが、テキストがきちんと固まったのは、もう少し後、一五九九年あるいは一六〇〇年とする説もあるようだ。ならば〈ハムレット〉と同じ頃。〈夏の夜の夢〉と並んで初期の喜劇の大傑作と称して私は憚《はばか》らない。

それにしても、今、あらためて読み返してみると、

――大サービスだなあ――

まことに、まことにシェイクスピアは、あの手この手を駆使している。フォールスタッフのキャラクターだけで充分に喜劇となりうるのに、寝取られ亭主（実際にはフォード氏は寝取られたわけではないけれど）の嫉妬《しっと》、そして美しい娘の婿選び、妖精たちが乱舞する幻想的な舞台、大衆が好む要素を惜しげもなく盛り込んで、ほとんど違和感を与えない。

加えて、言葉の遊びだ。しゃれを多用するのはシェイクスピアの常套手段だが、ウエールズ訛《なま》りに、フランス訛りの英語、名言を創り比喩《ひゆ》を入れ、淀《よど》みがない。しゃれを翻訳するのは真実むつかしい。

「詐欺でもしなけりゃおサギ真暗だ」などなど、小田島雄志さんが涙ぐましい努力を払い、原作の雰囲気を伝えているが、どう頑張ってもこの努力には限界がある。〈ウィンザーの陽気な女房たち〉では、ウェールズ訛りは東北弁に、フランス訛りの英語は中国人などが話す初級の日本語風に替えて訳出して、これもまた涙ぐましい。

翻訳の努力には拍手を送るが、原語で百パーセント理解できたら、表現の背景や歴史まですっかり知ることができたら、どれほどすばらしいことか。つまり、

——イギリス人になれたらなあ——

という願望を覚えずにはいられない。けっして叶《かな》うことのない願いである。

そして最後に一つ、かすかに違和感を覚えたことを述べておけば、フォールスタッフに対する三番目のこらしめ、ウィンザーの森の奥に引き込んで妖精に化けた子どもたちが脅す、という設定は、なんとなくしっくりとしない。フォールスタッフはすでに二度もひどいめに遭っているのだ。森の奥なんて、

——あのデブッチョが行くかな——

疑いを抱いてしまう。加えてフォールスタッフは森の妖精なんかに仰天しそうなタイプではないし、子どもたちが打擲《ちょうちゃく》するというのもダメージが少ない。もっとひどい

こらしめがあるだろう。

いや、いや、いや、私もわかっているのだ。シェイクスピアは、おそらく〈夏の夜の夢〉のように、妖精たちの乱舞と斉唱でドラマを終えたかったのだろう。そのために最後の密会がウィンザーの森でおこなわれる設定が必要だったのだろう。緑地の多いイギリスのことだから人家の多いウィンザーにも深い森があるだろう。シェイクスピアの頃は、さらに鬱蒼《うっそう》としていただろう。

しかし、〈ウィンザーの陽気な女房たち〉をどう読んでみても、ウィンザー近郊の森の気配を、さらに言えば著名な王城の気配を、ひとことで言えば、この町の気配を感ずることがない。そういう雰囲気が極端に少ない。

シェイクスピアはすぐれた舞台芸術の創造者であったけれど、ドラマの舞台となる土地そのものを……たとえばベニス、たとえばアテネを描いて浮かびあがらせる作家ではなかった。そういうことにあまり関心がなかった。町の匂《にお》いは皆無に近い。行ったこともない土地を平気で舞台にしている。小説家とはおおいにちがっている。わずかに〈マクベス〉だけがスコットランドの気配を漂わせているが、それについてはまたあとで触れよう。

第10話　悪の楽しみリチャード三世

George Frederick Cooke as Richard III.

学生の頃に分布曲線という用語を習ったことがある。手もとの辞書には載っていない言葉だが、概念は明確で、示唆《しさ》的だ。

自然界の分布をながめるとき、ある数量を越えればかならずその分布は一定の曲線を描く、ということ。グラフに描けば、中央がオバQの頭のように細く丸く盛り上がり、両方に向かって裾野《すその》を引く。

たとえば収穫した蜜柑《みかん》の大きさ。平均して直径七センチの品種ならば、八割が七センチ前後、七・五センチ前後と六・五センチ前後が、それぞれ一割弱あって、八センチと六センチとが、ほんの何個かある。正確には、もっと微妙な変化を作りながら平均値をまん中に置いてばらついている。言わんとすることは、おわかりいただけるだろう。

確かにこういう分布は、どこにでも実在しているようだ。人間の身長、鶏卵の大きさ、スポーツ能力、そして性格のよしあし。

性格のよしあしは単純なものさしが当てにくいけれど、ごく、ごく大ざっぱに言って、大部分が善くも悪くもない。少し善い人と少し悪い人が一割くらいいて、両極端に滅法よい人と滅法悪い人とが、これはほんの一人か二人、例外的に存在している。

私は分布曲線という用語を教えられたせいで、なにかにつけ、この曲線を思い浮かべてしまうのだが……まったくの話〈分布曲線〉というタイトルの短篇小説まで書いているのだが（角川文庫〈消えた男〉所収）ご多分に漏れずシェイクスピアの名作〈リチャード三世〉を読んで、それを考えた。

――グロスター公はひどいなあ――

分布曲線で言えば、例外的に悪いほう。滅多に実在する性格ではない。しかし広い世間のことだ。いることはいる。いる、らしい。それをみごとな現実感をそえて示してくれたのがシェイクスピアの腕力である。この腕力も、おそらく例外的によいほうの一つにちがいない。

さて五幕のドラマ〈リチャード三世〉はシェイクスピアの歴史劇の代表的名作と目されながら同時に歴史劇を越えるもの、という評価も高い。そのことは後述するとして、シェイクスピアの歴史劇というのは、これまでにも一、二度触れたようにイギリス国家形成のプロセスを描いた国民的ドラマに限定されており〈リチャード三世〉ももちろんその一つである。

時代的背景は三十年間続いた薔薇《ばら》戦争（一四五五～八五）の末期……。これはイギリスの貴族階級が赤い薔薇で象徴されるランカスター家と白い薔薇で象徴されるヨーク家と、二つに分かれて対立し、各層を巻き込んで争った内乱で、この〈リチャード三世〉の閉幕をもって終結している。

争いの中心は主として王位継承にまつわるトラブル。政略結婚はべつに珍しくもないけれど、血で血を洗う抗争が続き、いわれのない刑死もあれば暗殺も横行した。しばらくはランカスター家が握っていた王位をエドワード四世がヘンリー六世から奪い取り、ヨーク家が王位に就く。このエドワード四世には二人の弟がいて（実際にはもっと大勢いたが、重要でない人物は省略）クラレンス公ジョージと、それから〈リチャード三世〉の主人公グロスター公、のちのリチャード三世である。この三兄弟の存在がドラマの中核をなしていることは言うまでもない。

第一幕が開くと、まずグロスター公が登場して、

「われらをおおっていた不満の冬もようやく去り、ヨーク家の太陽エドワードによって栄光の夏がきた。わが一族の上に不機嫌な顔を見せていた暗雲も、いまは大海の底深く飲みこまれたか影さえない」

と、政情の変転を告げたのち、風向きがよくなったにもかかわらず、

「このおれは、生まれながら五体の美しい均整を奪われ、ペテン師の自然にだまされ

て寸詰まりのからだにされ、醜くゆがみ、できそこないのまま、未熟児として、生き生きと活動するこの世に送り出されたのだ。このおれが、不格好にびっこを引き引きそばを通るのを見かければ、犬も吠《ほ》えかかる。そういうおれだ、のどかな笛の音に酔いしれるこの頼りない平和な時世に、どんな楽しみがある。日向《ひなた》ぼっこをしながら、おのれの影法師相手にその不様な姿を即興の歌にして口ずさむしかあるまい。おれは色男となって、美辞麗句がもてはやされるこの世のなかを楽しく泳ぎまわることなどできはせぬ、となれば、心を決めたぞ、おれは悪党となって、この世のなかのむなしい楽しみを憎んでやる」

と、劣等感をむき出しにし、それをばねとして悪の権化《ごんげ》となって王位を狙《ねら》うことを独白する。ドラマはいきなり本筋へと飛び込む恰好《かっこう》だ。

一般論として言えば、これから始まるドラマで主人公がどういう役割を果たし、なにがおこなわれるのか、開幕早々に公開してしまうのは、筋立てがすっかりわかってしまい、

「興ざめなんじゃない」

という意見はありうるだろう。〈リチャード三世〉についても、それは時折囁《ささや》かれるものではあるけれど、なーに、心配ご無用、イギリス人なら（それが正しいものか

どうかはともかく）グロスターがどういう人物か、先刻承知している。今さら種を明かされたってべつにどうということもない。そしてイギリス人以外なら始めにはっきりと公言してもらったほうがわかりやすい。冒頭の種明かしは、あながち短所とは言えまい。

グロスター公の目論《もくろ》みはドラマの進行につれ少しずつ明らかになっていくのだが、――兄王は病気がちで、いずれくたばる。問題はその後継者だ――

兄王エドワード四世の子は……これも大勢いるけれど、シェイクスピア劇で大切なのはまず男子二人、長男にしてのちのエドワード五世、そして次男のヨーク公リチャード、それから長女エリザベスである。グロスター公にとって二人の王子が目障《めざわ》りであったのはお家騒動の常道である。

が、二人の王子の処分は幼いから後まわしにするとして、忘れちゃならないのが、次兄のクラレンス公。三人の男兄弟が活躍していて、一番上が王となり、三番目の自分が次の王位を狙うとしたら、二番目の兄の存在が気がかりになるのは当たり前。この兄弟三人は協力してランカスター家を圧倒し長兄をエドワード四世として王位に就けたのだが、そのプロセスにおいてエドワード四世とクラレンス公の仲は、かならずしも円滑ではなかった。

――そこがつけめよ――

と、グロスター公は、二人の仲がさらに険悪なものとなるよう画策する。折しも〝名前にGのつく者が王位を奪う〟という予言があったりして、クラレンス公ジョージは、まさにその有資格者。グロスター公だってGを頭文字にしているはずだが、こちらは一貫して兄王に忠誠を示してきたから（それが見せかけであるにせよ）あまり問題にならない。シェイクスピアも当然グロスターのGに気づいていただろうけれど、それには触れず、

――みなさん、お気づきですか？　そう、Gのつく者が王位を奪うんですよ、この先――

と、眴《めくばせ》をしていたにちがいない。

ともあれクラレンス公ジョージは、王の不興を買ってロンドン塔に幽閉されるが、実質的な仕掛け人はグロスター公と見てよい。グロスター公はクラレンス公においに同情を示し、すぐにも王に陳情して救い出すことを約束するが、その実、クラレンス公のうしろ姿に向かっては、

「二度ともどらぬ道を歩いて行くがいい、ばか正直なクラレンス！　おれはあんたが大好きだよ、だからあんたの魂をすぐ天国に送りとどけてやるぞ、天国のほうでそ

の贈り物を受けとってくれればの話だが」

と、うそぶく。

王を取り巻く貴族たちの周辺にもグロスター公は抜かりなく、どす黒い陰謀を仕掛けながら、

——けっして油断のならないのは女たちの動向——

いつの時代でもこれはあなどれない。

まずアンという女性をかき口説く。このくだりは〈リチャード三世〉の白眉《はくび》と言ってよい場面の一つ。アンの演技がむつかしそうだが、そのぶん女優の腕の見せどころにもなるだろう。

アンは何者か？

これより少し前、グロスター公はランカスター家との確執の中で、ヘンリー六世の皇太子エドワードをテュークスベリーの戦いで斃《たお》し、ヘンリー六世をもロンドン塔で殺害している。確証はないけれど、この殺害にグロスター公が関わっていたことは定説に近い。兄王エドワード四世の命令があってのことかもしれないが、実行の主犯はグロスター公だったのではないのか。

が、細かい事情はどうあれ、アンは戦場で殺された皇太子の妻であり、ロンドン塔

で死んだヘンリー六世の義理の娘である。世が世であれば、国母となった立場の女性である。もちろん出自はきらびやかで、有力な後援者をたくさん持っている。

彼女の目から見れば、グロスター公は夫と義父の敵《かたき》、自分を悲惨のどん底に突き落とした主犯格なのだから、どんなに憎んでも憎みたりない相手のはず。グロスター公は、それを充分に承知のうえで彼女を口説くのだ。グロスター公にしてみれば、アンを妻にすることで勢力の基盤を強くし、野心の実現を狙ったのだが、シェイクスピア劇では、そういう政治的な企《たくら》みよりも、屈折した男女の愛憎をクローズ・アップさせている。大衆にとっては、こちらのほうがずっとおもしろい。

アンはヘンリー六世の柩《ひつぎ》とともに登場する。そこへヘンリー六世殺しの主犯格たるグロスター公が現われるのだから、アンの怒りと憎しみはすさまじい。

グロスター公は言を左右にして真犯人が兄のエドワード四世あるいは、その王妃であるとほのめかし、さらには、

「(私に)手をくださせた真犯人はあなたの美しさなのだ。あなたの美しさが私の眠りにつきまとって離れず、世界じゅうの男を殺したいと思わせたのだ、たとえ一時間でもあなたの胸に生きられるものなら」

と、態度はうやうやしいが、いたぶるようにかき口説く。つまり、あなたが美し過

ぎるから、私は一連の殺戮《さつりく》を敢行したのだ、という理屈。アンに唾《つば》を吐きかけられても、

「あなたから夫を奪った男は、なぜそうしたかと言えば、あなたにもっとりっぱな夫を与えるためだったのだ」

少しも怯《ひる》むことなく、堂々たる愛の告白。アンにしてみれば、もっとも憎むべき相手から愛を告白され、おおいに激昂《げっこう》して剣をグロスターの胸に突きつける。するとグロスター公は、度胸のよさを示す。

「ためらわれるな、ヘンリー王を殺したのはこの私だ、だが私にそれをさせたのはあなたの美しさだ。さあ、早く、王子エドワードを刺したのはこの私だ、だが私をその気にさせたのはその天使のような顔だ。その剣をとられるか、それとも私をとられるか」

と、進んで胸を開く。

女心を揺るがすのは男の容姿でもなければ理屈でもない、ただ迫力あるのみ……と断言したら、女性軍から、

「馬鹿《ばか》言ってんじゃないわよ」

と反撃を食うかもしれないけれど、そういう側面がけっしてないわけではあるまい。

かつての皇太子妃も今は弱い立場だ。はしなくも邪悪な甘言に耳を傾けてしまう。心がほんの少しでも扉を開けば、悪党はそこにまたドッとばかりに巧言を浴びせかけて、さらに扉を押し開く。

いかにグロスター公の告白が熱情に溢《あふ》れ、切々たるものであっても、それが偽りであることを観客は知っている。女を陥《おとしい》れる策略であることを知っている。アンの操《みさお》は、まさに累卵《るいらん》の危機……。これは口舌によるサディズムだ。

結局のところ、ここではアンは籠絡《ろうらく》されることなく、かろうじてプライドを保ったまま立ち去って行くけれど、この後、グロスター公の妻となり、利用され、果てには殺されてしまう運命だ。グロスター公のどす黒さがひときわ印象に残る場面である。

エドワード四世の妃《きさき》エリザベスは王の病状を憂《うれ》いている。

——王が亡《な》くなったら、私たち、どうなるのかしら——

と、この不安を弟のリバーズ伯ウッドビルに訴えている。王妃の連れ子グレー卿《きょう》も心配顔だ。そこにグロスター公が登場して口論が始まるが、さらにヘンリー六世の未亡人マーガレットが現われ、舞台は不思議な構成を呈する。グロスター公と王妃エリザベスが対立しているかたわらで、もう一つ、どちらとも対立するマーガレットが立って恨みごとと、不吉な予言を述べる、という舞台構成だ。

確かにグロスター公と王妃エリザベスは目下の勢力争いでは対立しているが、どちらもランカスター家を倒して権力を得たヨーク家側に属していて、ランカスター家側の、元王妃にとっては二人とも恨むべき相手となる。対立の外側にもう一つ対立が加わって対立の構造が複雑になる。さながら復讐《ふくしゅう》の女神のように現われて人の世の無情を嘆くマーガレットは、ほかの登場人物とは少しちがった存在で、ドラマの行く末を暗示する宿命の声のような役割を演ずる。

突然、二人の暗殺者が現われ、ロンドン塔へ向かう。グロスターの指示を受けてクラレンス公を殺しに行くのだ。

ロンドン塔ではクラレンス公ジョージが悪夢に苛《さいな》まれ、塔の長官に恐怖を訴えているが、その夢はクラレンス公の運命そのもの。クラレンス公もこれまでにいくつも裏切りを重ねてきた。罪のない人を陥れてきた。そのクラレンス公が、いわれのない科《とが》で殺される。因果応報は〈リチャード三世〉劇の、もう一つのモチーフとなっている。

暗殺者たちは良心について論ずるなど、およそ暗殺者らしからぬ会話を交わしたのちグロスター公の命令通りクラレンス公を刺す。死体は葡萄酒樽《ぶどうしゅだる》に投げ込まれてワイン漬けにされてしまう。

＊ The Tower of London.

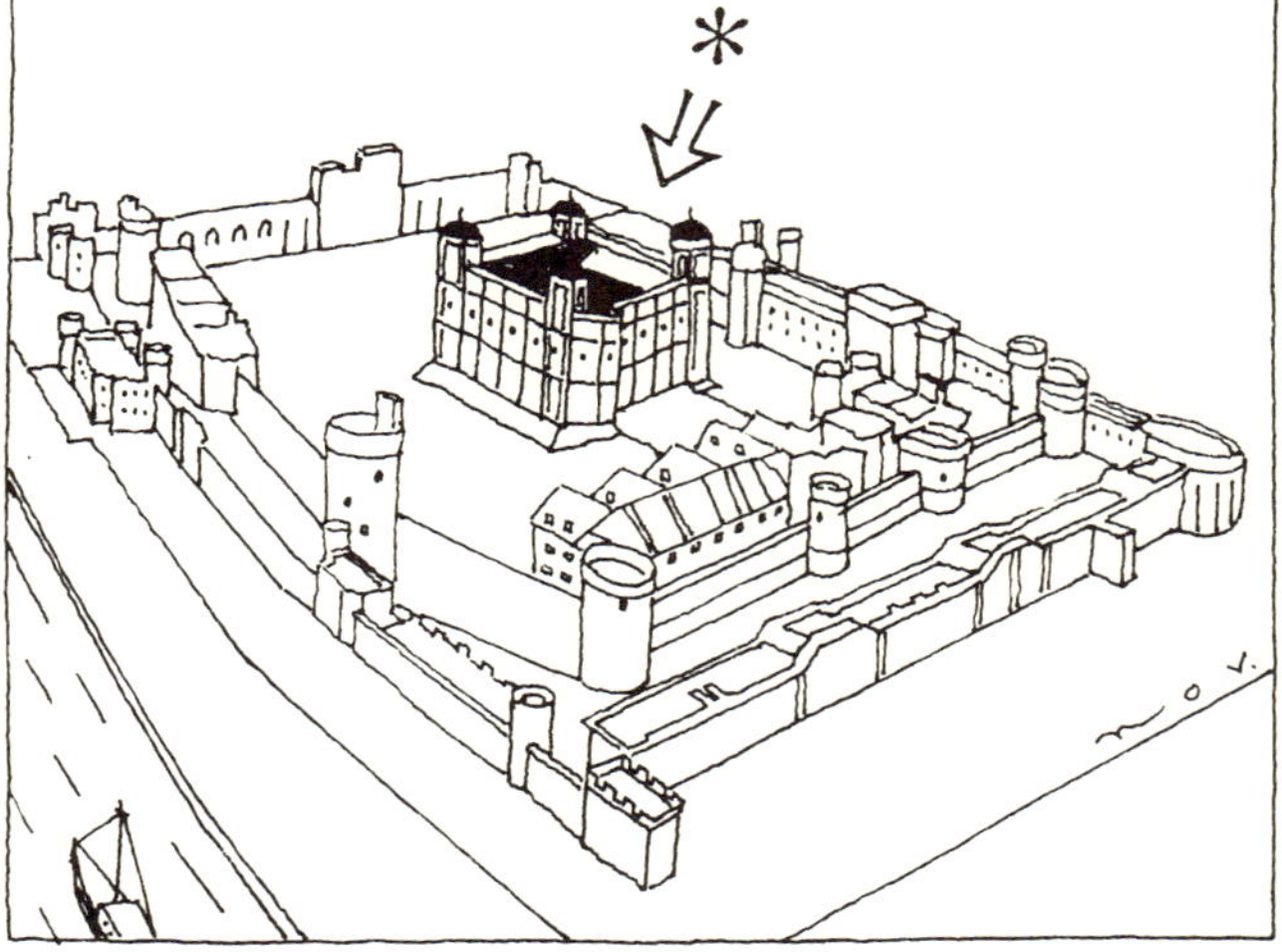

ここまでが第一幕。盛りだくさんの構成である。

第二幕が開くと、エドワード四世の前でみなが仲直りを誓っている。せっかくヨーク家側の支配になったのに仲間うちで争っていてはつまらない。もちろんグロスター公も加わって、まことしやかに王への忠誠と内輪もめの解消を誓うが、口から出る言葉は大仰すぎて、かえって怪しい。その実、陰ではペロリと赤い舌を出しているのだ。

クラレンス公の死が伝えられ、王は愕然《がくぜん》とする。いったんは、この弟に疑いを持ち、ロンドン塔に幽閉したものの、その憎しみは本心ではなかった。兄弟の結束こそ肝要と考えて、令状の取り消しを命じたはずだった。

だがグロスター公が言うには、

「だがかわいそうに兄上は最初の令状で処刑されました、それを伝えたのはあの翼もつ使神マーキュリー、とり消しの令状をはこんだのはのろまのちんば、着いたときには兄上の埋葬にも間にあわぬ始末でした」

と言うのだ。クラレンス公の幼い二人の息子は「ぼくたちのお父様は死んだの？」と祖母に当たるヨーク公爵《こうしやく》夫人を問いつめ、真相を察知する。公爵夫人が孫たちを不《ふ》憫《びん》に思うところへ王妃エリザベスが泣いて駆け込んで来て、今度は国王エドワード四

世の死を告げる。ヨーク公爵夫人にとっては、たて続けに二人の我が子の死に直面するわけだが、舞台の上では、

エリザベス「これほどの悲しみを味わった未亡人はいない！」
子供たち「これほどの悲しみを味わった孤児《みなしご》はいない！」
公爵夫人「これほどの悲しみを味わった母親はいない！」

と、悲しみの輪唱みたい。私としては、

――舞台じゃのう――

つまり、現実の生活では、こんなとき、こんな輪唱なんかはやっていまいけれど、舞台であればこそ、これがおもしろい。一つの趣向となる。

続けてヨーク公爵夫人は、

「妃はエドワードのために泣く、私も泣く、私はクラレンスのために泣く、妃は泣かない。孫たちはクラレンスのために泣く、私も泣く、私はエドワードのために泣く、孫たちは泣かない」

自分は三人のために泣くのだから「私の悲しみは三倍なのだ」と訴えるが、これも

日常のリアリズムというより台詞《せりふ》のおもしろさとして聞くべきものだろう。

一同がうろたえる中、グロスター公は機敏に動いて有力な貴族バッキンガム公と手を握り、目障りな連中の粛清にかかる。史実では、この時点でエドワード四世の長男（皇太子）の王位継承が進められ、わずか十三歳の国王エドワード五世が誕生したはずだが、そのくだりについてはシェイクスピア劇はあまりつまびらかに描いていない。

ロンドンを離れてラドローに滞在する皇太子をグロスター公とバッキンガム公が（王位継承のため）迎えに行き、その身がらを捕らえ、そのまま第三幕に入ってロンドン塔に住まわせてしまう。さらに幼い弟のヨーク公も兄の話相手ということでロンドン塔へ送られる。二人の王子が（一人は一応は国王エドワード五世）この一隅で人知れず命を奪われてしまうのは、ロンドン塔のもっとも痛ましい歴史として伝えられる出来事だ。夏目漱石《そうせき》も〈倫敦塔《ロンドンとう》〉の中で、

〝やがて烟《けむり》の如《ごと》き幕が開いて空想の舞台がありありと見える。窓の内側は厚き戸帳《とばり》が垂れて昼もほの暗い。窓に対する壁は漆喰《しっくい》も塗らぬ丸裸の石で隣りの室とは世界滅却の日に至るまで動かぬ仕切りが設けられて居る。只其《ただその》真中の六畳許《ばか》りの場所は冴《さ》えぬ色のタペストリで蔽《おお》われて居る。地は納戸《なんど》色《いろ》、模様は薄き黄で、裸

体の女神の像と、像の周囲に一面に染め抜いた唐草《からくさ》である。石壁の横には、大きな寝台《ねだい》が横《よこた》わる。厚樫《あつがし》の心《しん》も透《とお》れと深く刻みつけたる葡萄《ぶどう》と、葡萄の蔓《つる》と葡萄の葉が手足の触るる場所丈《だけ》光りを射返《いかえ》す。此《この》寝台の端《はじ》に二人の小児が見えて来た。一人は十三四、一人は十《とお》歳位と思われる。幼なき方は床《とこ》に腰をかけて、寝台の柱に半ば身を倚《も》たせ、力なき両足をぶらりと下げて居る。右の肱《ひじ》を、傾けたる顔と共に前に出して年嵩《としかさ》なる人の肩に懸ける。年上なるは幼なき人の膝《ひざ》の上に金にて飾れる大きな書物を開《ひろ》げて、其あけてある頁《ページ》の上に右の手を置く。象牙《ぞうげ》を揉《も》んで柔かにしたる如く美しい手である。二人とも烏《からす》の翼を欺《あざむ》く程の黒き上衣《うわぎ》を着て居るが色が極めて白いので一段と目立つ。髪の色、眼の色、偖《さて》は眉根《まゆね》鼻付《はなつき》から衣装《いしょう》の末に至る迄《まで》両人《ふたり》共殆《ほと》んど同じ様に見えるのは兄弟だからであろう〟

と幻想を綴《つづ》り、さらに続けて、

〝百里をつつむ黒霧《こくむ》の奥にぼんやりと冬の日が写る。屠《ほふ》れる犬の生血にて染め抜いた様である。兄は「今日も亦斯《またこ》うして暮れるのか」と弟を顧みる。弟は只「寒い」と答える。「命さえ助けて呉《く》るるなら伯父様に王の位を進ぜるものを」と兄が独り言の様につぶやく。弟は「母様《ははさま》に逢《あ》いたい」とのみ云《い》う。此時向うに掛って居るタペストリに織り出してある女神の裸体像が風もないのに二三度ふわりふわりと動く〟

と書いている。

しばらくは王子たちはロンドン塔の中で生きていたらしい。

舞台ではグロスター公の悪知恵がますます冴えわたり、ヘースティングズ卿、リバーズ伯、グレー卿などが次々に処刑されていく。いちいち名前や身分を確認するのが厄介なくらい……。まあ、邪魔者は殺せ、なのだと理解しておけば観劇上のさしさわりはあるまい。ヘースティングズ卿などは親しい友から「逃げろ」と忠告されていたのに、飛んで火に入る夏の虫、危険なところへノコノコ顔を出しグロスター公にしてやられてしまうのだ。

下準備が整ったところでバッキンガム公が市民たちの前で、この国難に際し是非ともグロスター公に国王に就いてもらいたい、と請願する。グロスター公は、

「諸君のご好意には私も感謝を禁じえない、だが私の資格が諸君の要求を受諾することを禁じるのだ。第一、かりにあらゆる障害がとりのぞかれて、私の財産なり生ま

れながらの権利なりから見て、私の道がまっすぐ王冠に通じているとしても、私のもって生まれた才能はあまりにも乏しく、欠点はあまりにも大きく、しかも数多いのだ。私としては偉大な地位からは身をかくしていたい、この身はたとえば大海を乗りきることのできぬ小舟だ、偉大な海原に出ればこの身の存在は見失われ、栄誉の飛沫に息も詰まるだろう。だがさいわいにしてこの身が出る必要はなさそうだ、必要があるとすればそれは諸君の要求に答えるに必要な才能だろう。尊い王家の大樹は尊い果実を残してくれている、それは、ひそかな時の歩みとともに熟していき、たちまち王座にふさわしい威厳を備えるにいたり、その治世によってわれわれをしあわせにしてくれよう。諸君が私の頭上に与えようとするものを、私はあの王子に捧《さき》げたい、それは幸運の星が彼に授ける権利と運命だ、私が横どりすることは許されまい」

と、頑《かたく》なに辞退するが、もちろんこれは八百長《やおちょう》の出来レース。結局は王位就任を承諾して、グロスター公改めリチャード三世の誕生とあいなる。

さて、一方、ロンドン塔で暮らす二人の少年や、いかに？

第四幕に入って少年たちの母であるエリザベスがロンドン塔を訪ねるが子どもたちに会わせてもらえない。先に述べたアンは、いつのまにか新王リチャード三世の妃になっているのだが、けっして心は晴れやかではない。

エリザベス「ではご機嫌よう、悲しみのうちに王妃の座につくかた」

アン「さようなら、かわいそうに、王妃の座を去るかた」

と、言いあい……これも舞台上ならではの対句ですね。

新王リチャード三世は、これまでに功績のあったバッキンガム公にロンドン塔の二人を……エドワード四世の王子にして、いったんはエドワード五世となった少年と、その弟のヨーク公とを殺害するよう命ずるが、バッキンガム公もさすがに気が重い。煮えきらない。情において忍びないものがある。その役目は他の者に委《ゆだ》ねられる。リチャード三世としては、

——バッキンガム公も当てにならん——

昨日の友は今日の敵、このあと執拗《しつよう》に報賞を求めるバッキンガム公は、やがてリチャード三世の命により処刑される道をたどっていく。

ロンドン塔の殺戮《さつりく》を受け持ったのはティレルという殺し屋。二人の悪党を連れて行ったらしい。そのティレルの告白は、

「残虐非道《ざんぎやく》な仕事もこれでやっとかたがついた。これほど無惨《むざん》な人殺しは、イングランドの歴史のどのページをくってみても例があるまい。おれがこの残忍きわまりない血みどろ仕事に引きずりこんだダイトンとフォレストの二人は、名うての悪党、血に飢えた犬でありながら、さすがに人間としてのあわれみ心に胸が熱くなったらしい、王子たちの死に際しては物語のなかの子供のように泣いていた。〃こうやって〃とダイトンは言った、〃二人は寝ていた〃〃こうやって〃とフォレストは言った、〃おたがいにアラバスターのように白い腕をからみあわせていた、二人の唇は一本の茎に咲く四つの赤いバラの花だ、それが初夏の光に美しく咲き誇り口づけしあっていた。枕《まくら》もとに一冊の祈禱書《きとうしょ》があった、それを見て〃とフォレストは言い続けた、〃決心がぐらついた、ところが、畜生〃――と言ってあの悪党め口をつぐんだ、するとダイトンが引きとった、〃おれたちは、自然がものを造りはじめたとき以来の最高の傑作、もっとも美しい作品を絞め殺してしまったのだ〃そこまで言うと、二人とも良心と悔恨にさいなまれ、口もきけなくなった。おれはそのままそこへ二人をおいてきた、残忍な王のところへ知らせに行くために」

であり、だれが目撃して報告したことかわからないけれど、二人の少年の死について一般に伝えられているところは、こんな事情である。

第四幕の第四場もよく話題にのぼるシーンだ。登場人物はヘンリー六世の未亡人マーガレット、エドワード四世の未亡人エリザベス、そしてヨーク公爵夫人、三人の女性である。

事情がややこしいので、ここでもう一度説明をしておけば……この十数年、国王はヘンリー六世、エドワード四世、エドワード五世、リチャード三世と続いて来た。ヘンリー六世はランカスター家側に属し、ヨーク家側のエドワード四世が兄弟たちの協力を得て王位を奪い取った。エドワード五世は、ロンドン塔で殺された短命の少年王、リチャード三世は言わずと知れた本劇の主人公グロスター公であり、この悪党の長兄がエドワード四世、二人の間に第二幕で殺された、次兄のクラレンス公がいる、という関係である。

以上を承知のうえで第四幕第四場に登場する三人の女性をながめれば、そのうちの二人はかつて王妃であった人、そしてヨーク公爵夫人というのは、エドワード四世、クラレンス公、リチャード三世、三兄弟の母に当たる女性である。いずれもやんごとない。いずれも不幸に見舞われ、悲しい立場にある。考えようによっては、死んだ人間より、生きてその死の重さを担《にな》う人のほうがもっと辛《つら》い、ということもある。女性たちはこの役まわりにつきやすい。

三人の女性の嘆き節。さながら輪唱のように次々に相手を恨み、みずからの悲しみを訴え、運命を呪《のろ》う。ここでもヨーク公爵夫人はどことなく運命と復讐《ふくしゅう》と因果応報を説く女神の気配を漂わせている。これはローマ劇、とりわけセネカの劇の影響だ、と言われている趣向である。

三人の前にリチャード三世が現われ、エリザベスの恨み言を受ける。エリザベスの子二人がロンドン塔で殺されているのだから……その仕掛け人がリチャード三世らしいとわかっているのだから、これは当然のことだ。どんなに恨まれても足りないくらい。だが、リチャード三世のほうは、

「あなたにはエリザベスという娘御がおありだな、徳高く、美しく、威品かねそなえた娘御が」

と、いささかそっぽうのことを尋ねる。二人の王子の姉に当たる王女で、エドワード五世が十三歳で殺されていることから考えて、十代の後半、結婚適齢期に育っている計算だ。母もエリザベス、娘もエリザベス、ややこしいから母エリザベス、娘エリザベスと表記することにしよう。

母エリザベスにしてみれば、リチャード三世の殺戮の手が娘エリザベスにまで及ぶ

のかと考え、恐れおののいて、

「ああ、どうか生かしておくれ、そのためならあの娘《こ》の徳を卑《いや》しめ、美しさを汚しもしよう、この身がエドワードを裏切り、あの娘は不義の子であったと言いふらしもしよう。あの娘が残忍な人殺しの手にかからずにすむなら、エドワード王の子ではないと天下に告白もしよう」

と訴える。母エリザベスの考えは……王子たちは王の血を受けているがゆえに王位継承のライバルと見なされて殺されてしまった、娘エリザベスは自分の不義の子で、王の血は流れていない、と、そう告白してもよいから命を狙《ねら》わないでくれ、という理屈である。

ところがリチャード三世の狙いは、そんなところにはない。なんと？　娘エリザベスを自分の妃にしたいから、母エリザベスにうまく取り持ってほしい、という願いなのだ。

よくも、まあ、あつかましい、と思うのが正常な感覚である。母エリザベスも、それを言うが、リチャード三世はここでも執拗だ。

「してしまったことはいまさらとり返しはつかぬ、人間、ときには、無分別な行為に走ることもある、そして、あとになってようやく後悔の念が湧《わ》いてくる。私があなたのお子たちから王国を奪ったとすれば、その埋め合わせに王国をあなたの娘御にお返ししよう。私があなたのお子たちのいのちを奪ったとすれば、そのいのちをよみがえらせるために、あなたの娘御にあなたの血を引く私の子を生んでもらうとしよう。おばあ様という名は、お母様という愚かな呼び名と、情愛においてはいささかも変わりはないはずだ。孫と言ってもただ一つ飛び越えた先の子供にすぎぬ、同じあなたの気質を、あなたの血を、受けつぐのだ」

通常の人間心理を越えたスーパー・ロジックなので、にわかには理解がむつかしいほどだが、あなたの息子を殺してしまったから、その埋め合わせにあなたの娘を娶《めと》り、息子を生んで、あなたにお返ししよう、というロジックなのだ。

なぜリチャード三世が、自分の姪《めい》に当たる娘エリザベスを妃にしたいと考えたか、王権をより強固にするための政略であっただろうけれど、シェイクスピアは、そのことにはほとんど触れていない。もっぱらリチャード三世の強引さだけを描く。この強引さは男の魅力にもなりかねない。すさまじい弁舌を聞いていると、

――こいつ、ただの悪党じゃないぞ――

感銘さえ覚えてしまう。この感銘はけっして偶然ではなく劇作家の意図であったにちがいない。

とはいえ、この求婚は成功しない。なによりもリチャード三世の身辺があわただしくなってきた。敵が攻めてくる。風雲が急を告げている。

第五幕に入り、理不尽な手段で王座に就いたリチャード三世には人望がない。ろくな家臣がいない。命をかけて戦ってくれる仲間がいない。

敵軍の中心はリッチモンド伯ヘンリー。こちらは人望があつく、有力な貴族を身方につけて着々と攻め寄せてくる。リッチモンド陣営のゆとりとリチャード三世周辺のあせりが対照的に舞台に示され、やがてリチャード三世は悪夢にうなされる。自分が殺した大勢の者たちの亡霊が夢に現われて呪いをかける。ヘンリー六世、ヘンリー六世の皇太子エドワード、クラレンス公、リバーズ伯、グレー卿、騎士ボーン、ヘースティングズ卿、二人の幼い王子、アン、バッキンガム公……何人殺したか私自身メモを取ろうと思っていたのだが、その必要はなかった。劇中にさながら一覧表みたいに亡霊が登場する。しめて十一人。この十一人の死にリチャード三世が深く関わっている。

敵軍の俊将リッチモンド伯は、まことに凜々《りり》しく、力強い。文字通り正義を身に帯びてたくましい。

リチャード三世はいよいよ切羽詰まって、

「馬をくれ、馬を！　馬のかわりにわが王国をくれてやる！」

絶望的な叫びを吐いて殺される。

勝利に輝くリッチモンド伯は全軍をねぎらい、そのうえで、

「早速だが布告を出してくれ、敵の将兵のうち降伏してわれらに帰順するものはすべて許すと。そして、神の前に聖なる宣誓をしたように、ここに白バラと紅バラの統合をはかりたいと思う。長いあいだ両者のいがみあいに眉《まゆ》をひそめていた天も、このめでたい和合にはほほえんでくださるだろう。いかなる裏切り者もこれに異を唱えはしまい。イングランドは長いあいだ狂気にとりつかれ、おのれを傷つけてきた、兄は弟の、弟は兄の血を見さかいなく流しあい、無法にも父はわが子の、やむなく子はわが父のいのちを奪いあってきた。無惨にも分裂をかさね、長いあいだ引き裂かれていたヨーク、ランカスター両家を、おお、いま、それぞれの王家の真の継承者リッチモンド、エリザベス両名の手によって、一つに結び合わせることこそ神の思《おぼ》し召《め》しだろう！　そして、神よ、み心にかなうならば、両名の子孫が王位を受け継ぎ、末長くこの国になごやかな平和と、喜びに満ちた繁栄の日々をもたらしますよう！　あの血なまぐさい日々をふたたびこの世にきたし、イングランドを血の流れにひたして泣かしめるような、謀反人《むほんにん》どもの剣はたたき折ってくださいますよ

う！　この美しい国の平和を傷つけようとするやからにはこの国のゆたかな生活を生きて味わしめぬよう！　内乱の傷も癒《い》え、いまやよみがえった平和を、神よ、この世に永続させるべく、どうかご加護を！」

となってドラマは大団円となる。ご注意いただきたいのは、先にリチャード三世がかき口説いた娘エリザベスと、リッチモンド伯自身との結婚が暗示されている点だ。なにを隠そう……いや、いや、べつに隠していたわけではないけれど、リッチモンド伯はランカスター家側で、娘エリザベスはヨーク家側、この結婚により両陣営の本当の和解が宣言され、リッチモンド伯はヘンリー七世王となる。これが輝かしいテューダー王朝の始まりであり、やがてヘンリー八世を経て、エリザベス一世女王へと繋《つな》がっていく。

シェイクスピアは、そのテューダー王朝の繁栄する時代に生き、エリザベス一世女王の愛顧《あいこ》も受けて芝居を創《つく》った。ヘンリー七世となるリッチモンド伯が凜々しく描かれていたのは当然のこと。女王のお祖父《じい》さんを悪くは描けない。そのぶんだけリチャード三世は損をした、と、これは明言しておいてよいだろう。

史実を追ってみると、

「リチャード三世は、それほどひどい王ではなかった」

という声も少なからず聞こえてくる。

傴僂《せむし》も醜男《ぶおとこ》も根拠がない。その生涯に残虐な行為がなかったとは言わないが、それは当時の権力者がみんなやっていたこと、リチャード三世だけが特にひどかったということはない。ロンドン塔の王子殺しからして、幽閉したのはグロスター公（後のリチャード三世）だったらしいが、殺害のほうはちがう、という説が有力だ。ロンドン塔は暗いイメージの、ほとんど牢獄《ろうごく》と同じ響きを与える館《やかた》だが、本来は王家の城塞《じょうさい》であった。王子を匿《かくま》うことは、使用目的から少しも外れることではなかった。事情を克明にさぐると、リチャード三世には二人の王子を殺す理由は乏しく、殺したときのマイナス面のほうが多かったろう。

むしろ、シェイクスピアが善玉として描いたヘンリー七世のほうが怪しい。リッチモンド伯であったヘンリー七世は、当時の王位継承の血筋から言えば、すこぶる遠い位置にあった。それを補うために王位に直結する血筋の娘エリザベスを妃としたわけだが、ロンドン塔で殺された二人の王子は、この娘の弟たちなのだ。王女の夫より王子そのもののほうが、ずっと継承権が強いのは自明である。リチャード三世の死後もロンドン塔の窓に二人の王子の姿はあった、という情報もあって、こうなると、ますますヘンリー七世への容疑は深くなる。

ともあれ、たった今も述べたようにシェイクスピアはテューダー王朝の懐《ふところ》の中で活躍した作家なのだ。〈リチャード三世〉を書くために利用したであろう先行の作品や資料も、みな同じようにテューダー王朝寄りの歴史観で綴《つづ》られていた。リチャード三世がことさらに悪く伝えられていたのは当時の風潮であり、実際は短い期間ながらひとかどの治世をおこなった国王、と評価するのが適当のようだ。シェイクスピアの筆力のため、リチャード三世は計らずも分布曲線の例外的な悪玉に据えられ、ちょっとかわいそうな気がしないでもない。


史実との照らし合わせは脇《わき》に置くとして〈リチャード三世〉が名作であることは疑いない。細かく検討すれば瑕瑾《かきん》はたくさん指摘できるけれど、これは毎度のこと、シェイクスピアは疵《きず》のない完璧《かんぺき》な作品を創る作家ではなかった。トータルとして訴えるもの、感動させるもの、楽しませるものを数多《あまた》創り出す劇作家であった。

当時はイギリス人の間で国家意識がおおいに高まったときであり、国家の歴史を伝える歴史劇は大衆のニーズに適合していた。シェイクスピアは歴史劇を七篇（二部構成、三部構成のものを一篇と数えて）ほど書いているが、その中にあって〈リチャード三世〉は出色の出来といってよい。とにかくおもしろい。迫力がある。見て、読んで、胸が躍る。

が、冒頭にも触れたように、これはただの歴史劇ではない。国家形成の歴史を伝えることよりもグロスター公・リチャード三世の個性が圧倒的な魅力を示す作品だ。悪の権化《ごんげ》……。観客は一方で否定しながらも、悪のすさまじさに心を引かれ、おのれの暗部を覗《のぞ》くように主人公の欲望をたどり、

——これが許されてよいはずがない——

と、納得のいく結末を待望する。

主人公は悪の中にも輝くものを示している。力強さと雄弁、ユーモアさえ兼ね備えている。これはまちがいなく人間を描いた作品だ。文学の本道を踏んでいる。〈リチャード三世〉は一五九二〜九三年の作と推定され、シェイクスピアの劇作年代としては初期に属する。最初に発表された〈ヘンリー六世〉の第一〜三部のあと、さほど年月を挟まずに書かれたものである。人間を描くという狙いはやがて〈ハムレット〉や〈オセロー〉へと発展してシェイクスピアの特徴となっていく。〈リチャード三世〉は歴史劇であったが、同時に人間の実像をあぶり出すタイプの作品群の嚆矢《こうし》でもあった。

第11話　花とマクベスの丘

Macbeth : Laurence Olivier, 1937.

水が美しい。草が美しい。花が美しい。

太陽の明るい光を受けて一切が穏やかに輝いて、

——静かだなあ——

人間は太古からこんなのどかさを愛し、そのぬくもりの中で育《はぐく》まれてきたのだろうと、わけもなく優しい懐《なつか》しさを覚えてしまう。

だが、雲が湧《わ》き、日が陰り、風が起こり夜が近づいてくると、たちまち気配が変わる。静けさが恐怖を帯び始める。

——人間は太古から、これを恐れていたんだ——

黒い森も、遠い城塔も、なにか怪しいものたちの住みかのように映り、どこかにとてつもない悪意が潜んでいるのではあるまいか。思わず知らず戦慄《せんりつ》が走り抜ける。

スコットランドは、そんな風土の土地である。

霧の中に鐘を打つ古城。そこには部屋のない窓があるんだとか。

その昔、二人の男がカルタに夢中になり、悪魔の制止も聞かずに夜を徹して遊び続けた。悪魔は部屋のドアを塗り込め、部屋の所在を隠し、窓だけを外に残した。どう捜しても部屋は見つからない。ただカルタで遊ぶ音だけが、

カタカタ、カタカタ

夜更《ふ》けて、かすかに、どこからとも知れず聞こえてくる。ときには突然闇《やみ》の中から勝利の喚声が抜けてくる。

あるいは礼拝堂の片隅に知らない人の姿を認め、だれかと確かめようとすれば、もう消えている。はたまた雨漏りのしたたりが、いつしか粘りを帯び、血の色に変わってしまう。

スコットランドの古城は、こんな伝説にふさわしい。

インバネスからマリー湾にそって車を走らせた。明治・大正の頃には、インバネスと、この地名に因《ちな》んだ外套《がいとう》があったらしいけれど、インバアは河口のこと、ネスはネッシーで名高い湖だ。湖から川が流れ出てマリー湾に注いでいる。文字通りネス川の河口に開けた町で、古くから北の要衝として栄えていた。

道はコーダー城を経て、フォレスに至る。周囲には牧草地が広がり、目を遠くの森や城塔に移していると、いつのまにか牧草地がヒースの乱れる枯野に変わっている。

目的はフォレスに近い荒野。

——このあたり——

と、おおよその見当はついているのだが、特定ができない。道中、牧草地で働く人影を見つけ、わざわざ車を近づけて行って尋ねてみても、要領をえない。私有地に入り込んだり、行き止まりの道に踏み込んだり、一時間ほど迷ってようやく、トラクターの運転手が……ガイド嬢の説明によれば、

「言葉遣いがきちんとしているから使用人じゃなく、農場主ね、きっと」

されば郷土の地誌にも通じているだろう。

「ああ、あの丘でしょう。昔からマクベスのヒロックと呼んでますから」

と教えてくれた。

ヒロックは hillock、小さな丘である。その通り、草地のむこうに高さを計れば十メートルほどの小さな丘があった。

靴を汚しながら草原の中を急いだ。

丘の上に立ち……周辺をうかがうと、なんと！　萎《しお》れかかったアザミが三本、くすんだ紫の花を咲かせている。枯野には、ほかに花はない。

正直な告白をすれば、三本を見つけたところで、私の目は探索をやめた。丹念に捜せば、ほかにも萎れた花があったのかもしれないけれど、とにかく、そのとき目に止まったのは三つだけ……。これを多としない理由はない。つまり萎れた花は三人の魔

女……。

「よし、ここに決めた。だれがなんと言おうとマクベスが三人の魔女に遭ったのは、この丘の、ここだ」

スコットランドの皆さんには申し訳ないけれど、私は勝手に認定することとした。聞くところによれば、昔、フォレスの町に奇妙な老婆《ろうば》の三人組が住んでいて、シェイクスピアは、その噂《うわさ》を聞いてマクベスの中に三人の魔女を登場させたのだとか。シェイクスピア自身は、この地を踏んでいないだろう。だから、

「どこだ？」

と聞かれても、劇作家自身が困ってしまう。さればとて、萎れた三本のアザミが咲いているのを奇貨とし、私こと日本の小説家が勝手に決めさせていただいた次第である。

話が前後してしまったが、シェイクスピアの代表作の一つ……〈ハムレット〉〈オセロー〉〈リア王〉と並んで四大悲劇の一つに数えられる〈マクベス〉の冒頭は、

第一場　荒野

雷鳴と稲妻。

三人の魔女登場。

魔女1「いつまた三人、会うことに？　雷、稲妻、雨のなか？」

魔女2「どさくさ騒ぎがおさまって、戦《いくさ》に勝って負けたとき」

魔女3「つまり太陽が沈む前」

魔女1「おちあう場所は？」

魔女2「あの荒野」

魔女3「そこで会うのさ、マクベスに」

魔女1「いますぐ行くよ、お化け猫」

魔女2「ヒキガエルかい」

魔女3「いま行くよ」

三人「いいは悪いで悪いはいい、濁った霧空飛んでいこう」

となっており、このあとすぐに三人の魔女はフォレスの荒野でマクベスに出会う。当時、スコットランドの国王はダンカン。ノルウェー王の軍勢が北から上陸し攻防の戦が続いていた。マクベスは有力な貴族にして、この方面の戦争に参戦した武将の一人。ドラマが始まると、国王の陣営に、マクベスと、その朋友《ほうゆう》バンクォーのめざましい活躍ぶりが次々に報告されてくる。国王ダンカンは快哉《かいさい》を叫び、マクベスたちへの信頼と評価はますます高まる。

が、その一方で、魔女たちが、わけのわからない……なんだか不吉な言葉を吐いている。

「戦に勝って負けたとき」「いいは悪いで悪いはいい」とは、なんの謂《いい》なのか。対立する概念がみんな同じ、という意味にもとれる。もしそうならば、この世になんの基準もない。凱旋《がいせん》の道を急ぐマクベスとバンクォーの前に三人の魔女が現われ、マクベスに向かっては、

魔女1「万歳、マクベス、グラームズの領主!」
魔女2「万歳、マクベス、コーダーの領主!」
魔女3「万歳、マクベス、将来の国王!」

と祝福し、バンクォーには、

魔女1「マクベスほど偉大ではないがずっと偉大なかた」

魔女2「それほどしあわせではないがずっとしあわせなかた」
魔女3「国王にはならないが国王を生み出すかた」

と、ことほぐ。

ただの戯言《ざれごと》と思って聞き捨てればよかったものの、予言と考えたから始末がわるい。バンクォーのほうは聞きおいて記憶に留める程度の関心でしかなかったが、マクベスは真剣に聞いて胸騒ぎを覚える。

――これは、いったい、なんのことだ――

この時点でマクベスは、亡《な》くなった父の跡を継いでエジンバラの北を占めるグラームズ地方の領主になっていた。だから「万歳、マクベス、グラームズの領主」はわかるのだが、あとの二つの祝い言葉はなんなのか。

思案しながら国王の陣営に入れば、コーダー地方の領主は国王を裏切ってノルウェー王に加担したため捕らえられ、領土は没収、死刑の命令が下り、コーダー地方は今回の戦で功績のあったマクベスへ与えられることとなっていた。まさしく「万歳、マクベス、コーダーの領主」なのだ。予言が二つ叶《かな》ったとなると、

――もう一つも――

マクベスの心に黒い野心が浮かび、バンクォーは心配でならない。舞台が変わってマクベス夫人が登場する。彼女はインバネスのマクベスの城で夫からの手紙を読んでいる。手紙は魔女から受けた不思議な予言を伝え、三つのうち二つがすでに実現したことを告げている。残りの一つはどうなのか。手に入れる方便はないものか。マクベス夫人は迷わない。夫の逡巡《しゅんじゅん》を許さない。

「あなたはグラームズ、そしてコーダー、やがては約束されたものにおなりでしょう。気がかりなのはそのご気性、あまりにも人情という甘い乳が多すぎて近道を選べないのでは。あなたは偉大な地位を求める野心はおもちだけど、それにともなうはずの悪心はおもちにならない。手に入れたいと望みながら手を汚すことは望まない。あやまちは犯したくないがあやまたずかちとりたい。あなたがほしいものは、〝ほしければこうせねばならぬ〟と叫んでいる、そしてあなたはそうしたほうがいいとわかっていながらそうするのを恐れておいでだ。さあ、早く帰っていらっしゃい、あなたの耳に私の強い心を注いであげる、私の舌の勇気で黄金の王冠からあなたを遠ざけている邪魔物を追い払ってあげる、せっかく運命と超自然の力があなたの頭上にかぶせようとしてくれるのに」

と、野心を独白するところへ、マクベスの城へ国王来臨の知らせ。マクベスも帰って来て、夫婦は国王暗殺の計画を語り合う。

なおもためらうマクベス。素知らぬ顔で国王ダンカンを歓迎しながら、ひそかに激しい言葉でマクベスをそそのかすマクベス夫人。

ついにマクベスの心も決まった。

第二幕に入り、バンクォーもマクベスの城へやって来る。バンクォーは「ゆうべ、例の三人の魔女の夢を見た、あなたへの予言はあたったところもあるな」と気軽に呟《つぶや》くが、マクベスは本心を見破られないよう、さりげなく応対し「いざというときに私のためにつくしてくれ」と、漠然とした約束を朋友から取りつける。

一人になったマクベスの目に短剣の幻が映る。刃にも柄《つか》にも血がついている……。短剣の幻は暗殺決行の催促だ。

国王の護衛は二人。マクベス夫人が飲ませた酒と薬で高いびき。マクベスがそっと忍び込む。

とはいえ、観客の皆さん！　国王暗殺のクライマックスは舞台の上では演じられません。現場から少し離れたところで他の登場人物たちがおののき、驚き、会話を交わして伝える。ちょっともどかしいけれど、残酷なドタバタ劇に傾くのを避け、周囲から少しずつ緊張を盛り上げる伝統的なドラマツルギーの一つと言ってよいだろう。

鐘の音。フクロウの鳴く声。マクベスが舞台の袖《そで》から現われ、

「おれはやったぞ」

と叫ぶ。暗殺が実行されたのだ。

二人の王子マルカムとドナルベーンが国王の隣室に寝ていたが、これは殺されていない。そこまではマクベスにはできなかった。マクベス夫人が、血塗《ちまみ》れの短剣を持って国王の寝室に戻り、護衛の二人に血をつけ、そのそばに短剣を置き、国王殺しの犯人に擬装する。これも言葉だけ、舞台で実際に演じられるわけではない。

ノックの音が聞こえる。

舞台の緊張をよそに門番が現われ、深夜のノックに悪態をつく。ちょっと愉快な二枚舌論。こうした饒舌《じょうぜつ》はシェイクスピア劇の特徴の一つだ。

ノックの音は……国王の家臣である貴族たちが訪ねて来たのだ。マクベスも登場し、そこで惨事の発見……。

国王の寝室をうかがった貴族が袖から飛び出して来て、

「起きろ、起きるんだ！　警報を鳴らせ、人殺しだ、反逆だ！　バンクォー、ドナルベーン！　マルカム！　起きろ！」

マクベス夫人は、

「なにごとです」

と、もともと素知らぬ様子。マクベスはと言えば、

「このような不幸の起こる一時間前に死んでおれば、私は幸福な生涯を送ったと言えただろうに。これからはこの人の世にたいせつに思えるものはなに一つない、いっさいは玩具同然、名誉も美徳も死んでしまった。いのちの酒は飲みほされ、この丸天井の酒蔵に残されたのは酒の澱《おり》だけ、語るにたるものはない」

周囲の目と耳を意識して、そらぞらしい。

だが、この直前にマクベスは、血にまみれながら泥酔《でいすい》している護衛を二人、斬《き》り殺している。

「それにしても早まったことをした、憤激のあまり二人を殺してしまった」

と、問われるより先に釈明しているが、死人に口なしのたとえ通り、初めからの計画だったろう。

みんながうろたえる中、マクベス夫人が卒倒する。

しかし、なにやらきなくさい。ここはマクベスの城なのだ。マクベスの支配のもとで国王が暗殺されたのだ。二人の王子は……マルカムはイングランドへ、ドナルベーンはアイルランドへ、すかさず逃げ出す。犯人をさぐり出すより自分たちの命の危険

を感じたからだろう。

むしろ、この逃亡により王子たちに嫌疑がかけられ、マクベスが王位に就く。あれよあれよと言う間の変転。ドラマは急速にいくつかの情景を提示して、なにが、どうおこなわれたか、詳しい事情は観客たちの推測と想像に委《ゆだ》ねる方法を採っている。まったくの話、マクベスの戴冠《たいかん》もはっきりと示されることもなく、第三幕が開いてみれば、暗殺者マクベスは威儀を正して国王に収まっている。朋友のバンクォーは、

「ついに手に入れたな、国王、コーダー、グラームズ、魔女どもの予言したすべてを。そしてそのためにだいぶ手を汚したのではないか。だがそれはおまえの子孫には伝わらず、このおれが代々の国王の根となり父となるという話だったぞ。もしもやつらのことばがあたるものなら――おまえには、マクベス、さいわいにしてみごとあたったが――そうだとすれば、おまえにはたされたのだから、おれにたいする予言も実現されるかもしれぬ、その望みがなくはない。シーッ、もう口に出すな」

親しい友であればこそマクベスの心中を知っている。マクベスのやったことも見抜いているかもしれない。いや、きっと見抜いている。

――まずいぞ――

バンクォーの存在が邪魔になる。一人殺したものなら二人殺しても同じこと。慈愛溢《あふ》れる国王を殺したのだから、バンクォーなんかずっと心の負担になるまい。それに……バンクォーに対する魔女たちの予言も気がかりだ。「国王にはならないが国王を生み出すかた」と言っていた。マクベスは思う。

——私に対する予言が的中したのならばバンクォーに対する予言も的中するだろう——

魔女たちはバンクォーをして〝代々の国王の父〟とまで言っているのだ。マクベスの疑惑はさらに膨らんで、

「おれの頭上には実を結ばぬ王冠を押しつけ、おれの手には不毛の王笏《おうしやく》を握らせておいて、それを血のつながらぬものの手にもぎとらせ、おれの子供にあとを継がせぬ気か。そうだとすれば、バンクォーの子孫のためにおれはこの手を汚し、あの慈悲深いダンカンを殺したことになる。バンクォーの子孫のためにおれはこの平和な心の杯に憎悪《ぞうお》の毒をもったことになる。おれの永遠の魂を人間の敵悪魔に売りわたしたのも、彼らを王に、バンクォーの子孫を王にするためだったのか！　そうはいかぬぞ、運命よ、堂々と勝負しろ、おれはとことんまで戦うぞ！」

と憤《いきどお》る。

——うーん？——

ここでマクベスを離れ、不肖私であったなら……いや、いや、私のみならず普通の思案の持ち主であったなら、

「予言なんて、そんなに当たるもんじゃありませんよ、マクベスさん。あなたの場合だって、当たったのはコーダーの領主になったこと一つでしょ。グラームズの領主はもともとあなたの権利なんだし、国王になったのは、あなたが自らダンカンを殺して無理に予言に合わせたんだし……そういうのは当たったって言わないんですよ」

と忠告するところだが、それを言っちゃあおしまいよ、戯曲〈マクベス〉はマクベスが予言を信ずることから全《すべ》てが始まっているのだ。初めに予言ありき。そして一つを信じたら、そのあとも信じなければ一貫性がなくなる。

いずれにせよ、マクベスにとってバンクォーは危険このうえない。それに、なんだかしたり顔をしていて、憎ったらしい。

理屈より先にマクベスは迅速に手を打っていて、二人の暗殺者がすかさず舞台に登場し、マクベスの説得を受けてバンクォーと、その息子フリーアンスの暗殺へと向かう。マクベスはこの企《たくら》みを夫人に明かさない。

暗殺者は首尾よくバンクォーを殺すが、息子には逃げられてしまう。その知らせが城内で大勢の貴族たちと宴会を催しているマクベスのもとへ届く。

宴もたけなわ。マクベスは、群がる客たちの間に血まみれの髪を振り立てているバンクォーの亡霊を見る。ほかの者たちには、もちろん、なにも見えない。亡霊を罵《ののし》るマクベスの言葉は、客たちにはひどく奇異なものに聞こえる。マクベス夫人が気をもみ、

「こういうことがときどきあるのです、若いころからの持病で。発作は一時のこと、あっという間にもとにもどります。あまり見つめると気にさわり、発作が長引きます」

と取りなすが、マクベスの様子は尋常ではない。マクベス夫人は宴会を閉じ、客たちを帰し、夫に眠ることを勧める。

荒野では魔女たちの前に女神のヘカティが現われ、魔女たちの出しゃばりを詰《なじ》り、さらにマクベスには苛酷《かこく》な運命が待っていることを暗示して立ち去る。

このヘカティは、もとはと言えばギリシャ神話の女神。なんでこんなところにヘカティが出てくるのか、シェイクスピアが〈マクベス〉を書くに当たり参考とした先行資料の影響かとも考えられるのだが、それはともかくギリシャ神話におけるヘカティ

は冥界《めいかい》と関わりを持ち、呪術《じゅじゅつ》を司《つかさど》り、地獄の犬を従えて手には松明《たいまつ》、恐ろしい形相で夜の三叉路《さんさろ》に立っている。体は三つ、顔も三つ、三つに分かれた道を隈《くま》なくながめて呪《のろ》いを撒《ま》き散らす。オリンポス十二神に属する神ではないが、職能は広く、この女神に恨まれると相当に厄介だ。せっかく王位に就いたマクベスもこんな女神に睨《にら》まれては、まことに、まことに救われない。

第四幕に入っても、魔女たちはなにを意味するのかよくわからない無気味な悪態をつき、歌を唱《うた》って乱舞する。ヘカティは「ああ、よくやった、ご苦労さん」と魔女たちをねぎらっているけれど、魔女たちはなにをやって褒められているのか。そこへマクベスが加わり、さらなる予言を魔女たちに求めると、魔女は幻影の口を借りて、

幻影1「気をつけるのはマクダフだ」

幻影2「女が生んだものなどにマクベスを倒す力はない」

幻影3「マクベスはけっして滅びはせぬ、かのバーナムの森の樹《き》がダンシネーンの丘に立つ彼に向かってくるまでは」

と予言する。

このあと、八人の王の幻影が現われ、そのうしろに後見人よろしくバンクォーの亡

霊が立っている。このくだりは若干の説明が必要だろう。

マクダフというのは、有力な貴族。この時点でマクベスに対抗する王子たちの庇護《ひご》者《しゃ》となりうる立場の実力者で、幻影1の「気をつけるのはマクダフだ」は当然の忠告。次いで幻影2の言葉〝女が生んだもの〟というのは、もってまわった言いかただが、これは聖書にある文句ですね。イエスは「およそ女から生まれた者のうち、洗礼者ヨハネより偉大な者は現われなかった。しかし、天の国でもっとも小さな者でも、彼よりは偉大である」と言い〝女から生まれた者〟は神との対比において人間を指す言葉として用いた。聖書の中で何度か使われる言い方だから欧米人には馴染《なじ》みがあるだろう。シェイクスピアがここで使っているのも（能動と受動のちがいはあるけれど）神ならばともかく人間ならマクベスを倒せない、と神との対比で人間を表現したかったからだろう。

幻影3の言葉は戯曲〈マクベス〉を代表する名文句。森が動くという、ありえないことが起きない限りマクベスは滅びない、つまり、マクベスはけっして滅びない、とレトリックとして断言したわけである。〝けっして滅びない〟のなら直截《ちょくせつ》にそう予言してくれればいいものの、それではおもしろくない。文学的ではない。レトリックを用いたわけだが、このレトリックが捻《ねじ》れて崩れるところがドラマの後半の味噌《みそ》となる。

そしてバンクォーの前に並ぶ八人の王の幻影は、バンクォーの子孫が八人の王となることを暗示している。

危険を察知したマクダフは国外へ逃亡するが、残されたマクダフ夫人と息子は、マクベスがさし向けた暗殺者の手によって殺される。マクダフの恨みは深い。

マクダフは、イングランドに逃れた王子マルカムのもとにいた。マクダフは自分が忠節を守る者であることを熱っぽく語り、ぜひともここはマルカムが立ち上がり軍勢を集めてマクベスを撃ち破るべきだ、と執拗《しつよう》に要請する。

マルカムは、自分がどれほど駄目な男か、王位などには到底就くことのできない不道徳な人間であることを、くり返しくり返し訴えてマクダフの勧めに逆らう。好色で、貪欲《どんよく》で、公正さを欠き、信念を欠き、勇気を欠き……そのことを自分でもよく知っているから野心を持たないのだ、と言う。

マクダフは仕方なくあきらめ、スコットランドの行末を嘆きながら立ち去ろうとするが、マルカムはそこまで見極めたうえで、

「マクダフ、その真情あふれる嘆きぶり、誠実な心は見えた。もはや私の胸に一点の

黒い疑念もない、あなたの真心からの忠誠を喜んで信じよう。実は悪魔の申し子マクベスがさまざまな奸計《かんけい》をもって私を捕らえようとしている、したがって軽々しく人を信じないよう、分別が用心させるのだ。だがあなたと私のあいだは神がとり結んでくださった。いまからこの身はあなたの指示にまかせよう。さきほどあげた非難は即刻とり消し、自分に浴びせた欠点や悪徳は私には無縁なものと即座に断言しよう」

つまり、王子マルカムが自分自身を貶《おとし》めたのは、マクダフの本心を確かめるためのトリックだった、というわけ。私たちの日常でここまでやるかどうかはともかく、ドラマとしては結構おもしろいやりとりになっている。文字通り芝居がかっているのだから……。

マルカムが立ち上がれば、ほかの有力な貴族たちも結集し、イングランドの王も支援を約束してくれる。反マクベスの陣営が整っていく。

第五幕はダンシネーンのマクベスの城だ。バーナムの森も近い。

マクベス夫人の様子がおかしい。立って動いているが、その実、眠っている。目を開けているが、なにも見ていない。夢遊状態で、ただひたすら手を洗っている。彼女の目には手が血に濡《ぬ》れて見えるから……。洗っても洗っても血が落ちない。「それにしても思いもよらなかった、あの老人にあれほどの血があろうとは」と呟《つぶや》き、恐怖が彼女をいよいよ狂わせていく。

マクベスの周囲から逃亡する者が続き、一方マルカムの軍勢は数を増して迫ってくる。だがマクベスは予言を信じ、予言にすがりつく。

「バーナムの森がダンシネーンに向かってくるまでは、恐れるものはないのだ。マルカムの小僧がなんだ？　女の腹から生まれたものにちがいあるまい？」

バーナムの森を望みながら息まく。

マクベス夫人の死が伝えられるが、マクベスは、

「あれもいつかは死なねばならなかった、このような知らせを一度は聞くだろうと思っていた。明日、また明日、また明日と、時は小きざみな足どりで一日一日を歩み、ついには歴史の最後の一瞬にたどりつく、昨日という日はすべて愚かな人間が塵《ちり》と化す死への道を照らしてきた。消えろ、消えろ、つかの間の燈火《ともしび》！　人生は歩きまわる影法師、あわれな役者だ、舞台の上でおおげさにみえをきっても出場《でば》が終われば消えてしまう。白痴のしゃべる物語だ、わめき立てる響きと怒りはすさまじいが、意味はなに一つありはしない」

と叫ぶ。マクベス自身も狂いかけているようだ。

その行動を見る限りマクベスは極悪非道の悪人だが、台詞《せりふ》には意味深く、荘厳《そうごん》なものがある。主人公が徹頭徹尾だらしなくてはドラマは美しくならない。シェイクスピアは、このあたりの匙《さじ》加減をよく心得ていた。だから狂いかけてもマクベスの台詞は、妙に意味深く聞こえて劇的でさえある。

さて、マルカムの軍勢が採った戦術は、バーナムの森に戦陣を進め、

「兵士たちは全員あの木の枝を切りとって、頭上にかざして進むのだ、そうすればわが軍の兵力をくらまし、敵の斥候もあやまった報告をとどけることになろう」

その結果、森が動いた。マクベスが立っているダンシネーンに向かって……。

マクベスは、それを見て、

「武器をとれ、出陣だ！」

絶望的な勇気を奮い起こして戦場に躍り出る。

マクベスとマクダフの一騎討ち。二人は戦いながら舞台の袖《そで》に走り、次にはマクダフがマクベスの首を持って現われる。マルカムの勝利。マルカムの王位奪還。スコットランド王万歳。

新王マルカムが、

「いずれ近いうちに、一同の忠誠をそれぞれあきらかにしたうえで、その恩に十分報

いるつもりだ。とりあえず領主、親族たちを、伯爵《はくしゃく》に任じることにする、スコットランドではじめての栄誉の名称だ。さて、その次に新しい時代を迎えるためになすべきことは、暴君の厳しい監視の目をのがれて海外に亡命した友人たちを呼びもどし、一方、この死んだ人殺しと鬼のようなその妃《きさき》の手先となった冷血漢どもを、裁きの庭に引き出すことだ。妃はその狂暴な手によっておのれのいのちを絶ったと言う。以上のこと、その他必要なことは、神の恩寵《おんちょう》によって、手段、時、所を得次第、慎重に実行しよう。なにはともあれ一同に、その一人一人に感謝したい、スクーンでの戴冠式《たいかんしき》にはこぞって参加してもらいたい」

厳かに語り、ラッパが響き、五幕の悲劇の終幕となる。

スコットランドの歴史は、まだつまびらかにされていない部分が残っているのだが、九世紀の中ごろにアルバ王国が成立し、九世紀の末から十一世紀にかけては二つの王系が交互に王位に就く習慣が保持されていたようだ。ところがマルカム二世（在位一〇〇五～三四）のとき、彼は従来の習慣を破り自分の娘の子ダンカンが次の王位に就くことを望んだ。そしてその通りマルカム二世の孫はダンカン一世（在位一〇三四～四〇）として即位するのだが、このとき、もう一方の王系にあった実力者がマクベスで

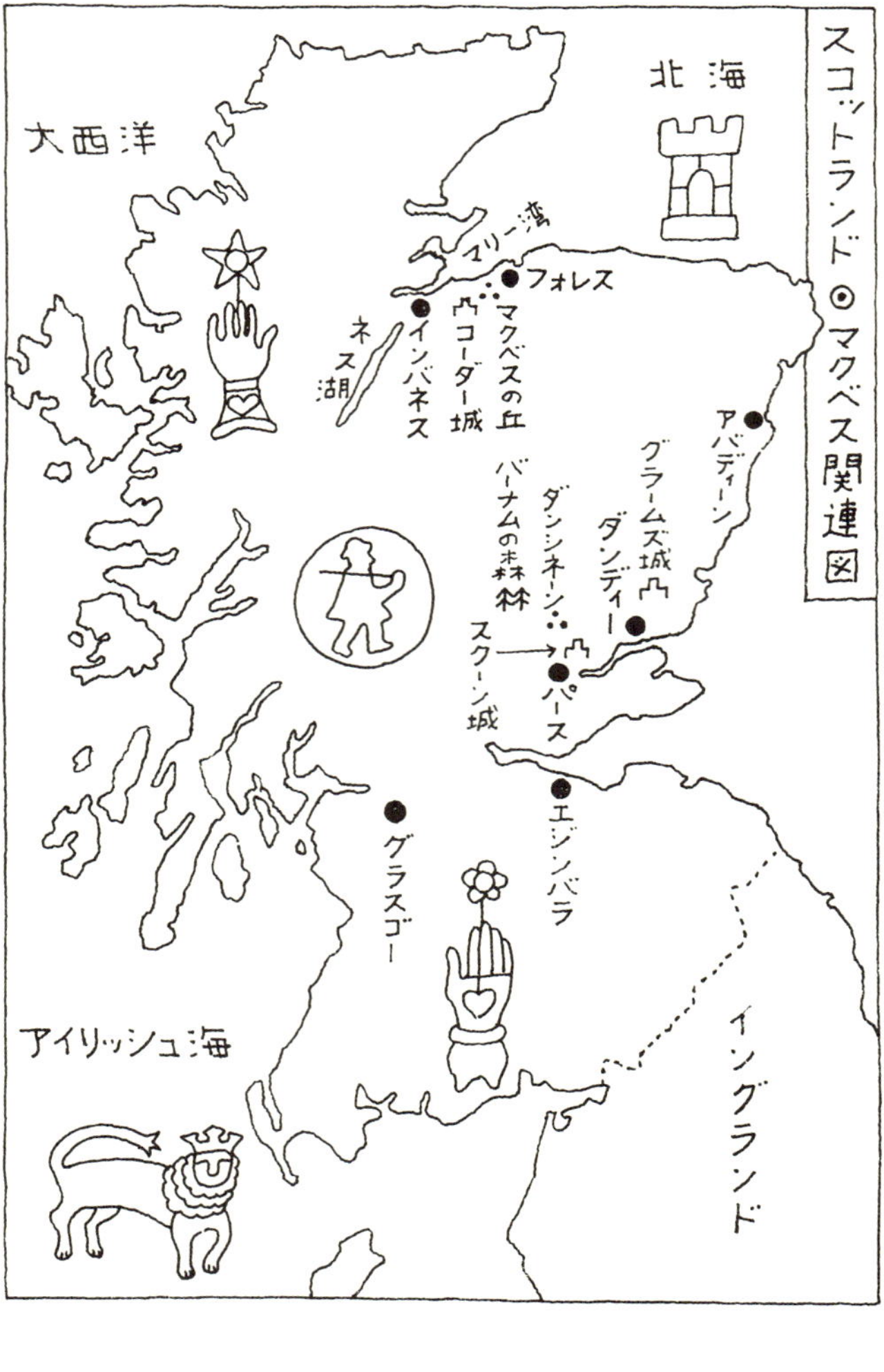
スコットランド⊙マクベス関連図
北海
大西洋
マリー湾
フォレス
インバネス
ネス湖
コーダー城
マクベスの丘
アバディーン
グラームズ城
ダンディー
ダンシネーン
バーナムの森
スクーン城
パース
エジンバラ
グラスゴー
アイリッシュ海
イングランド

ある。従来の王位継承の習慣から見れば、マクベスが王位に就くほうが正当であったろう。スコットランドの地図を北から南へ斜めに区切ってザ・マウンス（古名）と呼ばれる山陵があり、これを境にして二つの勢力が対立していたが（この二つをシェイクスピア劇にそって言えば、コーダー城のある北側とグラームズ城のある南側ということになるのだろうが）ついにマクベスがダンカン一世の殺害に成功し、王位を継承する。マクベスの統治は一〇四〇年から一〇五七年まで十七年間、おおむね良好で、力強い有能な王であったらしい。一〇五七年、マクベスはダンカン一世の子マルカムによって殺され、マルカム三世が誕生する。以後は、この系統が王位を握り、南北に勢力を分けていたスコットランドも次第に統合され、むしろ隣国イングランドとどう関わっていくか、内憂より外患のほうが忙しくなる。親交と対立をくり返し、いくつもの結婚により血が混り合い、さらにヨーロッパ大陸からの干渉と圧力、旧教と新教の抗争などややこしい問題とからみあいながら、スコットランド側ならメアリー・スチュアート、イングランド側ならエリザベス一世、二人の女王の時代へ、すなわちシェイクスピアの時代へと移ってくる。これが、ご用とお急ぎの方のためのスコットランド史だ。〈マクベス〉の中のバンクォーは虚構の人物で、バンクォーの子孫が王位を継ぐという話には歴史的な根拠は薄いのだが、イギリス王家の中にそういう伝承があり、シェイクスピアがそれにおもねたのかもしれない。

いずれにせよ、シェイクスピア時代の、イングランドの王家は、マクベスの血筋ではなく、マクベスと対立したダンカン・マルカムの流れを汲《く》んでいる。おかげで、マクベスは史実とは少しちがって悪く描かれているようだ。つまり、もう一度くり返して言うけれど、マクベスが王位を奪ったのは、それまでのルールから言えばむしろ正当であり、王としても十七年間にわたって善政を布《し》いている。ダンカンを殺したのち、すぐにその子のマルカムに王位を奪われたわけではない。シェイクスピアが種本とした年代記などに、すでに誤謬《ごびゅう》が含まれていたのだが……それよりもなによりも、日本の小説家が、異国の、遠い昔のフィクションについて史実がどうのこうのとほざいてみても、あまり意味の深いこととも思えないが、まあ、まあ、まあ、マクベスの名誉のために一応、告げておこう。シェイクスピアの手により実際より悪く描かれたマクベスは、気の毒である、と。そのせいかどうか〈マクベス〉の上演には、日本の〈四谷怪談〉同様、時折祟《たた》りがあるんだとか。どこの神様がよろしいのか、

「マクベスさん、許してくださいね」

お祈りをすましてから上演したほうがよい、とも言われている。

シェイクスピアのドラマには、風土の匂《にお》いが薄く、時代の影も薄い。大ざっぱな印象を言えば、どのドラマもみんなシェイクスピアの時代、あるいは、それより少し前の時代、そして、どことははっきり言えないが舞台はシェイクスピアが暮らした土地、つまりイングランドのどこか、のようだ。イタリア、フランス、ギリシャを扱っても、それはト書きだけのこと、風土の気配が感じられない。はるか昔の、たとえば千年以上も昔のシーザーを登場させても、ローマ時代の気配は薄い。劇作家自身、実際の知識は乏しかったろうし、関心も狙《ねら》いもそこにはなかっただろう。

その中にあって〈マクベス〉は、ほんの少しだがスコットランドの気配がある。魔女たちの跳梁《ちようりよう》乱舞はヒースの荒野がつきづきしい。悲劇の起こる城塞《じようさい》は、あの霧の中から灰色に、荘厳に浮かびあがるスコットランドの古城がふさわしい。どの回廊にも幻影の出没する気配が漲《みなぎ》り、マクベス夫人がいつ、どこに現われても不思議がない。夫人の亡霊が、観光客の存在なんか少しも気づかず、ただ血に濡れた手を洗おうとして、洗っても洗っても血の跡の落ちないことを恐れて、さまよっていても、

——ありうるな——

そんな気がする。

事実、あれはグラームズ城の礼拝堂だったろうか。私たちは四人のグループで旅を

していたのだが、

「今、いたの、だれ？」

「ほかの観光客、いた？」

私たちが祭壇の飾りを見ているとき、だれかがうしろの席にスーッと入って来て、いつのまにか出て行った……と言うのである。

「幽霊が出るんです」

と、ガイド嬢に教えられたのは、そのあとのことだ。スコットランド観光局の指導がよほどよろしいのか、この種の解説はあちこちに転がっていて、それが少しも不自然に響かない。〈マクベス〉を覆《おお》う陰鬱《いんうつ》な雰囲気は、

——やっぱりスコットランドがいいな、このドラマの舞台は——

と納得させてくれるものがある。

〈マクベス〉の筋立ては、シェイクスピア劇としては例外的と言ってよいほど単純明快で、余計なエピソードがない。ほとんど一本道、わかりやすい構造になっている。

どうして、ああ簡単に予言を信じてしまうのか、と、現代人は疑問を抱くかもしれないけれど、あれは不可知なものに対する私たちの畏怖《いふ》と憧憬《どうけい》のカリカチュアなのだ。ずいぶんと簡略化されているけれど、それは私たちが、なにかしらわけのわからない

先見性によって思いのほか強く支配されていること……それは人間の脳味噌《のうみそ》の未熟さのせいかもしれないが、とにかく意識されない先見性によって支配され、導かれていること、それを示しているのだ。魔女の予言は、そのことの象徴化と考えるべきだろう。

べつな面から〈マクベス〉の筋立てについて言えば……私はとりわけそれを感じてしまうのだが、

——これ、推理小説じゃないの——

もちろん小説ではないけれど、筋立てだけを見れば戯曲は常に会話の多い小説である。

私は〝すべての小説はミステリーである〟という主張を持っている。〝すべて〟と言うのは言い過ぎだが、なにかしら謎《なぞ》が提示され、それが深まり、すっかり解けて大団円となる、という構造はストーリィを作る方法として最上のものであり、この構造はなにも狭義《きょうぎ》のミステリーに限られたものではない。夏目漱石の〈こゝろ〉も、安部公房の〈砂の女〉もそうであり、渡辺淳一の恋物語でさえ、

——この恋、どうなるのか——

一つの謎の進展を軸として成立っている。

〈マクベス〉は、さらに推理小説に近い。殺人の動機を持った男が、予言にそそのかされ、妻を共犯者として殺人計画を企てる。擬装をほどこし、犯人をでっちあげ、それを殺して口を塞《ふさ》ぎ、さらに真相に感づく男をも殺してしまう。

だが、構造は推理小説そのものだが、眼目はトリックより殺人を犯した人間の心理サスペンスと幻想的味つけ、これも昨今のミステリー界でおおいにはやっているしろものだ。幻想の味つけは、もともとシェイクスピアの好みだが、

――なんでも採用するんだよなあ、おもしろ味を創り出すことなら――

シェイクスピアの感覚にあらためて敬意を表したくなってしまう。〈マクベス〉は一六〇六年の作と推定され、劇作家の晩年の作、四大悲劇の中で、あるいは名作と目されるものの中で、もっとも遅くに書かれた作品である。

第12話　リア王は乱れる

John Wood as King Lear, Royal Shakespeare Co..

一九八五年の五月、東京国際映画祭で黒澤明監督の大作〈乱〉を見た。多少の予備知識は持っていたけれど、映画が始まって三十分ほど過ぎたところで、

——シェイクスピアの〈リア王〉に似ているなあ——

と驚き、さらに三十分ほど経て老公と道化が荒野を放浪するシーンに出会って、

——似ているなんてものじゃない。これは、ちょん髷《まげ》をつけた〈リア王〉だ——

と、少し鼻白んだ。

名匠クロサワが、なぜ今さらシェイクスピアのものまねをするのか、映画の画面は滅法美しかったけれど、〈リア王〉そっくりのストーリィには納得がいかなかった。批評を求められ丸印はつけられなかった。

それから十有余年、その年月のあいだに私は舞台で二度ほど〈リア王〉を見た。そのたびに印象が少し変わり、結局のところ〈乱〉と〈リア王〉は、

——それほど似てもいないか——

漠然とした判断ではあったけれど、このくらいの換骨奪胎なら充分に許容されてよいだろう、と考えが少し移った。演劇ファンが愛してやまないシェイクスピアの、その中でもとりわけ評価の高い〈リア王〉を〝日本風のサムライのドラマとして作れば、

こうなる〟と、そこには当然、クロサワとしての目論《もくろ》みがあっただろうし、その野心は充分に感じられる。これはこれでなかなかむつかしいことである。その意気込みがどれほど成功したかはともかく、このたび〈リア王〉のテキストをじっくりと読み、ついでに〈乱〉のビデオ・テープをながめ、

――うーん――

また新しい感想を抱いた。

まず〈リア王〉のストーリィを紹介しよう。

第一幕。幕が開くと、まずケント伯、グロスター伯、エドマンドの三人が登場し、次いで第二場でエドガーが現われる。いずれもこのドラマの主人公リア王に次ぐ重要な人物たちだ。

話はいきなり横道にそれてしまうけれど、商業演劇などの場合、だれがその役を演じているか、それを知るだけで役の重要性の見当がつく。推理ドラマでは、主役級の役者がつまらない役を演じていたら、

――さては犯人だな――

トリックが早々と見えてしまうことも稀《まれ》ではない。さりとて犯人のような大切な役

どころをあまり名を知られていない役者にさせるわけにいかないし……苦しいところである。

一九九三年銀座セゾン劇場で見た〈リア王〉では、主役のリア王は松本幸四郎。そしてケント伯に山本圭《けい》、グロスター伯に岡田眞澄《ますみ》、エドガーに榎木《えのき》孝明《たかあき》。

――あははは、これは準主役級だな――

と、すぐにわかる。因《ちな》みに言えば、エドマンドは菊池孝典、少し知名度が低い。

横道をさらに進んで……幼い頃、私は母と映画を見に行って、

「あの人、いいもん？」

と、スクリーンの登場人物についてこまめに尋ねていたらしい。いい者なのか、わるい者なのか、それがわかると筋はたどりやすい。安心ができる。

いま私はミステリーのたぐいをも書く小説家となって、いい者とわるい者を簡単に明かさず、読者に見破られないよう趣向をめぐらすことを生業《なりわい》としているけれど、野暮を承知で言えば、あらかじめこれがわかっていればストーリィはたどりやすい。

〈リア王〉ではケント伯は超いいもんである。グロスター伯もエドガーもいいもん。そしてエドマンドは、グロスター伯の私生児で、このドラマの片一方を担《かつ》ぐわるいもんである。

喇叭《らっぱ》が鳴りわたり、リア王が登場する。そして三人の娘たち。ゴネリル、リーガン、コーディーリアの三人姉妹。銀座セゾン劇場の舞台では神崎愛、夏樹《なつき》陽子、若村麻由美《まゆみ》と、これも重要性をほどよく反映している。ゴネリルとリーガンがわるいもん。コーディーリアはいいもん。上の娘二人はすでに結婚していて、夫はそれぞれオールバニ公とコーンウォール公。貴族の位は公・侯・伯・子・男。王女の婿《むこ》なら公爵《こうしゃく》だろう、と、わかりやすい。オールバニ公はいいもん、コーンウォール公はわるいもんだ。

が、登場人物の立場と性格は徐々に明らかになっていくとして、権勢並びない覇王リアも年老い、王国を娘たちに分与して隠居したいと考えている。娘たちが自分にどれほどの敬愛を抱いているか、その度合に応じて領土を分割してやろうと言えば、長女ゴネリルは最大級の敬愛を訴え、次女のリーガンも負けていない。それぞれが領土の三分の一をもらい受けるが、三女のコーディーリアは正直者だから歯の浮くようなお世辞が吐けない。姉たちが「全《すべ》ての愛をお父様に捧《さき》げる」と言ったのに対し「お父様に全部というわけにはまいりません。結婚したら少なくとも半分は夫のほうへ……」と、すこぶる現代的。

――理屈だよなあ――

とは思うけれど、リア王は気に入らない。「とり消せ」と命じてもコーディーリアは肯《がえ》んじない。老王の怒りは心頭に発し、忠臣ケント伯のとりなしも叶《かな》わず、「お前なんか娘じゃない。領土の分割はなし。とっとと出て行け」

と言いわたす。

コーディーリアのまっすぐな性格を訴えて執拗《しつよう》に弁護するケント伯にも追放の命令が下った。

この席にはバーガンディ公とフランス王も参列しており、これはコーディーリアの婿候補、本日どちらかに決定する手はずであったが、コーディーリアが無一文になると知って、バーガンディ公は辞退。フランス王は、

「美しいコーディーリア、あなたは富をなくしてもっとも富み、見捨てられてもっとも見なおされ、愛を失ってもっとも愛されるようになられた！　あなたをその汚《け》がれなき心ともども抱きしめよう、捨てられたものを拾うのだ、罪にはなるまい。ああ、神々よ、冷たい仕打ちを受けたものが、不思議なことに私の胸に熱い愛の火をつけた。ブリテン王、財産もなく私の手に飛びこんだ姫を、私の、わが国民の、わがフランスの妃《きさき》に決めます」

と、恰好《かっこう》よく告げ、コーディーリアの手を引いて立ち去る。ゴネリルとリーガンの姉妹は早くも父親への警戒を募らせ、父親つぶしのための協力を示しあう。

以上は〈リア王〉の行末を決定する運命的な設定。このドラマは、年老いた父親が全財産を腹黒い娘二人に与え、心根の正しい娘と忠臣を放逐した、という誤りから一切が始まる、と言ってよいだろう。

とはいえ〈リア王〉には、もう一つのエピソードが絡《から》んでいて……グロスター伯には嫡子《ちゃくし》のエドガーと私生児のエドマンドと二人の息子がいるのだが、このエドマンドが兄を陥《おとし》いれ、自分が家督を継ごうと企《たくら》んでいる。兄から自分に宛《あ》てたにせの手紙を作り、中身は〝一緒に手を組んで父をないがしろにしよう〟という相談。父グロスター伯が来るのを見て、あわてて隠したりするものだから、

「いま読んでおったのはなんだ？」

「なんでもありません、父上」

言ってみれば、これは「駄目です」「ちがいます」と言いながら相手を誘い込み、逆のことを吹き込んで、信じ込ませるテクニック。古典的な騙《だま》し方の一つだが、うまく用いればばりっぱに機能する。シェイクスピアは、これが大好きで、たとえば〈オセロー〉で、イアーゴーが、やってもいないデズデモーナの不倫をオセローにほのめかし、嫉妬《しっと》の火をかき立てるときにも採用している。

この〈リア王〉でもグロスター伯はたやすく引っかかり、さらにエドマンドが、も

う一つ二つ策略をめぐらすと、伯爵は嫡子エドガーの反逆を信じ込み、そのぶんだけ私生児のエドマンドに期待を抱くようになる。さらに第二幕ではグロスター伯は父の暗殺を企てた者としてエドガーの追跡を命じ、エドガーは身の危険を感じて逃亡、粗衣をまとった狂人に化けて山野に隠れ住むようになる。リア王一族のエピソードとグロスター伯一族のエピソードが並行して進展し、時折、絡みあうというのが全体の構造だ。

さてリア王のほうはと言えば、当初の予定通り長女ゴネリルの館《やかた》に身を置くが、ゴネリルはたちまち父をないがしろにし始める。かつて権力をほしいままにした老王が、隠居の身分に徹しきれず、あい変わらずわがままを通そうとしたきらいもあっただろうけれど、ゴネリルのほうは掌《てのひら》を返したみたい。執事のオズワルドを相手に父の行状を嘆いて、

「朝から晩までひどいことをなさる、一時間ごとに腹の立つことを次から次になさるものだから、邸《やしき》のなかは大騒動。もう私だってがまんできないわ。お付きの騎士たちは乱暴をするし、お父様はささいなことでも私たちを叱《しか》りつける。お父様が狩りからお帰りになってもロをききませんからね、病気だと言ってちょうだい。おまえもいままでよりすげなく応待なさい。おとがめは私が引き受けるわ」

と、露骨な厭《いや》がらせ作戦を開始する。夫のオールバニ公は、敬愛すべき老王に対してあまりひどいことはしないように、と妻を諭すが、実効は薄い。あれよあれよと思うまにリア王の直属の家臣は百人から五十人へと減らされ、少しずつ権力の領域が縮んでいく。いったんリア王のもとから放逐された忠臣ケント伯は身分の低い者に変装し、ふたたびリア王のそばに仕えて、老王を守ろうとする。ケント伯にしてみれば、馬鹿《ばか》な決断を下したリア王の行末が心配で心配でたまらないのである。

娘のゴネリルからこんな仕打ちを受けてリア王が怒らぬはずがない。

「わしにはもう一人、娘がいるわ」

と、リーガンの館へ移ろうとするが、ゴネリルはすかさず執事のオズワルドを使者として妹のところへ送る。姉妹のあいだでは、父のわがままは許さない、と、うち合わせができているのだ。

リーガンのもとへは、もう一人ケント伯もリア王の訪問を伝える前ぶれの使者として送られるが、オズワルドと顔を合わせたから、ただではすまない。トラブルが生じ、リーガンは姉の使者であるオズワルドの肩を持ち、夫のコーンウォール公も、卑《いや》しい姿のケント伯を乱暴者と見なして足枷《あしかせ》をかけてしまう。ひとりグロスター伯だけが、その場にあって弁護するが、これも実効がない。

リーガンの館に到着したリア王は、自分の使者であるケント伯（変装しているので、だれもケント伯と気づかないのだが）に足枷がかけられているのを見て、激しい憤《いきどお》りをあらわにするが、リーガンも夫のコーンウォール公も、ひるまない。リーガンはリア王の家臣を二十五人に減らしてほしいとうそぶく。

数々の無礼にあい、リア王は娘たちの館に住むことを潔《いさぎよ》しとせず、狂うほどに怒って荒野へと飛び出す。

話は前後するが、リア王の周辺には小姓を兼ねた道化が仕えていて、滑稽《こっけい》を演じたり戯言《ざれごと》をほざいたりしている。

「阿呆《あほう》の商売あがったり、
利口が阿呆になりさがり、
知恵もむなしくからまわり、
やること猿のまねばかり」

と歌い、

「人間の脳味噌《のうみそ》が踵《かかと》にあったら、やっぱり脳味噌もあかぎれになるんかな」

と、ほざく。

リア王をからかう言辞も多く、国王であった者が卑しい道化に、

——こんなこと言われて平気なのかなあ。リア王は怒りっぽい性格の人らしいのに——

と疑問が湧《わ》くけれど、きわどいところでくすぐって王侯のご機嫌を取り結ぶのが道化の仕事、その技を身につけていなければ、とうに首が胴から離れていただろう。

道化は、このドラマの中でずっとリア王のかたわらに侍《はべ》っていて、とめどなくこの手の戯言を口の端《は》にのせる。それをおもしろいと思うか、つまらない、くどい、と思うかは意見の分かれるところだが、この役割が〈リア王〉の大きな特徴であることは疑いない。道化のいない〈リア王〉は考えにくいのだ。

第三幕に入り、荒野にさまよい出たリア王は、お供と言えば道化だけ。忠臣ケント伯が、あい変らず身をやつしたまま陰になり日向《ひなた》になって老王の世話をしている。折しもフランス軍がドーバーに上陸し、フランス軍ならコーディーリアが陣営内にいるかもしれない。忠臣ケント伯は一人の紳士にコーディーリアへの連絡を託す。老王が今どんな状況に陥っているか、実情を伝え、救いの手を寄こしてほしい、と……。

道化を供にして荒野をさまよっていたリア王は、嵐《あらし》を避けて小屋へ入り込み、そこで、狂人に扮《ふん》しているエドガーに会う。グロスター伯も王の行方を捜して、ここに現われる。言うまでもなく、エドガーはグロスター伯の嫡子、だが伯爵はわが子に気づかない。シェイクスピア劇を初め多くの古典劇では（現代劇でもまったく払拭《ふっしょく》されたわけではないが）なぜか変装はけっして見破られないことになっている。リア王、道化、グロスター伯、そして変装したケント伯とエドガー、みんな旧知の顔ぶれで、ドラマの後半で相当に長い時間、行動をともにした気配があるのだが、変装にはいっこうに気づかないのである。

が、それはともかくグロスター伯はリア王を擁護しようとしてリーガンとコーンウォール公の不興をかい、城から追い出され、この人もまた放浪の身の上。国情の乱れを憂《うれ》え、フランス軍と通じてリア王を助けようと画策している。その秘密を、こともあろうにエドマンドにうち明けるものだから、エドマンドは、

——チャンス到来——

にんまりとほくそえむ。

グロスター伯の、この私生児は、先に謀略を用いて兄エドガーを蹴落《けお》とし、今度は父を失脚させれば、おのずと自分の上に栄光が転がり込んで来るだろうと目論《もくろ》む。密

書を盗み出し、コーンウォール公のもとへ……。

グロスター伯は追跡され、捕らえられてリーガンとコーンウォール公のもとへ引き出される。コーンウォール公は、グロスター伯の両目をえぐり潰《つぶ》してしまう。残虐《ざんぎゃく》な仕打ちを見かねた召使の一人が剣を抜いて、コーンウォール公に挑みかかるが、逆に殺されてしまう。だが、コーンウォール公も傷を負って退場。この傷がもとで間もなく命を失うこととなる。

この時点でグロスター伯は、嫡子エドガーがなんらよこしまな考えを持つ者ではなく、エドマンドこそが悪党だと知り、おのれの愚かさを嘆くが、もう遅い。第四幕に入り、両目を失い荒野にさまよい出てエドガーと会う。エドガーは両目を失った老人が自分の父であると知るが、なお自分の身分を明かさずに、ただ親切な男として世話に励む。グロスター伯は、

「ドーバーへ連れてってくれ。そこに断崖《だんがい》があるから」

と案内を頼む。

お話変わって、わるい者エドマンドは女性にも手が早い。よくもてる。ゴネリルに取り入り、リーガンにも秋波を送り、どちらからも憎からず思われている。つまりエドマンドは二股《ふたまた》をかけ、姉妹はうまく操られて激しい嫉妬に襲われる。ゴネリルの夫

オールバニ公は穏健な良識派で、過激なゴネリルとはすでに仲たがいが始まっている。二人の意見はことごとに対立し、もう修復がきかない。リア王に対するゴネリルの態度ひとつを採ってもオールバニ公には許しがたいことなのに、加えてゴネリルの心はエドマンドに傾いているのだ。

グロスター伯が両目を潰されて放逐されたことが知らされ、さらにコーンウォール公の死が伝えられる。オールバニ公はエドマンドの裏切りを憤るが、ゴネリルは愛するエドマンドが妹のそばにいるのが気がかりでならない。妹は未亡人になり、エドマンドと親しむ条件がそろっているではないか。

一方、忠臣ケント伯が画策してコーディーリアに連絡を取った件。使いを頼んだ紳士が戻って来て、まさしく手紙をコーディーリアに手渡したことを告げ、さらに、そのときのコーディーリアの様子を紳士の言葉で伝えるならば、

「一、二度、やっとのことで、『お父様』と胸をしぼりあえぐような声で言われ、あとはもう、『お姉様がた！　女の恥です！　お姉様がた！　ケント！　お父様！　お姉様がた！　嵐の夜を！　この世にあわれみはないのか』と泣き声で。そして星のような目から清らかな雫《しずく》をふりしぼり、激情の火を静めると、お一人で悲しみにふけろうと出て行かれました」

とのこと。あわせてコーディーリアがリア王を捜す兵士と医師を手配したことも観客に伝えられる。

フランスとイギリスの小ぜりあいはすでに始まっていて、それゆえにフランス軍がドーバーに上陸しているのだが、フランス王自身は本国に事情があって急遽《きゅうきょ》引き返したらしい。ドーバーに駐屯《ちゅうとん》するフランス軍がかならずしも強力でないことがほのめかされる。迎え撃つイギリス側は、オールバニ公とコーンウォール公の軍勢だが、コーンウォール公はすでに亡《な》く、オールバニ公は戦闘にかならずしも乗り気ではない。奥方たちはと言えば、つまりゴネリルとリーガンはエドマンドを挟んで競いあっている。さぐりあっている。

ゴネリルの執事オズワルドは腹黒い男で、ゴネリルからエドマンドに宛てた手紙を預っているのだが、リーガンに会い、リーガンから、

「私についたほうが、得よ」

と、ほのめかされて寝返ってしまう。ゴネリル、エドマンド、リーガン、この三角関係はすこぶるあやうい。

あやういと言えば、ドーバーの崖《がけ》にたどりついたグロスター伯とエドガーも大変だ。グロスター伯は崖から身を投ずる覚悟で、エドガーに手引きを頼む。エドガーは素知

らぬ様子で丘のふちまで連れて行き、そこが海に臨んだ高い崖の上であるかのように装《よそお》う。目を潰されたグロスター伯はエドガーの言葉を信じ込み、意を決して跳んで落ちるが、もとよりさほどの高さではないから怪我《けが》ひとつしない。丘の下にまわったエドガーは別人に変わって伯爵を助け起こし、奇蹟《きせき》が起きたこと……つまり、とてつもなく高いところから落ちたのに死ななかったこと、それはとりもなおさず、神の恩寵《おんちよう》を受けた印、希望を持って生きて行かねばならないことを訴える。

そこへリア王が現われ、グロスター伯とエドガーが近寄ってみれば、老王は明らかに狂っている。二人が嘆き悲しむところへ、忠臣ケント伯と親しい紳士がコーディーリアの内意を受けて捜しに来て老王たちを見出《みいだ》す。

わるい者の執事オズワルドは、リーガンの手先となり、グロスター伯を殺そうとして現われるが、エドガーが応戦し、オズワルドは返り討ちにあって死ぬ。

リア王はコーディーリアの陣内に保護される。医師の手あつい治療を受け、安息の深い眠りについているが、やがて医師の許可があってコーディーリアと再会。少しずつ狂気から回復する。

だが、イギリス軍の攻撃が迫っている。そのイギリス軍の内部ではコーンウォール公はすでに殺害され、前線の指揮を執るのはエドマンド、今はコーンウォールの領主となり、ゴネリルとリーガン、姉妹二人を手玉にとっている。

第五幕に入り、イギリス軍の陣営でリーガンがエドマンドに問いかけている。「私と姉とどっちが好きなの？」という詰問《きつもん》だ。エドマンドが遠まわしに答えているところへ、ゴネリルと、その夫のオールバニ公が軍を率いて登場。もちろんフランス軍との戦に臨むためである。

先にも述べた通りオールバニ公はいい者、穏健な良識派だ。オールバニ公が独りいるところへ、あい変らず卑しい身なりのエドガーが現われ、手紙を渡し、

「戦いの前に、この手紙をごらんください。勝利の節は、ラッパを鳴らして手紙を持参したこの私をお呼びください。卑しい姿ではありますが、そこに記されておりますことを、剣によって証明してごらんにいれます。万一敗北の節は、あなた様のこの世のわずらいも終わりとなり、陰謀も消滅します。ご武運をお祈りします」

と告げて立ち去る。

私なんか、

――なんでこんなややこしいことをするのよ。事情をはっきり説明すればいいのに――

と思ってしまうけれど、これは、この先にドラマチックな情景を作るための下準備、

あわてず、あせらず、深くは考えずに待つよりほかにない。

フランス軍は、フランス王が帰国しているせいかどうか、陣営も手薄で、イギリス軍に敗れてしまう。リア王とコーディーリアが捕虜となり、エドマンドの前に引き立てられる。とりあえず牢獄《ろうごく》へと連行されるが、エドマンドは腹心の隊長に二人の暗殺を命ずる。

オールバニ公、ゴネリル、リーガンと現われ、一同が顔を合わせているところで寡《か》婦《ふ》となっているリーガンは、自分の新しい夫としてエドマンドを選ぶことを宣言しようとする。

ゴネリルは、夫を持つ身でありながら、それには大反対、自分こそがエドマンドを選びたいのである。

オールバニ公が姉妹の口論に割って入り、まずエドマンドの大罪を公言する。今ほど入手した手紙は……エドガーがもたらした手紙はそれを証明するものらしい。

伝令使が呼ばれ、その伝令使が来る前にリーガンが突然胸をかきむしって退場。が、それはともかく喇叭《らっぱ》が高鳴り伝令使が高らかに読みあげる。

「わが軍の将兵にして身分あるもののうち、グロスター伯爵を僭称《せんしょう》するエドマンドをかずかずの裏切りを犯した謀反人《むほんにん》として告発するものあらば、三度目のラッパを合図に名乗り出でよ。エドマンドはあえて挑戦に応ずる」

と、これこそが先にエドガーをしてあたふたと立ち去らせたことの演劇的理由であったのだ。たとえ少々、不自然であっても、演劇は要所要所で……そう、ドラマチックでなくてはいけない。

三度喇叭が鳴って、凜々《りり》しく武装したエドガーが登場する。身分を名乗らぬままエドマンドに決闘を申し込み、二人は戦う。

エドマンドが深手を負って倒れる。

そこでエドガーはおもむろに、

「おたがいに許しあおう。血筋ならおまえにいささかも劣らぬぞ、エドマンド、まさるとすればそれだけおまえの罪は重くなる。おれの名前はエドガー、おまえと同じ父親の子だ。神々は正しく裁かれる、人間が不義の快楽にふければそれを道具として罰をくだされる。父上は暗い邪淫《じゃいん》の床でおまえをもうけた報いに、両眼を失われた」

と訴え、さらに父グロスター伯が自分の腕の中で死んだことをも皆に告げる。

私なんか、

――こんなところでエドガーとエドマンドは許しあって、いいのかな――

と思ってしまうけれど、わるい者エドマンドも、ここでは良心を取り戻したような台詞《せりふ》を呟《つぶや》くのだ。

そこへ大声が響いて、リーガンの死、ゴネリルの死……。なんで？　と思われるむきもあろうが、自分の立場を悲観したゴネリルがまず妹のリーガンを毒殺（先に胸をかきむしって退場したのは、このせい）次いで自分も短剣を胸に当てて自害した、という事情。このあたりは人死のオン・パレード。

忠臣ケント伯が駈《か》け込んで来てリア王の行方を求めれば、エドマンドがリア王とコーディーリアの暗殺を指示していたことを思い出して、

「おれの本性にはそむくが、少しはいいことをしておきたい。すぐに使いを、城へ、大急ぎで。指令を出してあるのです、リアとコーディーリアのいのちを奪えという。さ、早く使いを」

と叫ぶ。

私なんか、

――思い出すのが遅過ぎるんだよ――

と思ってしまうけれど、案の定、コーディーリアは殺されていて、死体をリア王が両腕に抱いて現われる。

Richard Briars as King Lear, Renaissance Theatre.

リア王の嘆き……。

そこへエドマンドの死の報告。これはもちろん決闘で受けた傷のせいである。

次いでリア王の死。これは数々の悲しみのせいである。

主だったところで生き残ったのはエドガー、ケント伯、オールバニ公……と引き算をして生存者を数えるうちに悲劇〈リア王〉の終幕となる。

〈リア王〉の執筆完成は、シェイクスピア劇の常として正確にはつきとめにくいのだが、多分一六〇五年から一六〇六年にかけて。初演は、一六〇六年の十二月の上演が今に残る記録の中でもっとも古いものである。

原話は古くからケルトに伝わる伝承で、三人の娘を持つリア王が、娘たちの本心を見あやまって、財産を譲った二人に裏切られ、義絶した末娘こそが本当の孝心を持つ者であることを知って後悔する、というストーリィを踏襲している。いろいろな形で伝えられているものをシェイクスピアは、他の劇作のときにも繁《しげ》く利用した〈ホリンシェッドの年代記〉を中心に想像をふくらませて筆を執ったようだ。グロスター伯と二人の息子のエピソードは、またべつな伝承であり、一つのストーリィでは満足せず、ほかの話を絡《から》めるのはシェイクスピアの特徴の一つ。悲劇〈リア王〉はリア王を軸とする主流と、グロスター伯を軸とする傍流と、二つが提示され……むしろこれ以外のエピソードを排除して二つだけが扱われている点、シェイクスピア劇としては構造のわかりやすいほう、と言ってもよいだろう。

シェイクスピアの悲劇と言えば、日本では数ある作品の中で〈ハムレット〉がとりわけよく知られ、評価も高いようだが、欧米では〈リア王〉こそナンバー・ワンという物指も珍しくはない。親と子、老人と若者、夫と妻、主人と家臣、権力者と下積みにある者、さまざまな人間関係を俎上《そじょう》に載せ、この世の権威と人間の真実にゆさぶりをかけ、問いかけている。演劇的効果を高める存在としての道化のあしらいも、看過できないアイデアである。高い評価は充分に頷《うなず》けることであり、それよりもなにより も歴史的に長く、広く高い評価が定着していることは紛れもない事実である。

だが、お立ちあい、ぜんぜんよくない、という声もないわけではない。ネガティブな意見をことさらに採りあげるのは天邪鬼《あまのじゃく》のきらいがないでもないが、その発言者がロシヤの偉大な文豪トルストイ（一八二八〜一九一〇）であり、シェイクスピア劇全体に対する完膚なきまでの否定であると知れば、一応は紹介しておかなければなるまい。

すなわち〈シェイクスピア論および演劇論〉（以下の引用は〈トルストイ全集〉第十七巻・中村融訳・河出書房新社刊）であり、四百字詰めの原稿用紙に直して三百枚を越える大論文である。シェイクスピアもトルストイも日本ではよく読まれている作家だが、この論文の存在は思いのほか知られていない。シェイクスピア・ファンには気に入らない内容だから……と考えるのは私の邪推だろうか。

トルストイは、それがいつの頃かは明記していないけれど、初めてシェイクスピアを読んだときから納得ができなかった。何度読んでも、どれを読んでも、おもしろくなかった。

なのに周囲は絶賛する。ほかのことでは充分な教養と鑑賞力を備えていると信じられる友人、知人、文学者がこぞって褒めそやすのだが、トルストイ自身は〝よろこびを味わえなかったどころか、払いのけられぬ嫌悪《けんお》の情と、退屈さを感じ〟てしまう。トルストイは真摯《しんし》な人柄である。〝自分のほうが気が変なのではないか〟と疑い、

〝あらゆる可能な形で――ロシヤ語で、英語で、ドイツ語で、また人からすすめられるままにシュレーゲルの翻訳などで――幾度かシェイクスピアを読みにかかった。そして悲劇、喜劇、史劇をなんべんも読んだが、――あやまりなく味わったところはやはり同じこと――嫌悪と、退屈と、不可解――だった。いま、この論文を書く前に、七十五歳の老人である私は、もう一度自分をしらべてみる気に

なって、新たにシェイクスピアの全作品をヘンリーの史劇『トロイラスとクレシダ』、『テムペスト』、『シンベリン』をも含めて残らず通読してみた、そして同じ感じをいっそう強く経験した、が、それはもはや不可解などというものではなく、シェイクスピアが得ている、しかも現代の作家たちをして彼に模倣せしめ、読者や観客にはその美的、倫理的な観念をゆがめさせてまで彼のなかにありもせぬ価値を探しださせているところの偉大な、天才作家という争う余地のない名声がいっさいの虚偽と同じく大きな悪である、という確固たる、疑いない信念だった〟

と告白している。

いかがだろうか。これだけ歴然とした全否定は珍しい。

こう考えたあげくトルストイは例証の対象として評価の際立《きわだ》って高い〈リア王〉を採りあげている。

なにしろ〈戦争と平和〉や〈アンナ・カレーニナ〉を書いた御仁だ。長く、じっくりと本腰を入れて対象に挑むのは得意技と言ってよい。こういう人に熟視されては、地下に眠るシェイクスピアもあまりいい気分ではなかったろう。

トルストイは〈リア王〉の登場人物の性格設定の甘さ、行動の不合理性、道化の台詞の退屈さ、劇的な高貴さの欠如など、ありとあらゆる方向から批判を浴せている。
戯曲の冒頭の、ほとんどプロローグと言ってよいほどの短いシーン……まったくの話、私はなんの考えもなく読み過ごしてしまった台詞だが、それにも痛烈な刃《やいば》を向けている。グロスター伯がケント伯を相手にわが子エドマンドを紹介しながら話しているところだ。

ケント「あれはご子息かな？」
グロスター「育てたのはたしかにこの私だ。だがあれを伜《せがれ》と認めるたびに赤面していたので、いまではすっかり面《つら》の皮も厚くなった」
ケント「よくわからぬが、なにか事情でも？」
グロスター「うむ、情事という事情でな、おかげでこいつの母親の腹がせり出し、やがて夫をベッドに迎える前に、赤子を揺り籠《かご》に迎えてしまったというわけだ。けしからんあやまちとお思いだろうな」
ケント「そのあやまちがなければよかったとも言えぬな、これほどりっぱな実を結んだとすれば」
グロスター「私にはもう一人、正当な腹から生まれた伜がある、こいつより一年ばかり年上だ。だが嫡男《ちゃくなん》とは言ってもそれだけかわいいとは思わぬものだな。こいつは呼びにもやらぬのに生意気にもこの世に飛び出してきおったが、その母親というのが美人でな、こいつができたのもさんざん楽しい思いをしたればこそだった。そこで妾腹《しょうふく》とはいえ、認知せざるをえなかったのだ」

グロスター伯は高貴な人柄で、この先、このドラマではリア王と並んで凛々しい悲劇のヒーローを演じなければならない人物だ。その人物が、いかに私生児とは言え当人を前にして、しかも同じように高貴な人柄のケント伯を相手に呟く台詞とは思えない、という指摘である。人物のプレゼンテーションを受け持つ第一幕で、こんな下劣な文句が飛び出すのは言語道断、げびた言い方で大衆の低俗な心をくすぐる程度のものだ、という主旨の批判を示している。

この場面に次いで提示されるリア王の三人の娘とのやりとり……これは、このドラマの大前提であり、すこぶる重要なプレゼンテーションのはずだが、これについてはトルストイならずとも首を傾《かし》げる人はいるだろう。そもそもリア王が一通りの賢王でなくては話は成立ちにくいのだ。愚かな王を登場させ、その通り愚かであったことを描いても意味がない。賢王が不覚にも誤ってしまってこそ悲劇なのだ。三人の娘をずっと育ててきて、それぞれがどういう性質か、上の二人は裏表のある性格で、下の一人は頑固だが正直者、この程度のことがわからないようでは話にもならない。忠臣ケントの真情もリア王には見えないのだ。

〝読者も観客も、王がいかに年とってぼけたにせよ、いままでの生涯をずっといっしょに暮らしてきた悪い娘たちの言葉を信じ、愛娘《まなむすめ》を信じないでこれを呪《のろ》って追い出すようなまねができたとは信じられるはずがない。だから、観客も読者も、この不自然な場面に登場してくる人物たちの感情に共鳴できるはずはない〟

と、トルストイは断定している。

グロスター伯のエピソードの馬鹿《ばか》らしさも同類だ。伯爵《はくしゃく》はエドマンドの姑息《こそく》な企《たくら》みを軽々に信じてしまうし、すぐに逃げて行くエドガーの行動もよくわからない。扮装《ふんそう》したケント伯にだれも気づかない馬鹿らしさは古い時代のドラマの常套《じょうとう》手段の一つだから大目に見るとしても、道化の戯言《ざれごと》はなんなのか。トルストイは徹底的に許さない。場ちがいのところで愚にもつかない戯言を発している。エドガーが父・グロスター伯と崖《がけ》っぷち（と盲目の伯爵が信じている丘の上）で交わす饒舌《じょうぜつ》にもけちをつけている。

このあたりは確かに評価の分かれるところだろう。大衆にとって十七世紀は文芸はまだ揺籃期《ようらんき》、もの珍しいだけで喝采《かっさい》を受ける傾向があったことは否定できないし、あまり深読みをしてありがたがってしまうのは、どうかな、と私自身も思いたくなる台詞も多い。

第五幕でドタバタと人が死んでいくのもトルストイは気にくわないし、そもそも、

〟シェイクスピアのどのドラマにも横溢《おういつ》しているかような時代錯誤《アナクロニズム》は、十六世紀、十七世紀の初頭では、幻想の可能をそこなわなかったのかもしれない。だが現代ではすでに事件の推移を興味をもって追うことは不可能である。それは作者が詳細に描いているような情況のなかではそのような事件は生じるはずがないことを承知しているからである〃

と喝破し、

〟どんなものでもシェイクスピアの劇を読みはじめると、私にすぐさまじゅうぶん明白に確信できるのは、シェイクスピアには性格描写上の唯一《ゆいいつ》とは言わぬまで

も大事な手段である――「言葉」というものが欠けていること、つまり、一人一人の人物が自分の性格にそなわった言葉で話すような、そういう言葉が欠けている、ということであった。シェイクスピアにはそれがないのである。シェイクスピアの人物たちはいずれも自分の言葉ではなくして、つねに同一のシェイクスピア流の、虚飾たっぷりな、不自然な言葉で話すが、それは描かれている登場人物がそれで話せないのみか、いつ、いかなる所においても、いかなる生きた人間も話すはずのない言葉なのである〟

と〈リア王〉を超えてシェイクスピア劇全体の批判へと矛先を向け、自らの演劇論を展開している。シェイクスピアを称賛している多くの批評家や文人の論述にも丹念に吟味を加え、非難の鋭さは留まるところを知らない。なにしろ三百枚を超える大論文であり、随所に私の知識が及ばない検証が示されているので、これ以上の紹介は控えよう。詳しくは原物をどうぞ、と、お勧めしておく。シェイクスピアを考えるとき一読の価値はある、と私は考えている。

あえてもう一言を加えれば……欧米の事情は私にはわからないが、トルストイが指摘している伝染病的暗示は（どれほど極端かはともかく）日本にも見られるだろう。

権威者が絶賛すると、その暗示を受けて盲目的にそれを喧伝《けんでん》してしまう現象が、時折、文芸の世界に生ずる、という分析である。私自身、トルストイほど顕著ではないが、シェイクスピア礼讃《らいさん》の中に、この傾向を感じないでもない。シェイクスピアの演劇を充分に楽しみながらも、

——不出来なところもあるな——

と百パーセントの満足は得られない。盲目的な称賛を周囲に感じることも多い。これは本当だ。

そして、もう一つ、私自身が小説家である立場として言えば、トルストイの分析は、

——小説家の考えだなあ——

と思わないでもない。もちろんトルストイは戯曲も書いているし、演劇にも豊かな見識を持っていたと思われるが、やはり徹頭徹尾、小説の時代の小説家であった。

つまり私たちの文芸的関心は近世から近代にかけて、詩歌・演劇から小説中心へと移って拡大し、その部分を豊かに発展させた。小説の時代と称する所以《ゆえん》である。小説というものは、登場人物の性格であれ、事件の進展であれ、一定の合理で貫かれていなければならない。ストーリィに一貫性がなくてはいけない。

演劇は少しちがう。いくつかの場面が、それぞれに機能して観客を感動させ、楽し

ませる、という度合がずっと強い。歌を唱《うた》ったりダンスを踊ったり、筋の展開の上で必然性の薄いことでも、そこだけで観衆に訴え、その通り観衆は満足したりするのである。小説家である私にはトルストイの主張がとてもよくわかるのだが、これは演劇家の立場と少し、あるいはたくさんちがっているのかもしれない。

話は黒澤明監督の〈乱〉に戻る。

〈リア王〉を熟読したうえで、あらためて〈乱〉を見ると、

——黒澤さんは〈リア王〉の弱点を一生懸命に補ったんだなあ——

と思ってしまう。

〈乱〉と〈リア王〉はよく似ているが、〈乱〉に加えられた修正は、やはり文芸的な創造といってよいレベルのものだろう。そう考え直して〈乱〉の評価が私の中で少し上がった。

〈リア王〉の弱点なんて……私が言うのはおこがましいけれど、現代の視点に立てばやっぱり不足は目立つ。現代は（よくもわるくも）小説が文芸的なものの中核をなす時代であり、戯曲も会話からなる小説、という見かたをされることが多い。小説家である私は、とりわけそういう見かたをするし、トルストイにもそれがあった。映画も

またストーリィの展開が、演劇より小説的であるように私は思う。主人公の性格の一貫性や現実性の設定など、映画は演劇のように飛躍しない。黒澤明にもそういう感覚があったのではないのか。そういう目で見たときに見えてくる〈リア王〉の弱点を〈乱〉は、こまめに補っているのではないのか、というのが私の現在の感想である。

たとえば〈リア王〉の三人の姉妹を〈乱〉では三人の兄弟に変えている。みずからが一軍を指揮する武将であればこそ反逆のリアリティが強くなる。

グロスター伯のエピソードは消え、ストーリィは一本道の進行。〈リア王〉のようなパラレルの構造を作ってややこしいことはない。

いくら変装しても見破られることのない不自然さは完全に消去され、登場人物たちの性格設定や行動様式もおおむね納得がいくように改変されている。道化の役は残され、あい変らず若干の違和感は拭《ぬぐ》えないが、これも〈リア王〉ほどにはうるさくはない。おそらくトルストイも〈乱〉ならば、

――努力のあとが見える――

と評価してくれるのではあるまいか、と、とりとめない想像をめぐらしてみた。

ともあれ今回でこのエッセイは終了する。第一話の冒頭でシェイクスピアの生涯を略述し、あとは三十を超えるシェイクスピア戯曲の中から十一を選んで紹介した。勝

手気ままな紹介……。不充分は言うまでもないが、代表作には一通り触れることができたと思う。

シェイクスピアの文体については論述することができなかった。非常に優れたものであるらしいが、私の英語力はさほど堪能《たんのう》ではない。読んで意味がわかる程度の力では韻文その他の評価はおぼつかない。

翻《ひるがえ》って文芸作品が言葉で表現されることを考えれば、文章を正しく賞味できない弱点は大きい。とりわけシェイクスピアの場合は長所の五十パーセントを見ていないことにもなりかねない。

――辛《つら》いなあ――

しかし、これは私のみならず日本人の読者、日本人の観客ならおおむね同じ条件の下に置かれている事情だろう。外国産の文芸を鑑賞する道には、とてつもない障害がある。つまり表現の手段となる言葉の問題だ。その鑑賞力のレベルだ。わかっていても、どうしようもない。その弊を訴え、ほんの少し釈明をそえて筆を置こう。

シェイクスピア作品（戯曲37篇・詩類3篇）創作年一覧

――E. K. チェーンバーズの推定による――

1590―1591年	〈ヘンリー六世・第二部〉〈ヘンリー六世・第三部〉
1591―1592年	〈ヘンリー六世・第一部〉
1592年	〈ビーナスとアドーニス〉
1592―1593年	〈リチャード三世〉〈間違いの喜劇〉
1593―1594年	〈タイタス・アンドロニカス〉〈じゃじゃ馬ならし〉
1593―1596年	〈ソネット集〉
1594年	〈ルクリースの凌辱〉
1594―1595年	〈ベローナの二紳士〉〈恋の骨折り損〉〈ロミオとジュリエット〉
1595―1596年	〈リチャード二世〉〈夏の夜の夢〉
1596―1597年	〈ジョン王〉〈ベニスの商人〉
1597―1598年	〈ヘンリー四世・第一部〉〈ヘンリー四世・第二部〉
1598―1599年	〈から騒ぎ〉〈ヘンリー五世〉
1599―1600年	〈ジュリアス・シーザー〉〈お気に召すまま〉〈十二夜〉
1600―1601年	〈ハムレット〉〈ウィンザーの陽気な女房たち〉
1601―1602年	〈トロイラスとクレシダ〉
1602―1603年	〈終わりよければすべてよし〉
1604―1605年	〈尺には尺を〉〈オセロー〉
1605―1606年	〈リア王〉〈マクベス〉
1606―1607年	〈アントニーとクレオパトラ〉
1607―1608年	〈コリオレーナス〉〈アテネのタイモン〉
1608―1609年	〈ペリクリーズ〉
1609―1610年	〈シンベリン〉
1610―1611年	〈冬の夜物語〉
1611―1612年	〈テンペスト〉
1612―1613年	〈ヘンリー八世〉

解説

菱《ひし》沼《ぬま》彬《よし》晁《あき》

アンケート調査ばやりの世の中で、「あなたのまだ読んでいない本をあげてください」というのがあり、本にまでなっていると聞いた。これは危ない。もし、そんなアンケート用紙があなたのところに舞いこんだら、黙ってゴミ箱に捨てた方がいい。これは悪意に満ちた企《たくら》み、奸計《かんけい》だ。面白がったり、心を許してはならない。新婚の夜の告白ごっこと変わるところがないではないか。「お願い、正直に言って。あなたは私以外の女と寝たことがあるの？」と迫られて答えるのが正直か、誠実か？　もし、それに答える男がいたとしたら、自分の中にある軽薄なおしゃべりの虫が言わせているに過ぎない。

私が関係している演劇界の劇作家や演出家、俳優、舞台美術家、演劇評論家たちに聞いてみた。「シェイクスピア劇三十七篇・詩篇三篇、あなたはいくつ読んでいますか。読んでいない作品をあげて下さい」——やはり寂《せき》として声はない。それはそうだ。

うっかり漏らそうものなら、それこそ大スキャンダル。卑劣漢が虎視眈々《こしたんたん》と狙《ねら》っている。その餌食《えじき》になるだけだ。卑劣漢というのは、サルトルの『嘔吐《おうと》』の主人公も言っている。それは特殊な人ではなく、ハイデッガーが「世人」と呼んだような既成の価値や体制を信じる共同体の成員たちのことだと。

私のことを言うなら、私は中学二年の時、すでにシェイクスピアはもちろん、ホメロスもスタンダールもフロベールもプルーストも読み、世界の名著万巻に通じていた。当時、読書に倦《う》み疲れた目で世の中を見たとき、世界を征服したとまではいかないが、少なくとも世界と和解できるような気がしたものだ。ただし、私が読んだというのは学校の図書館から借りてきた「少年少女のための世界文学入門」これ一冊だけ。「なぁーんだ」と「入門書」を馬鹿《ばか》にしてはいけない。その著者や出版社、正式な題名は忘れてしまった。だが、この一冊は高校に入ってから国語教師を眩惑《げんわく》するに十分で、さらに私を大学の文学部へ進学させる力を持っていた。少なくとも一人の少年に「世界」に目を開かせ、その人生の方向を決めたのである。今、これだけの入門書、あるいはそれを書けるだけの人がいたらお目にかかりたい。

「入門書を書くのは難しいことだよ」と折に触れて語るのは、本書の著者・阿刀田高氏である。私と阿刀田氏の関係は、氏が日本ペンクラブの財政委員長、私が財政委員というのがその一つである。日本ペンクラブの会合から居酒屋に流れたときもこの話題になった。

「入門書は入門者にやさしいのは当然だが、原作よりも魅力的で、原作者の気づいていないことも引き出してやらなければならない」とも語り、私は中学のときの読書体験を思い出して大いに共鳴した。

本書『シェイクスピアを楽しむために』は『ギリシア神話を知っていますか』『アラビアンナイトを楽しむために』『旧約聖書を知っていますか』『新約聖書を知っていますか』『ホメロスを楽しむために』そして「コーランを知っていますか」の系譜で、圧倒的、壮大な知の世界を構成しつつある。これを入門書と呼んでいいのかどうか分からない、というのは、私は氏の志を知っているからである。氏はもちろん小説家だが、もう一つなりたいものがあって、それは「アンソロジスト」だという。アンソロジーはまだ日本で編まれておらず、アンソロジストも存在していないと思う。

アンソロジー。これは何か。集英社の『世界文学事典』によれば、ギリシャ語でアントロギアといい、元来は「花を集めたるもの、花束」を意味したが、ビザンティン帝国時代以降、「詞華集」すなわちさまざまな詩の集成を意味するようになった云々《うんぬん》とある。詩歌が中心のようだが、美的世界を一定の基準で選ぶのであれば、広く文芸作品をこれに含めていいのではないか。私は阿刀田氏の一連の入門書、そしてかつて私が愛読した「少年少女のための世界文学入門」も立派なアンソロジーではないかと考えている。

さて、あらためて本書の読者に問いたい。「シェイクスピア劇三十七篇・詩篇三篇、あなたはいくつ読んでいますか。読んでいない作品をあげて下さい」——あなたは答える必要がなく、もっと言えば、戯曲は読む必要がない。

戯曲（演劇のテキスト）は最も売れないジャンルの文芸作品である。私が編集に携わっている外国戯曲の翻訳集は一点の発行部数が一千部を超えることがなく、なお売れ残っている。シェイクスピアの作品の中で最もポピュラーと思われる「ハムレット」にしても戯曲で読んでいる人はプロの演劇人を除けば、おそらく少ないのではないか。いや、少なくて当たり前だ。一般の人が戯曲を読んだとしても、その努力と忍耐は報われることが極めて少ない。戯曲はあくまでテキストに過ぎないのである。演出家の思いつきや気まぐれ、功名心、俳優の顔ぶれ、また予算や劇場の条件、上演時間、時の流行などによっても自在に変わり、その都度使い捨てにされる覚え書きのような一面を持っている。まして現代は作者不在の「演出の時代」とかで、戯曲や俳優がときとして演出家の遊び道具になる傾向を嘆く声も聞こえてくる。だから、演劇は舞台で見ればよいと私は思う。演劇は舞台に乗って、初めて生き生きと動き出すものなのである。

阿刀田氏も本書で次のように述べている。

「私は小説家なので演劇を演劇として捕らえることが下手くそである。戯曲を見せられると、会話の多い小説として読んでしまう。

あえて言うならば、私のみならず多くの読者がこの傾向を持っているのではあるまいか。……戯曲を演劇として想像的に読める人は、むしろ例外的だろう」と。

しかし、同時にシェイクスピアの世界の豊かさは、誰よりも本書の読者が知っている通りである。シェイクスピアのくどき、さわり、見どころ、聞きどころ、カンどころ、名文句、殺し文句を繰り返し味わおうとするなら、活字の世界に分け入らなければならない。そしてその蘊蓄《うんちく》を語ろうとするなら絶好の手引きになり、シェイクスピア劇の見巧者《みごうしゃ》にしてくれるのがこのアンソロジーである。

本書を面白くし、奥行きを与えているのは、まず戯曲を「会話の多い小説として読んでしまう」という小説家ならではの着目と批評精神、そしてイングランドとスコットランドの歴史とドラマの現場を跋渉《ばっしょう》した取材量の多さであろう。シェイクスピアが生存したエリザベス朝とこれに先立つ三百年――イギリスの国家形成期にスポットが当てられ、そこから日本人にとって意外な事実が浮かび上がる。

「リチャード三世は傴僂《せむし》でも醜男《ぶおとこ》でもなく、残虐《ざんぎゃく》な行為も当時の権力者がみんなやっていたことで、彼だけがとくにひどかったということはない」

「マクベスは魔女の予言にそそのかされて王位を簒奪《さんだつ》したことになっているが、王位につくのはマクベスに正当性があった」

など、シェイクスピアが描いた人物像とまるでかけ離れているではないか。

リチャード三世を討ち取るリッチモンド伯はエリザベス一世女王の祖父に当たり、女王の愛顧を受けて芝居を作ったシェイクスピアは、リッチモンド伯を悪くは描けない。その分だけリチャード三世は損をしたのだと阿刀田氏は同情を寄せる。そうだ、リチャード三世は背中にこぶを持つ必要がなく、すらりとした二枚目が颯爽《さつそう》と演じればよい。その方が「悪」のすごみが生まれるのではないか。悪はそれ自体、滅びへと向かう力を持っているのだから。マクベスもマクベス夫人もまたしかり。自分の野望に後ろめたさを感じることはない。九世紀末から十一世紀にかけてのスコットランドは、マクベスとダンカンの二つの王系が交互に王位につく習慣があり、マクベスが王位についた十七年間はむしろ善政が布《し》かれたという。それを悪者にしたのがシェイクスピアなのである。しかし、彼が生きた時代のイングランドは、マクベスと対立したダンカン系の血筋とつながりを深めていたとあれば、致し方のない政治判断だったのであろう。

もう一つ、本書を際立《きわだ》たせるものがあって、シェイクスピアに対する全否定が飛び出して読者をびっくりさせるのである。第12話「リア王は乱れる」で、阿刀田氏は同じ小説家としてトルストイの痛烈なシェイクスピア批判を紹介する。

トルストイはシェイクスピアを何度読んでも「喜びを味わえなかったどころか、嫌《けん》悪《お》と退屈と不可解の情が増すばかり」だったという。彼はロシア語で、英語で、ドイツ語で幾度か読み返すが、「現代の作家たちに模倣せしめ、読者や観客にはありもせぬ価値を探し出させている偉大な天才作家という名声が一切の虚偽と同じく大きな悪であるという確固たる信念」をますます強める。この激しさは、特に「リア王」に向けられ、「読者も観客も、王がいかに年とってぼけたにせよ、いままでの生涯をずっといっしょに暮らしてきた悪い娘たちの言葉を信じ、愛娘《まなむすめ》を信じないでこれを呪《のろ》って追い出すようなまねができたとは信じられるはずがない。だから、観客も読者も、この不自然な場面に登場してくる人物たちの感情に共鳴できるはずはない」と切って捨てる。返す刀でシェイクスピアを賞賛している多くの批評家や文人を血祭りに上げる。

阿刀田氏はこれを「小説家の考えだなあ」と考えつつ、権威者が絶賛するとその暗示を受けて盲目的にそれを喧伝《けんでん》してしまう文芸界の現象に思いを致すのである。

ここで私が「あなたはトルストイを読んでいますか？」と尋ねられたら、やはり答えない。ただ、トルストイの執念の作業、消耗ぶりを傷《いた》ましい思いで見つめるだけである。戯曲をたとえ何十カ国語で何十ぺん読もうと、演劇の「ウソ」は舞台に乗せることでしか「マコト」として見えてこない。これは本当である。歌舞伎を台本で読んだとき、ご都合主義しか感じられないのと同じであろう。しかし、これが舞台で大化けし、肌に粟《あわ》立つ悲劇となる。舞台にはやはり魔物が棲《す》んでいるのである。舞台でたたき上げたシェイクスピアは、そのからくりを知り抜いていたのではないか。私が感じた傷ましさは、現代日本の著名な小説家、文明評論家が書いた劇作が無惨《むざん》な失敗作であり、書いた当人はそれに気づいていないことにも通じている。

ただ、気になることが一つある。新潮社の『世界文学小辞典』トルストイの項に「(一八)九八年に発表した『芸術とはなにか』では転向以前の自己の作品を含む、いわゆる世界の大文学を否定し、ストー夫人の『アンクル・トムス・ケビン』を絶賛するなど極端な芸術論を展開した」とある。自分を含む世界の大文学の否定とは何か、トルストイに一体何が起こったのか、面白いテーマだが、しかし、これはこの稿とは関係のない別の問題である。

To be, or not to be, that is the question. ――シェイクスピアはいたのか、いなかったのか、それが問題だ。

（二〇〇二年十二月、中国演劇翻訳家）

阿刀田高　文庫分類目録

＊ミステリー、奇妙な味、ブラック・ユーモアに属する小説、および小説集

『冷蔵庫より愛をこめて』（講談社文庫・'81年9月刊）
『過去を運ぶ足』（文春文庫・'82年1月刊）
『ナポレオン狂』（講談社文庫・'82年7月刊）
『Aサイズ殺人事件』（文春文庫・'82年9月刊）
『食べられた男』（講談社文庫・'82年11月刊）
『夢判断』（新潮文庫・'83年1月刊）
『一ダースなら怖くなる』（文春文庫・'83年6月刊）
『壜詰の恋』（講談社文庫・'84年2月刊）
『恐怖夜話』（ワニ文庫・'84年4月刊）
『コーヒー・ブレイク11夜』（文春文庫・'84年9月刊）
『マッチ箱の人生』（講談社文庫・'84年10月刊）
『最期のメッセージ』（講談社文庫・'85年2月刊）
『街の観覧車』（文春文庫・'85年10月刊）
『早過ぎた予言者』（新潮文庫・'86年2月刊）
『NAPOLEON CRAZY』（講談社英語文庫・'86年3月刊）
『待っている男』（角川文庫・'86年6月刊）
『危険信号』（講談社文庫・'86年9月刊）
『仮面の女』（角川文庫・'87年6月刊）
『だれかに似た人』（新潮文庫・'87年6月刊）
『猫の事件』（講談社文庫・'87年9月刊）
『ミッドナイト物語』（文春文庫・'87年10月刊）
『黒い箱』（新潮文庫・'88年4月刊）
『迷い道』（講談社文庫・'88年12月刊）
『知らない劇場』（文春文庫・'89年1月刊）
『真夜中の料理人』（講談社文庫・'89年10月刊）
『明日物語』（文春文庫・'90年7月刊）
『恐怖同盟』（新潮文庫・'91年1月刊）
『危険な童話』（新潮文庫・'91年4月刊）
『妖しいクレヨン箱』（講談社文庫・'91年5月刊）
『霧のレクイエム』（講談社文庫・'91年11月刊）
『Vの悲劇』（講談社文庫・'92年6月刊）
『東京25時』（文春文庫・'92年12月刊）
『他人同士』（新潮文庫・'93年1月刊）
『心の旅路』（角川文庫・'93年7月刊）
『いびつな贈物』（集英社文庫・'94年2月刊）
『夜に聞く歌』（光文社文庫・'94年11月刊）
『消えた男』（角川文庫・'95年1月刊）
『奇妙な昼さがり』（講談社文庫・'96年3月刊）
『箱の中』（文春文庫・'97年5月刊）
『朱い旅』（幻冬舎文庫・'98年4月刊）

『あやかしの声』（新潮文庫・'99年4月刊）
『新諸国奇談』（講談社文庫・'99年5月刊）

＊現代の風俗、男女の関係をテーマとする小説、および小説集

『異形の地図』（角川文庫・'84年5月刊）
『ガラスの肖像』（講談社文庫・'85年12月刊）
『不安な録音器』（中公文庫・'88年1月刊）
『風物語』（講談社文庫・'88年2月刊）
『東京ホテル物語』（中公文庫・'88年6月刊）
『影絵の町』（角川文庫・'89年8月刊）
『ぬり絵の旅』（角川文庫・'89年10月刊）
『時のカフェテラス』（講談社文庫・'90年5月刊）
『花の図鑑』（上・下）（新潮文庫・'90年5月刊）
『花惑い』（角川文庫・'91年1月刊）
『面影橋』（中公文庫・'91年5月刊）
『愛の墓標』（光文社文庫・'91年11月刊）
『響灘そして十二の短篇』（文春文庫・'92年7月刊）
『空想列車』（上・下）（角川文庫・'92年12月刊）
『猫を数えて』（講談社文庫・'93年11月刊）
『やさしい関係』（文春文庫・'96年6月刊）
『花の図鑑』（上・下）（角川文庫・'99年8月刊）
『不安な録音器』（文春文庫・'01年6月刊）
『面影橋』（文春文庫・'01年10月刊）
『メトロポリタン』（文春文庫・'02年3月刊）
『鈍色の歳時記』（文春文庫・'02年12月刊）

＊伝記小説、歴史にちなんだ小説など

『夜の旅人』（文春文庫・'86年10月刊）
『夢の宴』（中公文庫・'93年1月刊）
『海の挽歌』（文春文庫・'95年7月刊）
『リスボアを見た女』（新潮文庫・'95年10月刊）
『新トロイア物語』（講談社文庫・'97年12月刊）
『幻の舟』（角川文庫・'98年10月刊）
『獅子王　アレクサンドロス』（講談社文庫・'00年10月刊）
『怪談』（幻冬舎文庫・'01年4月刊）

＊エッセイ、教養書、雑書に属するもの

『江戸禁断らいぶらりい』（講談社文庫・'82年2月刊）
『頭の散歩道』（文春文庫・'83年2月刊）
『ジョークなしでは生きられない』（新潮文庫・'83年7月刊）
『ブラック・ジョーク大全』（講談社文庫・'83年9月刊）
『詭弁の話術』（ワニ文庫・'83年12月刊）

『ギリシア神話を知っていますか』（新潮文庫・'84年6月刊）
『ことばの博物館』（旺文社文庫・'84年10月刊）
『まじめ半分』（角川文庫・'84年10月刊）
『ユーモア人間一日一言』（ワニ文庫・'84年12月刊）
『恐怖コレクション』（新潮文庫・'85年4月刊）
『左巻きの時計』（新潮文庫・'86年5月刊）
『笑いの公式を解く本』（ワニ文庫・'86年8月刊）
『夜の紙風船』（中公文庫・'86年10月刊）
『アラビアンナイトを楽しむために』（新潮文庫・'86年12月刊）
『映画周辺飛行』（光文社文庫・'87年11月刊）
『頭は帽子のためじゃない』（角川文庫・'88年1月刊）
『あなたの知らないガリバー旅行記』（新潮文庫・'88年4月刊）
『エロスに古文はよく似合う』（角川文庫・'88年10月刊）
『ことばの博物館』（新版）（文春文庫・'89年6月刊）
『ユーモア毒学センス』（ワニ文庫・'89年8月刊）
『雨降りお月さん』（中公文庫・'89年9月刊）
『食卓はいつもミステリー』（新潮文庫・'89年12月刊）
『花のデカメロン』（光文社文庫・'90年11月刊）
『阿刀田高のサミング・アップ』
『詭弁の話術』（新版）（新潮文庫・'93年6月刊）
『三角のあたま』（角川文庫・'93年9月刊）
『旧約聖書を知っていますか』（角川文庫・'94年1月刊）
『魚の小骨』（新潮文庫・'94年12月刊）
『新約聖書を知っていますか』（集英社文庫・'95年11月刊）
『好奇心紀行』（新潮文庫・'96年11月刊）
『日曜日の読書』（講談社文庫・'97年10月刊）
『アイデアを捜せ』（新潮文庫・'98年6月刊）
『夜の風見鶏』（文春文庫・'99年2月刊）
『犬も歩けば』（朝日文庫・'99年3月刊）
『ホメロスを楽しむために』（幻冬舎文庫・'00年4月刊）
『ミステリーのおきて102条』（新潮文庫・'00年11月刊）
『小説家の休日』（角川文庫・'01年10月刊）
『私のギリシャ神話』（集英社文庫・'02年4月刊）
『ミステリー主義』（集英社文庫・'02年12月刊）
『シェイクスピアを楽しむために』（講談社文庫・'03年1月刊）
（新潮文庫・'03年1月刊）

――2003年1月現在――

この作品は「小説新潮」平成十一年四月号～平成十二年三月号に
連載され、同年六月新潮社より刊行された。

嵐山光三郎著
芭蕉という修羅

イベントプロデューサーにして水道工事監督、そして幕府隠密。欲望の修羅を生きた「俳聖」芭蕉の生々しい人間像を描く決定版評伝。

嵐山光三郎著
文人悪食

漱石のビスケット、鷗外の握り飯から、太宰の鮭缶、三島のステーキに至るまで、食生活を知れば、文士たちの秘密が見えてくる——。

浅田次郎著
夕映え天使

ふいにあらわれそして姿を消した天使のような女、時効直前の殺人犯を旅先で発見した定年目前の警官、人生の哀歓を描いた六短篇。

浅田次郎著
赤猫異聞

三人共に戻れば無罪、一人でも逃げれば全員死罪の条件で、火の手の迫る牢屋敷から解き放ちとなった訳ありの重罪人。傑作時代長編。

浅田次郎著
ブラック オア ホワイト

スイス、パラオ、ジャイプール、北京、京都。バブルの夜に、エリート商社マンが虚実の狭間で見た悪夢と美しい夢。渾身の長編小説。

青柳恵介著
風の男 白洲次郎

全能の占領軍司令部相手に一歩も退かなかった男。彼に魅せられた人々の証言からここに蘇える「昭和史を駆けぬけた巨人」の人間像。

シェイクスピア
中野好夫訳

ロミオとジュリエット

仇敵同士の家に生れたロミオとジュリエット。その運命的な出会いと、永遠の愛を誓いあったのも束の間に迎えた不幸な結末。恋愛悲劇。

シェイクスピア
福田恆存訳

オセロー

イアーゴーの奸計によって、嫉妬のあまり妻を殺した武将オセローの残酷な宿命を、鋭い警句に富むせりふで描く四大悲劇中の傑作。

シェイクスピア
福田恆存訳

ハムレット

シェイクスピア悲劇の最高傑作。父王の亡霊からその死の真相を聞いたハムレットが、深い懐疑に囚われながら遂に復讐をとげる物語。

シェイクスピア
福田恆存訳

ヴェニスの商人

胸の肉一ポンドを担保に、高利貸しシャイロックから友人のための借金をしたアントニオ。美しい水の都にくりひろげられる名作喜劇。

シェイクスピア
福田恆存訳

リア王

純真な末娘より、二人の姉娘の甘言を信じ、すべての権力と財産を引渡したリア王は、やがて裏切られ嵐の荒野へと放逐される……。

シェイクスピア
福田恆存訳

ジュリアス・シーザー

政治の理想に忠実であろうと、ローマの君主シーザーを刺したブルータス。それを弾劾するアントニーの演説は、ローマを動揺させた。

柳田国男著
日本の伝説
かつては生活の一部でさえありながら今は語り伝える人も少なくなった伝説を、全国から採集し、美しい文章で世に伝える先駆的名著。

南　直哉著
老師と少年
生きることが尊いのではない。生きることを引き受けるのが尊いのだ——老師と少年の問答で語られる、現代人必読の物語。

呉　茂一著
ギリシア神話（上・下）
時代を通じ文学や美術に多大な影響を与え続けたギリシア神話の世界を、読みやすく書きながら、日本で初めて体系的にまとめた名著。

アンデルセン
矢崎源九郎訳
絵のない絵本
世界のすみずみを照らす月を案内役に、空想の翼に乗って遥かな国に思いを馳せ、明るいユーモアをまじえて人々の生活を語る名作。

アンデルセン
天沼春樹訳
アンデルセン傑作集
マッチ売りの少女／人魚姫
あまりの寒さにマッチをともして暖を取ろうとする少女。親から子へと世界中で愛される名作の中からヒロインが活躍する15編を厳選。

白洲正子著
西　行
ねがはくは花の下にて春死なん……平安末期の動乱の世を生きた歌聖・西行。ゆかりの地を訪ねつつ、その謎に満ちた生涯の真実に迫る。

塩野七生著
ローマ人の物語 1・2
ローマは一日にして成らず
（上・下）

なぜかくも壮大な帝国をローマ人だけが築くことができたのか。一千年にわたる古代ローマ興亡の物語、ついに文庫刊行開始！

塩野七生著
ローマ人の物語 3・4・5
ハンニバル戦記
（上・中・下）

ローマとカルタゴが地中海の覇権を賭けて争ったポエニ戦役を、ハンニバルとスキピオという稀代の名将二人の対決を中心に描く。

塩野七生著
ローマ人の物語 6・7
勝者の混迷
（上・下）

ローマは地中海の覇者となるも、「内なる敵」を抱え混迷していた。秩序を再建すべく、全力を賭して改革断行に挑んだ男たちの苦闘。

村上陽一郎著
あらためて教養とは

いかに幅広い知識があっても、自らを律する「慎み」に欠けた人間は、教養人とは呼べない。失われた「教養」を取り戻すための入門書。

末木文美士著
日本仏教史
―思想史としてのアプローチ―

日本仏教を支えた聖徳太子、空海、親鸞、日蓮など数々の俊英の思索の足跡を辿り、日本仏教の本質、及び日本人の思想の原質に迫る。

吉本隆明著
聞き手糸井重里
悪人正機

「泥棒したっていいんだぜ」「人助けなんて誰もできない」――吉本隆明から、糸井重里が引き出す逆説的人生論。生きる力が湧く一冊。

グリム
植田敏郎訳
白雪姫
――グリム童話集（Ⅰ）――
ドイツ民衆の口から口へと伝えられた物語に愛着を感じ、民族の魂の発露を見出したグリム兄弟による美しいメルヘンの世界。全23編。

グリム
植田敏郎訳
ヘンゼルとグレーテル
――グリム童話集（Ⅱ）――
人々の心に潜む繊細な詩心をとらえ、芸術的に高めることによってグリム童話は古典となった。「森の三人の小人」など、全21編を収録。

太宰　治著
新ハムレット
西洋の古典や歴史に取材した短編集。原典「ハムレット」の戯曲形式を生かし現代人の心理的葛藤を見事に描き込んだ表題作等5編。

田辺聖子著
新源氏物語
（上・中・下）
平安の宮廷で華麗に繰り広げられた光源氏の愛と葛藤の物語を、新鮮な感覚で「現代」のよみものとして、甦らせた大ロマン長編。

田辺聖子著
姥勝手
老いてこそ勝手に生きよう。今こそヒト様に気がねなく。くやしかったら八十年生きてみい。元気いっぱい歌子サンのシリーズ最終巻。

田辺聖子著
田辺聖子の古典まんだら
（上・下）
古典ほど面白いものはない！『古事記』『万葉集』から平安文学、江戸文学……。古典をこよなく愛する著者が、その魅力を語り尽す。